Primo Levi
Die Atempause

Primo Levi

Die Atempause

Roman

Büchergilde Gutenberg

Lizenzausgabe für die Büchergilde Gutenberg
Frankfurt am Main, Wien
mit freundlicher Genehmigung des
Carl Hanser Verlages, München, Wien

Titel der Originalausgabe ›La tregua‹

Aus dem Italienischen von Barbara und Robert Picht
Schutzumschlag und Einband Klaus Detjen, Holm
Herstellung Margot Mayer, Dietzenbach-Steinberg
Satz Utesch Satztechnik, Hamburg
Druck Paul Robert Wilk, Friedrichsdorf/Taunus
Bindung Großbuchbinderei Monheim, Monheim
Printed in Germany ISBN 3 7632 3872 7

Inhalt

Die Atempause

Die Atempause

In den schrecklichen Nächten träumten wir
Dichte und heftige Träume,
Träumten mit Seele und Leib:
Heimkehren, Essen, Berichten.
Bis das Kommando vom Morgengraun
Kurz und gepreßt ertönte:
»Wstawać«;
Und es krampfte das Herz in der Brust sich.

Wir sind wieder nach Hause gekommen,
Unser Bauch ist gefüllt,
Unser Bericht ist zu Ende.
Es ist Zeit. Gleich hören wir wieder
das fremde Kommando:
»Wstawać.«

11. Januar 1946

Tauwetter

In den ersten Januartagen 1945 hatten die Deutschen unter dem Druck der inzwischen näher gerückten Roten Armee in aller Eile das schlesische Kohlebecken evakuiert. Während sie an anderen Orten unter ähnlichen Umständen nicht gezögert hatten, die Lager samt ihren Insassen zu verbrennen oder durch Waffengewalt zu vernichten, verfuhren sie im Bezirk Auschwitz anders: Auf Befehl von oben (offenbar von Hitler persönlich diktiert) mußte jede arbeitsfähige Person, koste es, was es wolle, »geborgen« werden. Alle gesunden Häftlinge wurden deshalb unter grauenhaften Umständen nach Buchwald und Mauthausen evakuiert, während man die Kranken sich selber überließ. Es gibt verschiedene Anzeichen für die Annahme, daß die Deutschen ursprünglich die Absicht hatten, keinen einzigen Menschen lebend in den Konzentrationslagern zurückzulassen; aber durch einen massiven nächtlichen Luftangriff und die Geschwindigkeit des russischen Vormarsches wurden sie veranlaßt, ihre Absicht zu ändern, ihr Werk unvollendet zu lassen und, ohne ihre Pflicht erfüllt zu haben, die Flucht zu ergreifen.

Wir waren etwa achthundert, die im Krankenbau von Buna-Monowitz zurückblieben. Davon starben ungefähr fünfhundert infolge ihrer Krankheiten, erfroren oder verhungerten, noch ehe die Russen kamen, und weitere zweihundert starben trotz aller Hilfe in den unmittelbar folgenden Tagen.

Die erste russische Patrouille tauchte gegen Mittag des 27. Januar 1945 in Sichtweite des Lagers auf. Charles und ich entdeckten sie zuerst: wir waren dabei, die Leiche Sómogyis, des ersten, der aus unserem Raum gestorben war, in das Massengrab zu transportieren. Wir kippten die Bahre auf dem zertretenen Schnee aus, denn da das Grab inzwischen voll war, gab es keine andere Begräbnismöglichkeit. Charles nahm die Mütze ab, um die Lebenden und die Toten zu grüßen.

Es waren vier junge Soldaten zu Pferde; vorsichtig ritten sie mit erhobenen Maschinenpistolen die Straße entlang, die das Lager begrenzte. Als sie den Stacheldraht erreicht hatten, hielten sie an, um sich umzusehen, wechselten scheu ein paar Worte und blickten wieder, von einer seltsamen Befangenheit gebannt, auf die durcheinanderliegenden Leichen, die zerstörten Baracken und auf uns wenige Lebende.

Sie erschienen uns auf wunderbare Weise körperlich und wirklich, hoch oben (die Straße lag höher als das Lager) auf ihren ungeheuren Pferden zwischen dem Grau des Schnees und dem Grau des Himmels, regungslos unter den Tauwetter verheißenden Windstößen.

Es schien uns, als hätte das vom Tod erfüllte Nichts, in dem wir seit zehn Tagen wie erloschene Sterne kreisten, ein festes Zentrum bekommen, einen Kondensationskern, und so war es wohl auch: vier bewaffnete Männer, aber nicht gegen uns bewaffnet: vier Friedensboten mit bäuerischen, kindlichen Gesichern unter den schweren Pelzmützen.

Sie grüßten nicht, lächelten nicht; sie schienen befangen, nicht so sehr aus Mitleid als aus einer unbestimmten Hemmung heraus, die ihnen den Mund verschloß und ihre Augen an das düstere Schauspiel gefesselt hielt. Es war die gleiche wohlbekannte Scham, die uns nach den Selektionen und immer dann überkam, wenn wir Zeuge einer Mißhandlung sein oder sie selbst erdulden mußten: jene Scham, die die Deutschen nicht kannten, die der Gerechte empfindet vor einer Schuld, die ein anderer auf sich lädt und die ihn quält, weil sie existiert, weil sie unwiderruflich in die Welt der existenten Dinge eingebracht ist und weil sein guter Wille nichts oder nicht viel gilt und ohnmächtig ist, sie zu verhindern.

So schlug auch die Stunde der Freiheit für uns ernst und lastend und erfüllte unsere Seelen mit Freude und zugleich mit schmerzlichem Schamgefühl, um dessentwillen wir gewünscht hätten, unser Bewußtsein und unser Gedächtnis von dem Greuel, den es beherbergte, reinzuwaschen: und mit Qual, weil wir spürten, daß es nicht möglich war, daß nie irgend etwas so Gutes und Reines kommen könnte, das unsere Vergangenheit auslöschen würde, und daß die Spuren der Versündigung für immer in uns bleiben würden, in der Erinnerung derer, die es miterlebt haben, an den Orten, wo es geschehen war, und in den Berichten, die wir darüber abgeben würden. Daher – und dies ist das ungeheuerliche Privileg unserer Generation und meines Volkes – hat niemals jemand besser als wir die unheilbare Natur der Versündigung begreifen können, die sich ausbreitet wie eine ansteckende Krankheit. Es ist unsinnig, zu glauben, sie könne durch menschliche Gerechtigkeit getilgt werden. Sie ist eine unerschöpfliche Quelle des Bösen: sie zerbricht Körper und Seele der Betroffenen, löscht sie aus und erniedrigt sie; sie fällt als Schande auf die Unterdrücker zurück, schwelt als Haß in den Überlebenden fort und wuchert weiter auf tausend Arten, gegen den Willen aller, als Rachedurst, als moralisches Nachgeben, als Verleugnung, als Müdigkeit und als Verzicht.

Diese Dinge, damals nur undeutlich und von den meisten nur als plötzliche Welle tödlicher Erschöpfung gespürt, mischten sich in unsere Freude über die Befreiung. Deshalb rannten nur wenige von uns den Rettern entgegen, verfielen nur wenige ins Gebet. Charles und ich standen regungslos neben der von leichenblassen Gliedern überquellenden Grube, während andere den Stacheldraht niederrissen; dann gingen wir mit der leeren Bahre wieder zurück, um unseren Kameraden die Nachricht zu bringen.

Den ganzen übrigen Tag geschah gar nichts, etwas, was uns nicht überraschte und woran wir seit langem gewöhnt waren. In unserem Raum wurde das Bett des Toten Sómogyi zum offensichtlichen Abscheu meiner beiden französischen Kameraden sofort von dem alten Thylle besetzt.

Thylle war, soviel wußte ich damals von ihm, ein »roter Winkel«, ein deutscher politischer Gefangener und einer der alten Lagerinsassen; als solcher hatte er aus angestammtem Recht zur Aristokratie des Lagers gehört, hatte keine körperliche Arbeit verrichten müssen (zumindest in den letzten Jahren nicht) und hatte von zu Hause Nahrungsmittel und Kleidung erhalten. Aus ebendiesen Gründen waren die »politischen« Deutschen sehr selten zu Gast im Krankenbau, wo sie außerdem noch verschiedene Privilegien genossen: darunter das entscheidende, den Selektionen zu entgehen. Da er im Augenblick der Befreiung der einzige seiner Art war, hatte ihn die fliehende SS als Blockältesten für Block 20 eingesetzt, zu dem außer unserem Raum mit lauter hoch infektiösen Kranken noch die Tbc-Abteilung und die Ruhr-Abteilung gehörten. Als Deutscher hatte er diese vorläufige Ernennung sehr ernst genommen. In den zehn Tagen, die das

Verschwinden der SS von der Ankunft der Russen trennten, hatte Thylle, während jeder einen letzten Kampf gegen Hunger, Kälte und Krankheit führte, seinen neuen Herrschaftsbereich eingehend inspiziert, den Zustand der Böden und der Eßnäpfe und die Zahl der Decken kontrolliert (eine für jeden, ob er nun lebte oder tot war). Bei einer seiner Visiten in unserem Raum hatte er sogar einmal Arthur gelobt wegen der Ordnung und Sauberkeit, die er mit Mühe aufrechterhalten hatte; Arthur, der kein Deutsch verstand und Thylles sächsischen Dialekt erst recht nicht, hatte ihm geantwortet: »Vieux dégoutant« und »putain de boche«; trotzdem hatte es sich Thylle von jenem Tag an zur Gewohnheit gemacht, jeden Abend in unseren Raum zu kommen – wobei er eindeutig seine Befugnisse überschritt – und von dem komfortablen Holzeimer, der dort installiert war, Gebrauch zu machen: im ganzen Lager der einzige, der regelmäßig in Ordnung gehalten wurde und der in der Nähe eines Ofens aufgestellt war.

Bis zu diesem Tag also war der alte Thylle für mich ein Fremder und deshalb ein Feind; darüber hinaus ein mächtiger und infolgedessen ein gefährlicher Feind. Für Leute wie mich, und das heißt für die Mehrzahl der Lagerinsassen, gab es keine anderen Unterscheidungskategorien: während des ganzen endlos langen Jahres im Lager war ich weder neugierig darauf gewesen, die komplizierten Strukturen der Lagerhierarchie zu erforschen, noch hatte ich die Gelegenheit dazu gehabt. Das düstere Gebäude böser Mächte lastete als Gesamtheit auf uns, unser Blick war auf den Boden geheftet. Und doch war es dieser Thylle, ein altes Parteimitglied, in zahllosen Kämpfen für seine Partei und innerhalb seiner Partei hart geworden und versteinert von zehn Jahren wilden und zwielichtigen Lagerlebens, der der Gefährte und Vertraute meiner ersten Nacht in der Freiheit sein sollte.

Den ganzen Tag über hatten wir zuviel zu tun gehabt, um das Ereignis zu besprechen, von dem wir doch wußten, daß es den entscheidenden Wendepunkt in unserer ganzen Existenz bezeichnete; und vielleicht hatten wir unbewußt die Beschäftigung gesucht, um keine Zeit zu haben, denn angesichts der Freiheit fühlten wir uns unsicher, ausgehöhlt, verkümmert, außerstande, unsere Rollen zu spielen.

Aber es kam die Nacht, die kranken Kameraden schliefen ein; auch Charles und Arthur fielen in einen unschuldigen Schlaf, denn sie waren erst seit einem Monat im Lager und hatten das Gift noch nicht in sich aufgesogen; nur mich, obwohl erschöpft, ließen Übermüdung und Krankheit keinen Schlaf finden. Alle Glieder schmerzten, in meinem Kopf hämmerte konvulsivisch das Blut, und ich spürte, wie das Fieber mich packte. Aber es war nicht nur das: als ob ein Damm gebrochen sei, wurde ich gerade in dieser Stunde, da jede Bedrohung vorüber schien, da die Hoffnung auf eine Rückkehr ins Leben nicht mehr unsinnig war, von einem neuen und umfassenden Schmerz ergriffen, begraben bis jetzt und von anderen, unmittelbaren Schmerzen an den Rand des Bewußtseins gedrängt: dem Schmerz des Exils, der Sehnsucht nach der fernen Heimat, dem Schmerz der Einsamkeit, dem Schmerz um die verlorenen Freunde, die verlorene Jugend und um das Leichenheer ringsum.

In meinem Jahr in Buna hatte ich vier Fünftel meiner Kameraden verschwinden sehen, aber die konkrete Gegenwart, das Lauern des Todes, seinen schmutzigen Hauch nur einen Schritt weit draußen vor dem Fenster, im Bett neben mir, in meinen eigenen Adern, hatte ich nie gespürt. So lag ich in einem kranken Halbschlaf, erfüllt von düsteren Gedanken.

Aber sehr bald merkte ich, daß ich nicht allein wach

war. Den schweren Atem der Schlafenden übertönte zeitweilig ein rauhes und unregelmäßiges Keuchen, unterbrochen von Husten, ersticktem Seufzen und Stöhnen. Thylle weinte, ein mühsames und schamloses Altmännerweinen, unerträglich wie die Blöße eines Greises. Vielleicht hatte er im Dunkeln irgendeine Bewegung von mir wahrgenommen, und die Einsamkeit, die wir beide aus verschiedenen Gründen bis zu diesem Tage gesucht hatten, mußte ihn ebenso bedrücken wie mich, denn mitten in der Nacht fragte er mich: »Bist du wach?«, und ohne eine Antwort abzuwarten, arbeitete er sich mit großer Mühe bis zu meinem Bett und setzte sich wie selbstverständlich neben mich.

Eine Verständigung war nicht leicht; nicht nur der Sprache wegen, sondern auch weil die Gedanken, die wir in dieser langen Nacht auf dem Herzen hatten, maßlos, wunderlich und schrecklich waren, vor allem aber wirr. Ich sagte ihm, daß ich Heimweh hätte; und er sagte mir, indem er aufhörte zu weinen: »Zehn Jahre, zehn Jahre!« Und nach zehn Jahren des Schweigens begann er mit einer dünnen, schrillen Stimme, grotesk und feierlich zugleich, die *Internationale* zu singen, und ich hörte zu, verwirrt, mißtrauisch und bewegt.

Der Morgen brachte uns die ersten Zeichen der Freiheit. Es erschienen (offensichtlich von den Russen geschickt) ungefähr zwanzig polnische Zivilisten, Männer und Frauen, die sich mit sehr geringem Enthusiasmus daran machten, Ordnung und Sauberkeit zwischen den Baracken herzustellen und die Leichen beiseite zu schaffen. Gegen Mittag erschien ein verängstigtes Kind, das eine Kuh an einem Strick hinter sich her zog. Es gab zu verstehen, daß sie für uns sei und daß die Russen sie schickten, dann ließ es das Tier los und rannte davon wie der Blitz.

Ich weiß nicht wie, aber in wenigen Minuten war das arme Tier geschlachtet, ausgenommen, zerlegt und die Stücke in alle Winkel des Lagers verteilt, wohin sich die Überlebenden verkrochen hatten.

Vom nächsten Tag an sahen wir polnische Mädchen bleich vor Mitleid und Abscheu im Lager herumgehen. Sie wuschen die Kranken und verbanden, so gut es ging, die Wunden. In der Mitte des Lagers zündeten sie ein ungeheures Feuer an, nährten es mit den Trümmern der zerstörten Baracken und kochten darauf in allen möglichen Gefäßen Suppe. Schließlich, am dritten Tag, sah man einen vierrädrigen Karren in das Lager einfahren, triumphierend kutschiert von Yankel, einem Häftling: Er war ein junger russischer Jude, vielleicht der einzige Russe unter den Überlebenden, und als solcher hatte er natürlicherweise die Funktion eines Dolmetschers und Verbindungsoffiziers zu den sowjetischen Kommandos übernommen. Unter lautem Peitschenknall verkündete er, daß er den Auftrag habe, alle noch Lebenden in das Stammlager Auschwitz zu bringen, das in ein riesiges Lazarett umgewandelt worden sei, und zwar in kleinen Gruppen zu dreißig oder vierzig pro Tag, die Schwerkranken zuerst.

Inzwischen war das Tauwetter eingetreten, das wir seit so vielen Tagen gefürchtet hatten, und in dem Maße, wie der Schnee allmählich verschwand, verwandelte sich das Lager in einen ekelerregenden Morast. Der Geruch von Leichen und Unrat verpestete die Luft. Und der Tod hatte nicht aufgehört zu mähen: dutzendweise starben die Kranken auf ihren kalten Pritschen, es starben hier und dort auf den schlammigen Wegen wie vom Blitz getroffen die gierigsten Überlebenden, die sich, blindlings dem gebieterischen Antrieb unseres alten Hungers folgend, vollgestopft hatten mit den Fleischrationen der Russen, die noch in Kämpfen an der nahen Front verwickelt waren und diese Zuwendungen in unregelmäßigen Abständen ins Lager schickten, mal wenig, mal gar nichts, mal in ungeheuerlichem Überfluß.

Ich nahm aber alles, was um mich herum vorging, nur bruchstückhaft und undeutlich auf. Es war, als hätten Erschöpfung und Krankheit wie wilde und feige Tiere im Hinterhalt den Augenblick abgewartet, an dem ich keinerlei Abwehrkräfte mehr hatte, um mich hinterrücks zu überfallen. Ich lag in einem fiebrigen Dämmerschlaf, nur halb bei Bewußtsein, brüderlich gepflegt von Charles und gequält von Durst und heftigen Schmerzen in den Gelenken. Es gab keine Ärzte, und es gab keine Medikamente. Auch Halsweh hatte ich, und die eine Gesichtshälfte war geschwollen: die Haut, rot und rauh geworden, schmerzte wie bei einer Verbrennung. Vielleicht hatte ich mehrere Krankheiten gleichzeitig. Als die Reihe, Yankels Karren zu besteigen, an mich kam, war ich nicht mehr in der Lage, mich auf den Beinen zu halten.

Charles und Arthur hoben mich auf den Karren zu einer Ladung Sterbender; ich hatte das Gefühl, mich nicht allzusehr von ihnen zu unterscheiden. Es regnete, und der Himmel hing niedrig und dunkel. Während mich der langsame Trab von Yankels Pferden der fernen Freiheit näher brachte, zogen zum letzten Mal die Baracken an meinen Augen vorüber, in denen ich gelitten hatte und reifer geworden war, der Appellplatz, auf dem sich noch immer Seite an Seite der Galgen und ein riesiger Weihnachtsbaum erhoben, und das Tor der Sklaverei, auf dem noch immer, nun nichtig geworden, die drei Hohnworte zu lesen waren: *Arbeit macht frei.*

Das Große Lager

In Buna wußte man nicht viel vom »Großen Lager«, das heißt genauer, von Auschwitz: es gab nur wenige Häftlinge, die man von einem in das andere Lager versetzt hatte, und diese wenigen waren nicht mitteilsam (kein Häftling war es), und man schenkte ihnen nicht ohne weiteres Glauben.

Als Yankels Karren über die berüchtigte Schwelle fuhr, verschlug es uns den Atem. Buna-Monowitz mit seinen zwölftausend Insassen war ein Dorf dagegen: wohin wir jetzt kamen, das war eine riesige Großstadt. Keine hölzernen einstöckigen »Blocks«, sondern zahllose düstere quadratische Gebäude aus grauem Stein, dreistöckig, eines wie das andere; zwischen ihnen gepflasterte Straßen, geradlinig und rechtwinklig, so weit das Auge reichte. Das Ganze lag einsam, still, erstarrt unter dem niedrigen Himmel, voller Schlamm, Regen und Verlassenheit.

Auch hier, wie an jeder Station unseres langen Weges, wurden wir zu unserer Überraschung mit einem Bad empfangen, obwohl wir so viele andere Dinge benötigt hätten. Aber diesmal war es kein Bad der Erniedrigung, kein grotesk-dämonisch-sakrales Bad, kein Bad aus einer schwarzen Masse wie das andere, das unseren Abstieg in das Universum des Konzentrationslagers bezeichnet hatte, und auch kein funktionelles, antiseptisches, hoch technisiertes Bad, wie jenes viele Monate später bei unserer Übergabe an die Amerikaner, sondern es war ein Bad in russischer Manier, nach menschlichem Maß, improvisiert und obenhin.

Ich will nicht daran zweifeln, daß unter diesen Umständen ein Bad das richtige war; es war sogar notwendig und willkommen. Aber bei dieser wie bei jeder der drei denkwürdigen Waschungen ließ sich unschwer hinter dem konkreten und wörtlichen Sinn ein großer symbolischer Schatten erkennen: der unbewußte Wunsch der jeweiligen neuen Autorität, die uns in ihren Herrschaftsbereich aufnahm, die Spuren unseres bisherigen Lebens von uns abzuwaschen, neue Menschen aus uns zu machen, uns, ihrem Modell entsprechend, ihr Siegel aufzudrücken.

Die kräftigen Arme zweier sowjetischer Krankenschwestern hoben uns vom Karren: »Po malu, po malu!« (»Vorsichtig, vorsichtig!«) Es waren die ersten russischen Worte, die ich hörte. Die beiden Mädchen war energisch und geschickt. Sie brachten uns in eines der Lagergebäude, die man notdürftig wieder benutzbar gemacht hatte, und zogen uns aus. Wir mußten uns auf den Holzrosten, die den Boden bedeckten, ausstrecken und wurden mit sanften Händen, aber ohne weitere Umstände von Kopf bis Fuß eingeseift, abgerieben, massiert und trockengerieben.

Die Operation verlief bei allen glatt und mühelos, bis auf einen schwachen moralisch-jakobinischen Protest von Arthur, der erklärt, er sei ein »libre citoyen«; die Berührung dieser Frauenhände auf seiner nackten Haut verursachte in seinem Unterbewußtsein einen Konflikt mit uralten Tabus. Ein ernsthafter Zwischenfall ereignete sich erst, als der letzte von uns an die Reihe kam.

Wir wußten nichts von ihm, weil er außerstande war zu sprechen. Ein Gespenst, ein kahles Männchen, knotig wie ein Weinstock, abgemagert bis zum Skelett, zusammengekrümmt in einer schrecklichen Kontraktion aller Muskeln. Mit Mühe hatten sie ihn vom Karren gehoben, wie einen leblosen Klotz, und jetzt lag er am Boden auf der Seite, verkrümmt und starr, in einer verzweifelten Abwehrstellung, die Knie bis an die Stirn gezogen, die Ellbogen an die Seiten gepreßt, die Hände überkreuz und die Finger gegen die Schultern gedrückt. Die russischen Schwestern waren unschlüssig, versuchten vergebens, ihn auf den Rücken auszustrecken, wobei er spitze Mäuseschreie ausstieß; im übrigen war es vergebliche Mühe, denn seine Glieder, die zwar unter dem Druck nachgaben, schnellten, sobald man sie losließ, wieder in ihre Ausgangsstellung zurück. Endlich faßten sie einen Entschluß und trugen ihn, so wie er war, unter die Dusche; und da sie genaue Weisungen hatten, wuschen sie auch ihn, so gut sie konnten, und zwangen Schwamm und Seife in den hölzernen Knäuel dieses Körpers; anschließend spülten sie ihn gewissenhaft ab, indem sie einige Eimer warmes Wasser über ihn gossen.

Charles und ich sahen nackt und dampfend der Szene voller Mitleid und Entsetzen zu. Während der eine Arm gestreckt wurde, konnte man einen Augenblick die tätowierte Zahl sehen: es war eine 200 000, einer aus den Vogesen. »Bon Dieu, c'est un français!« sagte Charles und drehte sich schweigend zur Wand.

Man teilte jedem ein Hemd und Unterwäsche zu und führte uns zum russischen Friseur, damit uns zum letztenmal auf unserem Weg die Haare kahlgeschoren würden. Der Friseur war ein dunkelhaariger Riese mit wilden, irren Augen; er übte seine Kunst mit roher Heftigkeit aus und trug aus unverständlichen Gründen eine Maschinenpistole umgehängt. »Italiano Mussolini«, sagte er in bösem Ton zu mir, und zu den beiden Franzosen: »Fransé Laval«; woraus man lernen kann, wie wenig allgemeine Vorstellungen zum Verständnis der Einzelfälle beitragen.

Hier trennten wir uns: Charles und Arthur schlossen sich, geheilt und in verhältnismäßig gutem Zustand, wieder der Gruppe der Franzosen an und verschwanden aus meinem Gesichtskreis. Ich wurde als Kranker in das Krankenrevier gebracht, summarisch untersucht und eilig in eine neue »Infektionsabteilung« eingewiesen.

Das Krankenrevier war der Absicht nach eines, und tatsächlich war es überfüllt mit Kranken (die Deutschen hatten ja auf der Flucht nur die Schwerkranken in Monowitz, Auschwitz und Birkenau zurückgelassen, und diese waren alle von den Russen im Großen Lager versammelt worden), es war aber keine Behandlungsstätte, konnte es nicht sein, weil nur ein paar Dutzend Ärzte da waren, die meisten selbst krank, Medikamente und ärztliches Gerät völlig fehlten und mindestens drei Viertel der fünftausend Insassen des Lagers ärztlicher Behandlung bedurften.

Der Raum, dem ich zugeteilt wurde, war ein ungeheurer dunkler Saal, bis unter die Decke angefüllt mit Leiden und Klagen. Für vielleicht achthundert Kranke stand nur ein diensthabender Arzt und kein einziger Krankenpfleger zur Verfügung; die Kranken mußten für ihre dringendsten Bedürfnisse und die ihrer kränkeren Kameraden selbst sorgen. Ich verbrachte dort eine einzige Nacht, die mir wie ein Alptraum in der Erinnerung haftet; am Morgen lagen zu Dutzenden die Leichen in den Betten oder zusammengebrochen am Boden.

Am nächsten Tag wurde ich in einen kleineren Raum mit nur zwanzig Betten gebracht; in einem von ihnen lag ich drei oder vier Tage mit hohem Fieber, nur zeitweise bei Bewußtsein, unfähig, zu essen und von brennendem Durst gequält.

Am fünften Tag war das Fieber gewichen, ich fühlte mich leicht wie eine Wolke, ausgehungert und durchfroren, aber mein Kopf war frei, Augen und Ohren durch die erzwungene Untätigkeit sensibler geworden, und ich war fähig, mit der Welt wieder Kontakt aufzunehmen.

Im Laufe dieser wenigen Tage hatte sich eine auffällige Veränderung um mich herum vollzogen. Der letzte Hieb der Sense war getan, der Abschluß der Konten vollzogen: die Todkranken waren gestorben, in allen anderen begann sich das Leben wieder stürmisch zu regen. Obwohl es heftig schneite, lagen die unheilvollen Straßen vor den Fenstern nicht mehr verlassen da, sondern brodelten wirr und lärmend von lebhaftem Kommen und Gehen, das seinen Sinn in sich selbst zu tragen schien. Bis in den spätern Abend hörte man hallende Schreie, frohe oder zornige, Rufe, Gesang. Trotzdem gelang es mir und meinen Bettnachbarn nur selten, unsere Aufmerksamkeit abzuwenden von der beklemmenden Gegenwart, dem wilden Lebenswillen des Kleinsten und Hilflosesten unter uns, des Unschuldigsten, dem Kind Hurbinek.

Hurbinek war ein Nichts, ein Kind des Todes, ein Kind von Auschwitz. Ungefähr drei Jahre alt, niemand wußte etwas von ihm, es konnte nicht sprechen und hatte keinen Namen: den merkwürdigen Namen Hurbinek hatten wir ihm gegeben; eine der Frauen hatte mit diesen Silben vielleicht die unartikulierten Laute, die der Kleine manchmal von sich gab, gedeutet. Er war von den Hüften abwärts gelähmt, und seine Beine, dünn wie Stöckchen, waren verkümmert; aber seine Augen, eingesunken in dem ausgezehrten dreieckigen Gesicht, funkelten erschreckend lebendig, fordernd und voller Lebensanspruch, erfüllt von dem Willen, sich zu befreien, das Gefängnis der Stummheit aufzubrechen. Die Sehnsucht nach dem Wort, das ihm fehlte, das ihn zu lehren niemand sich die Mühe gemacht hatte, das Bedürfnis nach dem Wort sprach mit explosiver Dringlichkeit aus seinem Blick, einem wilden und zugleich menschlichen Blick, mehr noch, einem reifen und urteilenden Blick, den niemand von uns ertragen konnte, so sehr war er druchdrungen von Kraft und Leid.

Niemand, außer Henek. Mein Bettnachbar, ein kräftiger und blühender ungarischer Junge von fünfzehn Jahren. Er brachte den halben Tag an Hurbineks Bett zu. Er war mehr mütterlich als väterlich; wahrscheinlich hätte Hurbinek, wenn sich unser schwieriges Zusammenleben länger als einen Monat hingezogen hätte, von Henek sprechen gelernt; sicher besser als von den polnischen Mädchen, die, zu zärtlich und zu eitel, ihn mit Liebkosungen und Küssen verwirrten, aber nicht bereit waren, sich wirklich mit ihm zu beschäftigen.

Henek dagegen saß, ruhig und hartnäckig, neben der kleinen Sphinx, immun gegen die traurige Macht, die von ihr ausging; er brachte Hurbinek zu essen, er machte ihm das Bett, er legte ihn mit geschickten Händen, ohne Ekel, trocken und sprach zu ihm, ungarisch natürlich, mit langsamer und geduldiger Stimme. Nach einer Woche verkündete Henek ernst, aber ohne ein Spur von Einbildung, daß Hurbinek »ein Wort sage«. Was für ein Wort? Er wußt es nicht, ein schwieriges Wort, kein ungarisches, irgend etwas wie »mass-klo«, »matisklo«. In der Nacht lauschten wir angestrengt: tatsächlich, aus der Ecke, wo Hurbinek lag, kam von Zeit zu Zeit ein Laut, ein Wort. Nicht immer das gleiche, um genau zu sein, aber bestimmt ein artikuliertes Wort, oder besser, artikulierte Worte, die sich leicht voneinander unterschieden, experimentierende Variationen über ein Thema, eine Wurzel, vielleicht über einen Namen.

Hurbinek setzte seine beharrlichen Experimente fort,

solange er lebte. In den folgenden Tagen hörten wir alle schweigend zu, ängstlich bemüht zu verstehen, denn alle Sprachen Europas waren unter uns vertreten – aber Hurbineks Wort blieb dunkel. Nein, es war sicher keine Botschaft, keine Offenbarung: vielleicht sein Name, wenn er je einen besessen hatte; vielleicht wollte er (nach einer unserer Hypothesen) »essen« sagen oder »Brot«, oder auch »Fleisch« auf böhmisch, wie mit guten Grund einer von uns behauptete, der diese Sprache verstand.

Hurbinek, drei Jahre alt und vielleicht in Auschwitz geboren, Hurbinek, der nie einen Baum gesehen hatte und der bis zum letzten Atemzug gekämpft hatte, um Zutritt in die Welt der Menschen, aus der ihn eine bestialische Macht verbannt hatte, zu erhalten; Hurbinek, der namenlose, dessen winzige Ärmchen doch mit der Tätowierung von Auschwitz gezeichnet war – Hurbinek starb in den ersten Tagen des März 1945, frei, aber unerlöst. Nichts bleibt von ihm: er legt Zeugnis ab durch diese meine Worte.

Henek war ein guter Kamerad und eine Quelle immer neuer Überraschungen. Sein Name war ebenso wie der Hurbineks ein Spitzname; seinen richtiger Name »König« hatten die beiden polnischen Mädchen in Henek, das polnische Diminutiv von Heinrich, abgewandelt, denn beide empfanden, obwohl sie mindestens zehn Jahre älter waren als er, eine vieldeutige Sympathie für ihn, die sich bald in offenes Begehren verwandelte.

Henek-König war als einziger in unserem Mikrokosmos des Elends weder krank noch rekonvaleszent, sondern von blühender Gesundheit des Körpers und der Seele. Er war von kleiner Gestalt und unscheinbarem Aussehen, hatte aber die Muskulatur eines Athleten; Hurbinek und uns gegenüber verhielt er sich liebevoll und hilfsbereit, hegte jedoch in aller Friedlichkeit blutrünstige Instinkte. Das Lager, tödliche Falle und »Knochenmühle« für die anderen, war ihm eine gute Schule gewesen: in wenigen Monaten hatte es einen jungen, wachen Fleischfresser aus ihm gemacht, klug, wild und vorsichtig.

In den vielen Stunden, die wir gemeinsam verbrachten, erzählte er mir das Wesentliche aus seinem kurzen Leben. Geboren und aufgewachsen in einem Bauernhaus in Transsilvanien mitten im Wald, nahe der rumänischen Grenze, war er oft mit seinem Vater durch den Wald gegangen, sonntags, beide mit einem Gewehr. Warum mit einem Gewehr? Um zu jagen? Ja, auch um zu jagen; aber auch, um auf die Rumänen zu schießen. Und warum auf die Rumänen? Weil sie Rumänen sind, erklärte Henek mit entwaffnender Einfachheit. Auch sie schossen manchmal auf uns.

Mit der ganzen Familie war er verhaftet und nach Auschwitz deportiert worden. Die anderen hatte man sofort getötet. Er hatte der SS erklärt, er sei achtzehn Jahre alt und Maurer, obgleich er vierzehn und Schüler war. So kam er nach Birkenau. In Birkenau dagegen hatte er sein wahres Alter angegeben und war dem Kinderblock zugeteilt worden, und als der Älteste und Stärkste wurde er der Kapo. Die Kinder in Birkenau glichen den Zugvögeln; nach wenigen Tagen brachte man sie in den Versuchsblock oder direkt in die Gaskammern. Henek hatte die Situation sofort begriffen und sich als Kapo »organisiert«. Er knüpfte feste Beziehungen zu einem einflußreichen Häftling an und hielt sich so bis zur Befreiung. Wenn im Kinderblock Selektionen stattfanden, war er es, der aussuchte. Empfand er keine Reue? Nein, warum sollte er? Gab es denn eine andere Art zu überleben?

Bei der Evakuierung des Lagers hatte er sich klugerweise versteckt. Von seinem Versteck aus konnte er durch ein kleines Kellerfenster beobachten, wie die Deutschen in großer Eile die sagenumwobenen Magazine von Auschwitz ausräumten und wie ihnen im Chaos des Aufbruchs eine Menge Lebensmittel in Büchsen auf die Straßen fielen. Sie hielten sich nicht damit auf, sie wieder einzusammeln, versuchten aber, sie zu zerstören, indem sie mit den Ketten ihrer Panzer darüber hinwegfuhren. Viele Büchsen waren dabei in Schlamm und Schnee gedrückt worden, ohne kaputtzugehen. In der Nacht war Henek mit einem Sack hinausgegangen und hatte sich einen phantastischen Büchsenschatz gesichert, verformt, plattgedrückt, aber noch voll: Fleisch, Speck, Fisch, Obst und Vitamine. Er hatte natürlich keinem davon erzählt; mir aber sagte er es, weil ich sein Bettnachbar war und ihm als Bewacher nützlich sein konnte. Und da er sich viele Stunden in geheimnisvollen Geschäften im Lager herumtrieb, während ich mich nicht bewegen durfte, war ihm meine Aufsicht wirklich von Nutzen. Er vertraute mir, er steckte den Sack unter mein Bett und ließ mir in den folgenden Tagen einen gerechten Lohn in Naturalien zukommen, indem er mir erlaubte, die Nahrungsmittel herauszunehmen, die er in Qualität und Quantität meinem Krankheitszustand und der Größe meiner Dienste für angemessen hielt.

Hurbinek war nicht das einzige Kind. Es gab andere in vergleichsweise gutem Gesundheitszustand. Sie hatten ihren eigenen kleinen »Klub« gebildet, abgeschlossen und unzugänglich, und eine Einmischung der Erwachsenen war sichtlich unerwünscht. Es waren wilde und frühreife kleine Tiere; sie unterhielten sich in Sprachen, die ich nicht verstand. Mitglied und oberste Autorität des Clans war ein Kind von nicht mehr als fünf Jahren: Peter Pavel.

Peter Pavel sprach mit niemandem und brauchte niemanden. Er war ein schönes blondes und kräftiges Kind mit einem intelligenten und ungerührten Gesicht. Morgens stieg er mit langsamen, sicheren Bewegungen von seinem Bett im dritten Stockwerk herunter, ging in den Duschraum, füllte dort seinen Eßnapf mit Wasser und wusch sich mit peinlicher Genauigkeit. Dann verschwand er für den ganzen Tag und erschien nur kurz zur Mittagszeit, um in demselben Eßnapf seine Suppe zu holen. Zum Abendessen schließlich kam er wieder: aß, ging wieder hinaus, kam kurz darauf mit einem Nachttopf zurück, stellte ihn in die Ecke hinter den Ofen, setzte sich ein paar Minuten darauf, verschwand mitsamt dem Topf, kehrte ohne ihn zurück und kletterte langsam und bedächtig zu seinem Bett hinauf, wickelte sich sorgfältig in seine Decke, rückte das Kissen zurecht und schlief bis zum Mogen, ohne sich zu rühren.

Wenige Tage nach meiner Ankunft sah ich mit Unbehagen ein bekanntes Gesicht auftauchen; das pathetische und unangenehme Profil des Kleinen Kiepura, dem Maskottchen von Buna-Monowitz. Alle in Buna kannten ihn; er war der jüngste der Gefangenen, erst zwölf Jahre alt. Alles an ihm war außergewöhnlich, angefangen von seiner Anwesenheit im Lager, das Kinder normalerweise nicht lebend betreten; niemand wußte, wie und warum er Zutritt gefunden hatte, und gleichzeitig wußten es alle nur zu genau. Seine Stellung war außergewöhnlich, da er nicht zur Arbeit ging, sondern halb abgeschlossen im Block der Funktionäre residierte; und schließlich war allein schon sein Aussehen außergewöhnlich.

Er war zu schnell und schlecht gewachsen: aus dem stämmigen kurzen Rumpf ragten wie bei einer Spinne überlange Arme und Beine; in dem blassen Gesicht, das nicht ohne kindlichen Liebreiz war, ragte ein ungeheurer

Unterkiefer weiter hervor als die Nase. Der Kleine Kiepura war der Bursche und Schützling des Lager-Kapos, des Kapos über alle Kapos.

Niemand liebte ihn, außer seinem Beschützer. Im Schatten der Macht führte er wohlgenährt und gutgekleidet bis zum letzten Tage eine zweifelhafte und frivole Favoritenexistenz, durchzogen von Klatsch, Denunziationen und verzerrten Leidenschaften: sein Name wurde, wie ich hoffe, zu Unrecht, immer in den krassesten Fällen anonymer Meldungen bei der politischen Abteilung und bei der SS geflüstert, weshalb alle ihn fürchteten und ihm auswichen.

Jetzt war der Lager-Kapo, bar jeder Macht, auf dem Marsch nach Westen, und der Kleine Kiepura, der sich von einer harmlosen Krankheit erholte, mußte den gleichen Weg gehen wie wir. Er erhielt ein Bett und einen Eßnapf und trat in unseren Lebenskreis. Henek und ich richteten wenige und vorsichtige Worte an ihn, weil wir Mißtrauen und feindseliges Mitleid ihm gegenüber empfanden, aber er antwortete kaum. Zwei Tage lang schwieg er, lag zusammengekrümmt im Bett, den Blick ins Leere gerichtet und die Fäuste auf der Brust geballt. Dann plötzlich fing er an zu sprechen, und wir wünschten uns sehnlichst sein Schweigen zurück. Der Kleine Kiepura sprach wie im Traum, und sein Traum war, er habe Karriere gemacht, sei ein Kapo geworden. Man wußte nicht, war es Wahnsinn oder kindischer finsterer Scherz: pausenlos sang und pfiff der Junge in seinem Bett unter der Decke die Märsche von Buna, die brutalen Rhythmen, die jeden Abend und jeden Morgen unsere müden Schritte skandiert hatten, auf deutsch brüllte er einer nicht existierenden Schar von Sklaven gebieterische Befehle zu.

»Aufstehen, Schweine, verstanden? Betten bauen, aber marsch! Schuhe putzen. Angetreten, Läusekontrolle,

Fußkontrolle, Füße herzeigen. Saubande! Schon wieder dreckig, du Scheißkerl? Paß bloß auf, ich mach' keine Witze. Wenn ich dich noch mal erwische, geht's ab ins Krematorium.« Dann, schreiend, wie die deutschen Soldaten: »Angetreten, Vordermann und Seitenrichtung. Den Kragen runter, Gleichschritt marsch, im Takt der Musik. Hände an die Hosennaht.« Und wieder, nach einer Pause, mit schriller, arroganter Stimme: »Das ist hier kein Sanatorium. Das ist ein deutsches Lager mit Namen Auschwitz, und raus kommt man nur durch den Kamin. Wenn's dir paßt, klar, wenn's dir nicht gefällt, brauchst du nur an den elektrischen Draht zu gehn.«

Der Kleine Kiepura verschwand nach wenigen Tagen zur allgemeinen Erleichterung. Unter uns, die wir schwach und krank, aber von ängstlicher, scheuer Freude über die wiedergewonnene Freiheit erfüllt waren, hatte seine Gegenwart anstößig wie die eines Leichnams gewirkt, und das Mitleid, das er in uns erregte, war mit Schrecken gemischt. Vergeblich bemühten wir uns, ihn aus seinem Delirium zu reißen: das Gift des Lagers war zu tief in ihn eingedrungen.

Die beiden polnischen Mädchen, die die Aufgabe von Krankenpflegerinnen versahen (in Wirklichkeit ziemlich schlecht), hießen Hanka und Jadzia. Hanka war eine ehemalige Kapo, wie man an ihrem ungeschorenen Haar, noch deutlicher aber an ihrem arroganten Auftreten erkennen konnte. Sie war kaum älter als vierundzwanzig, von mittlerer Größe, mit olivfarbenem Teint und harten, vulgären Zügen. In dieser von vergangenem und gegenwärtigem Leiden, von Hoffnung und Mitleid erfüllten Atmosphäre verbrachte sie die Tage vor dem Spiegel, beschäftigte sich damit, ihre Nägel zu feilen oder sich vor dem gleichgültigen und ironischen Henek aufzuspielen.

Sie nahm – ihrer Meinung nach – einen höheren Rang ein als Jadzia; allerdings war es nicht schwer, eine so kümmerliche Kreatur an Autorität zu übertreffen. Jadzia war ein kleines, schüchternes Mädchen mit krankhaft rötlicher Hautfarbe; ihr anämisches Fleisch war jedoch gequält, von innen heraus verzehrt, aufgewühlt von einem unaufhörlichen geheimen Sturm. Sie begehrte, verlangte, brauchte unverzüglich einen Mann, irgendeinen Mann, alle Männer, sofort. Jedes männliche Wesen, das in ihre Nähe kam, zog sie an; zog sie physisch unwiderstehlich an wie der Magnet das Eisen. Jadzia starrte den Mann mit verzauberten und verzückten Blicken an, erhob sich aus ihrer Ecke, ging mit den unsicheren Schritten einer Schlafwandlerin auf ihn zu, suchte seine Berührung. Entfernte er sich, so folgte sie ihm in einiger Entfernung, schweigend, im Abstand von ein paar Metern, kehrte dann mit gesenktem Blick an ihren Platz zurück und versank wieder in stumpfe Trägheit; nahm der Mann von ihr Notiz, wickelte Jadzia ihn ein, verschlang ihn, ergriff von ihm Besitz mit jenen blinden, stummen, zittrigen, langsamen und sicheren Bewegungen, wie sie Amöben unter dem Mikroskop zeigen.

Ihr erstes und hauptsächliches Ziel war natürlich Henek; aber Henek wollte nicht, verhöhnte und beschimpfte sie. Dennoch war ihm, praktisch wie er war, der Fall nicht gleichgültig, und er hatte Noah, seinen großen Freund, darauf hingewiesen.

Noah lebte nicht in unserem Saal, er lebte vielmehr an jedem Ort und nirgends; ein Nomade, ungebunden, froh über die Luft, die er atmete, und die Erde, auf die seine Füße traten. Er war der Scheißminister des freien Auschwitz, Aufseher über die Latrinen und Abfallgruben, aber trotz dieser unreinen Aufgabe (die er übrigens freiwillig übernommen hatte) haftete ihm nichts Schmutziges an, oder wenn, dann war es übertönt und getilgt durch die stürmische Kraft seiner Vitalität: Noah war ein blutjunger Pantagruel, stark wie ein Pferd, gefräßig und geil. So wie Jadzia alle Männer wollte, wollte Noah alle Frauen. Aber während die zarte Jadzia sich damit begnügte, um sich herum – wie die Molluske am Felsen – ihre brüchigen Netze auszulegen, kreuzte Noah, hochfliegender Vogel, vom Morgengrauen bis in die Nacht durch alle Straßen des Lagers auf dem Kutschbock seines ekelhaften Fahrzeugs, knallte mit der Peitsche und sang aus voller Kehle. Sein Karren hielt vor dem Eingang eines jeden Blocks, und während seine Untergebenen schmutzig, übelriechend und fluchend ihre widerwärtige Last einsammelten, trieb sich Noah in den Frauensälen herum, einem orientalischen Fürsten gleich in eine phantastische buntscheckige Jacke voller Flicken und Knöpfe gekleidet. Seine Liebeszusammenkünfte gleichen einem Orkan. Er war der Freund aller Männer und der Liebhaber aller Frauen. Die Sintflut war vorüber; am schwarzen Himmel von Auschwitz sah Noah den Regenbogen aufglänzen, und die Welt war sein, um sie wieder zu bevölkern.

Frau Vitta oder vielmehr Frau Vita, wie alle sie nannten, liebte hingegen alle menschlichen Wesen mit einer einfachen und brüderlichen Liebe. Frau Vita mit dem zerstörten Körper und dem sanften, klaren Gesicht war eine junge Witwe aus Triest, Halbjüdin, eine Überlebende aus Birkenau. Sie verbrachte viele Stunden an meinem Bett, erzählte mir in triestinischer Sprunghaftigkeit lachend und weinend von tausend Dingen zugleich; ihr Gesundheitszustand war gut, aber sie selbst tief verletzt und verwundet von dem, was sie erlebt und gesehen hatte in einem Jahr Lager und in den letzten fürchterlichen Tagen. Man hatte sie zum Transport der Leichen »abkommandiert«, der Leichenteile, erbarmungswürdiger, anonymer

Überreste, und diese letzten Bilder lasteten auf ihr wie ein Berg. Sie versuchte sie zu bannen, sich reinzuwaschen von ihnen, indem sie sich blindlings in eine turbulente Aktivität stürzte. Als einzige kümmerte sie sich mit frenetischer Nächstenliebe um die Kranken und die Kinder; putzte, wenn ihr noch Zeit blieb, wildwütig Fußböden und Fenster, säuberte mit großem Lärm Eßnäpfe und Becher und rannte durch die Säle, um wahre oder erfundene Botschaften auszurichten; wenn sie dann außer Atem zurückkehrte, setzte sie sich keuchend und mit feuchten Augen auf mein Bett, ausgehungert nach Worten, Vertrauen und menschlicher Wärme. Am Abend sprang sie nach beendetem Tagewerk plötzlich von ihrem Lager, unfähig, die Einsamkeit zu ertragen, und tanzte allein zum Klang ihrer eigenen Lieder zwischen den Betten, einen imaginären Mann zärtlich an ihre Brust drückend.

Es war Frau Vita, die André und Antoine die Augen zudrückte, zwei jungen Bauern aus den Vogesen, meine Kameraden in den zehn Tagen des Interregnums und beide an Diphtherie erkrankt. Mir kam es vor, als kennte ich sie seit Urzeiten. Merkwürdigerweise wurden sie beide gleichzeitig von Durchfall heimgesucht, der sich bald als sehr schwer und tuberkulösen Ursprungs herausstellte, und innerhalb weniger Tage neigte sich die Waagschale ihres Geschicks. Sie lagen in zwei benachbarten Betten, klagten nicht und ertrugen die furchtbaren Koliken, deren tödlichen Charakter sie nicht erkannten, mit zusammengebissenen Zähnen; sie sprachen nur miteinander, schüchtern, und baten niemanden um Hilfe. André starb zuerst, mitten im Sprechen, mitten im Satz, ausgelöscht wie eine Kerze. Zwei Tage lang kam niemand, um ihn zu holen; die Kinder betrachteten ihn mit erschrekkender Neugier und spielten dann weiter in ihrer Ecke.

Antoine blieb stumm und allein zurück, eingekapselt in

eine Erwartung, die ihn verwandelte. Sein Ernährungszustand war nicht schlecht, aber nach zwei Tagen sah er erbarmungswürdig aus, wie aufgesogen von seinem Nachbarn. Mit Frau Vitas Hilfe konnten wir nach vielen vergeblichen Bemühungen einen Arzt auftreiben; ich fragte ihn auf deutsch, ob irgend etwas zu machen sei, ob Hoffnung bestehe und bat ihn, nicht auf französisch zu antworten. Er antwortete auf jiddisch mit einem kurzen Satz, den ich nicht verstand; dann übersetzte er ins Deutsche: »Sein Kamerad ruft ihn.« Antoine folgte dem Ruf noch am selben Abend. Sie waren noch nicht zwanzig Jahre alt und nur einen Monat im Lager gewesen.

Und schließlich, in einer stillen Nacht, kam Olga und brachte mir die Todesnachricht vom Lager Birkenau und vom Schicksal der Frau aus meinem Transport. Ich wartete schon seit vielen Tagen auf sie; ich kannte sie nicht persönlich, aber Frau Vita, die trotz ärztlichen Verbots auch die Kranken der anderen Abteilungen besuchte, um Leiden zu lindern und leidenschaftliche Gespräche zu führen, hatte uns von unserer wechselseitigen Gegenwart informiert und die verbotene Begegnung in dunkler Nacht, während alle schliefen, organisiert.

Olga, eine jüdische kroatische Partisanin, war mit ihrer Familie im Jahr 1942 in die Gegend von Asti geflohen und dort interniert worden; sie gehörte also zu der Welle mehrerer tausend ausländischer Juden, die in dem paradoxen, offiziell antisemitischen Italien dieser Jahre Zuflucht und für kurze Frieden gefunden hatte. Sie war eine hochintelligente und kultivierte Frau, tapfer, schön und bewußt; man hatte sie nach Birkenau deportiert, wo sie als einzige ihrer Familie am Leben geblieben war.

Sie sprach perfekt Italienisch; aus Dankbarkeit und auf Grund ihres Temperaments hatte sie sich bald mit den Italienerinnen im Lager angefreundet, besonders mit denen, die in meinem Transport deportiert worden waren. Sie erzählte mir deren Geschichte, die Augen gesenkt, beim Schein einer Kerze. Das heimliche Licht hob nur ihr Gesicht aus dem Dunkel, verschärfte die vorzeitigen Falten und verwandelte es in eine tragische Maske. Ein Taschentuch bedeckte ihren Kopf; plötzlich knüpfte sie es los, und die Maske bekam das Entsetzliche eines Totenschädels. Olgas Schädel war kahl, nur von einem kurzen grauen Flaum bedeckt.

Sie waren alle tot. Alle Kinder und alle Alten, sofort. Von den fünfhundertfünzig Personen, die ich am Lagereingang zum letzten Male gesehen hatte, waren nur neunundzwanzig Frauen zum Lager Birkenau zugelassen worden, und von diesen hatten nur fünf überlebt. Vanda war mit vollem Bewußtsein in die Gaskammer gegangen, im Oktober; sie, Olga, hatte ihr zwei Schlaftabletten beschafft, aber das war nicht genug gewesen.

Der Grieche

Ende Februar fühlte ich mich nach einem Monat im Bett noch nicht wieder gesund, aber das gefährliche Stadium der Krankheit schien überwunden. Ich war überzeugt, ich könne nie mehr gesund werden und zu Kräften kommen, wenn ich (und sei es mit Anstrengung) nicht aufstehen und mir Schuhe anziehen würde. Deshalb erbat ich vom Arzt an einem der seltenen Visitentage Ausgeherlaubnis. Der Arzt untersuchte mich oder tat wenigstens so; er stellte fest, daß das Abschuppen des Scharlachs beendet sei, und sagte, daß ich seinetwegen gehen könne; er riet mir, lächerlich genug, Anstrengungen und Kälte zu meiden, und wünschte mir viel Glück.

Aus einer Decke schnitt ich mir ein paar Fußlappen, nahm mir so viele Jacken und Leinenhosen, wie ich irgend auftreiben konnte (denn andere Kleidungsstücke gab es nicht), verabschiedet mich von Frau Vita und von Henek und ging.

Meine Füße trugen mich noch nicht so recht. Kaum im Freien, begegnete ich einem sowjetischen Offizier; er photographierte mich und schenkte mir fünf Zigaretten. Etwas weiter fiel ich einem Mann in Zivil, der Männer zum Schneeschippen suchte, in die Hände; er schnappte mich, taub gegen meinen Protest, drückte mir eine Schaufel in die Hand und teilte mich einer Gruppe Schneeschipper zu. Ich bot ihm die fünf Zigaretten, aber er wies sie empört zurück. Er war ein ehemaliger Kapo, und natürlich hatte er sein Amt behalten: denn wer sonst hätte es fertiggebracht, Leute wie uns Schnee schippen zu lassen? Ich versuchte es, hatte aber einfach nicht genügend Kraft. Wenn ich um die nächste Ecke hätte verschwinden können, wäre ich nicht mehr gesehen worden, zunächst aber mußte ich mich von der Schaufel befreien; sie zu verkaufen hätte sich vielleicht gelohnt, aber wem? Sie mit mir zu tragen, und sei es auch nur wenige Schritte, war gefährlich. Um sie zu vergraben, gab es zu wenig Schnee. Schließlich ließ ich sie in ein Kellerfenster fallen – und war wieder frei.

Ich schmuggelte mich in einen Block hinein; die Wache, ein alter Ungar, wollte mich nicht hineinlassen, aber die Zigaretten stimmten ihn um. Drinnen war es warm, voll von Rauch, Lärm und unbekannten Gesichtern; aber am Abend bekam auch ich von der Suppe. Ich hoffte auf einige Tage Ruhe und schrittweise Gewöhnung an das aktive Leben und wußte nicht, daß ich es schlecht getroffen hatte. Bereits am nächsten Morgen geriet ich in einen russischen Transport, der zu einem geheimnisvollen Sammellager unterwegs war.

Ich kann mich nicht mehr genau erinnern, wie und wann mein Grieche aus dem Nichts auftauchte. In jenen Tagen und an jenen Orten blies kurz nach dem Vorbeiziehen der Front ein Wirbelsturm über die Erde: die Welt um uns schien in das Urchaos zurückgekehrt und wimmelte von absonderlichen, ungestalten, abnormen menschlichen Wesen. Jedes von ihnen lief mit blinden oder überlegten Bewegungen umher, rastlos auf der Suche nach dem eigenen Platz, der eigenen Sphäre, wie die Kosmogonien der Alten dichterisch von den Teilchen der vier Elemente berichten. Auch ich war in den Wirbel hineingeraten; in einer eiskalten Nacht, nach heftigem Schneefall, fand ich mich lange vor Morgengrauen mit etwa zehn unbekannten Kameraden auf ein von Pferden gezogenes Militärfahrzeug geladen. Es war bitterkalt; der Himmel, dicht mit Sternen übersät, hellte sich im Osten allmählich auf und verhieß einen jener wunderbaren Sonnenaufgänge in der Ebene, die wir in der Zeit unserer Sklaverei auf dem Appellplatz des Lagers endlos mitangesehen hatten.

Unser Führer und Bewacher war ein russischer Soldat. Er saß auf dem Kutschbock und sang lauthals die Sterne an; gelegentlich wandte er sich auf die jenen Menschen eigene, seltsam zärtliche Weise den Pferden zu, mit liebevollem Tonfall und langen modulierten Sätzen. Wir hatten ihn natürlich über unser Ziel befragt, konnten aber nichts Verständliches erfahren, außer daß er, wie er durch rhythmische Pufflaute und durch Bewegungen der wie Kolben angewinkelten Ellenbogen zu verstehen gab, nur die Aufgabe habe, uns zu einer Bahnlinie zu bringen.

Und so geschah es. Bei Sonnenaufgang hielt das Fuhrwerk unten an einer Böschung; die oben laufenden Geleise waren infolge eines kurz zurückliegenden Bombenangriffs etwa fünfzig Meter weit unterbrochen und verbogen. Der Soldat wies auf das eine der beiden Gleisenden, half uns vom Wagen (und es war nötig; die Reise hatte fast zwei Stunden gedauert, der Wagen war klein gewesen, und viele von uns waren durch die unbequeme Stellung und die schneidende Kälte so steif geworden, daß sie sich kaum bewegen konnten), grüßte jovial mit unverständlichen Worten, wandte die Pferde und fuhr leise singend davon.

Die Sonne war, kaum aufgegangen, hinter einem Nebelschleier verschwunden; von der Höhe des Eisenbahndammes war außer einer im Schnee begrabenen, unendlich flachen und verlassenen Ebene nichts zu sehen, kein Dach, kein Baum. Stunden vergingen, niemand besaß eine Uhr.

Wir waren, wie gesagt, ungefähr zehn. Ein »Reichsdeutscher« war dabei, der sich wie viele andere deutsche »Arier« nach der Befreiung ein einigermaßen höfliches und sichtlich vieldeutiges Benehmen angeeignet hatte (kuriose Verwandlung, die ich schon an anderen beobachtet hatte; bei einigen vollzog sie sich nach und nach, bei anderen innerhalb weniger Minuten nach dem Auftauchen der neuen Herren mit dem roten Stern, auf deren breiten Gesichtern unschwer die Neigung abzulesen war, keine großen Umstände zu machen). Außerdem zwei lange hagere Brüder, Wiener Juden gegen Fünfzig, schweigsam und mißtrauisch wie alle alten Häftlinge; ein Offizier aus dem regulären jugoslawischen Herr, der die Unterwürfigkeit und Trägheit des Lagers noch nicht abzuschütteln vermocht hatte und uns aus leeren Augen ansah. Und ein menschliches Wrack von unbestimmbarem Alter, ein Mann, der ununterbrochen auf jiddisch vor sich hinredete; er gehörte zu den vielen, die das schreckliche Lagerleben weitgehend zerstört, dann aber am Leben gelassen hatte, gehüllt (und dadurch vielleicht geschützt) in einen dicken Panzer von Empfindungslosigkeit, oder entrückt in offenen Wahnsinn. Und schließlich der Grieche, mit dem mich das Schicksal für eine unvergeßliche Vagabundenwoche vereinigen sollte.

Er hieß Mordo Nahum und hatte auf den ersten Blick nichts Besonders an sich, außer seinen Schuhen (aus Leder, fast neu, ein elegantes Modell, unter diesen Umständen und an diesem Ort ein wahres Wunder) und dem Sack, den er auf dem Rücken trug und der einen erstaunlichen Umfang und entsprechendes Gewicht hatte, wie ich in den folgenden Tagen feststellen sollte. Außer seiner

Muttersprache sprach er Spanisch wie alle Juden aus Saloniki, Französisch, Italienisch, stockend, aber mit gutem Akzent, und, wie ich später erfuhr, Türkisch, Bulgarisch und ein wenig Albanisch. Er war vierzig Jahre alt, ziemlich groß, ging aber, wie die Kurzsichtigen, gebeugt, mit vorgestrecktem Hals. Er hatte rote Haut, rote Haare, große blasse wäßrige Augen und eine riesige gebogene Nase; er bekam dadurch das raubgierige und zugleich gehemmte Aussehen eines vom Licht überraschten Nachtvogels oder eines Raubfisches außerhalb seines natürlichen Elementes.

Er genas von einer nicht genau zu bestimmenden Krankheit, die ihn mit extrem hohen schwächenden Fieberanfällen heimgesucht hatte; und noch in den ersten Nächten der Reise überkamen ihn plötzlich Schwächezustände, begleitet von Schüttelfrost und Delirium. Obwohl wir uns gegenseitig nicht besonders zueinander hingezogen fühlten, verbanden uns doch die beiden gemeinsamen Sprachen und die unter diesen Umständen sehr spürbare Tatsache, daß wir in der kleinen Gruppe die beiden einzigen Südländer waren.

Eine endlose Wartezeit verstrich, wir waren hungrig und froren und mußten entweder stehen oder uns in den Schnee legen, weil, soweit das Auge reichte, kein Dach oder Unterschlupf zu sehen war. Gegen Mittag kündigte sich durch Schnauben und Rauch die Zivilisation an und streckte mitleidig in Gestalt eines kümmerlichen Güterzuges die Hand nach uns aus. Eine kleine Lokomotive, wie sie in normalen Zeiten innerhalb der Bahnhöfe zum Rangieren eingesetzt wird, zog drei oder vier Wagen.

Der Zug hielt vor uns, am Ende des unterbrochenen Streckenstücks. Einige polnische Bauern, von denen wir nichts Brauchbares erfahren konnten, stiegen aus, zeigten verschlossene Gesichter und wichen uns aus, als seien wir von einer ansteckenden Krankheit verseucht. Und wir waren es ja auch, wahrscheinlich im wahrsten Sinn des Wortes, und unser Anblick mochte wirklich nicht besonders anziehend sein: aber wir hatten dennoch die Illusion gehabt, von den ersten Zivilisten, denen wir nach unserer Befreiung begegnen würden, herzlicher empfangen zu werden. Wir kletterten alle in einen Waggon, und der kleine Zug fuhr beinahe sofort wieder zurück, nun geschoben von der Spielzeuglokomotive und nicht mehr gezogen. Beim nächsten Halt stiegen zwei Bäuerinnen ein, machten uns, nachdem Mißtrauen und Sprachschwierigkeiten überwunden waren, einige wichtige geographische Angaben und teilten uns eine Neuigkeit mit, die falls sie stimmte, eine Katastrophe verhieß.

Die Schienen waren in der Nähe einer Ortschaft namens Neu Berun unterbrochen, von wo aus eine jetzt zerstörte Nebenstrecke nach Auschwitz geführt hatte. Die beiden von der Unterbrechung wegführenden Gleisstücke liefen westlich nach Kattowitz beziehungsweise östlich nach Krakau. Beide Orte lagen von Neu Berun ungefähr sechzig Kilometer entfernt, was bei dem schrecklichen Zustand, in den der Krieg die Eisenbahnlinie versetzte hatte, mindestens zwei Tage Reise bedeuteten, wobei offen war, wie oft man Aufenthalt haben würde und wie oft man umsteigen müßte. Unser Zug fuhr in Richtung Krakau; nach Krakau hatten die Russen bis vor wenigen Tagen eine ungeheure Zahl ehemaliger Gefangener transportiert, und alle Kasernen, Schulen, Krankenhäuser und Klöster waren überfüllt mit Leuten, die sich im Zustand akuter Not befanden. Nach den Aussagen der Bäuerinnen wimmelte es in Krakaus Straßen von Menschen aller Rassen, die sich in Sekundenschnelle in Schmuggler, Schwarzhändler oder sogar in Räuber und Banditen verwandelt hatten.

Schon seit mehreren Tagen wurden die ehemaligen Gefangenen in anderen Lagern rings um Kattowitz aufgefangen. Die beiden Frauen waren sehr erstaunt, daß wir uns auf der Reise nach Krakau befanden, wo, wie sie sagten, sogar die russische Garnison Hunger litt. Als sie unseren Bericht angehört hatten, besprachen sie sich kurz miteinander und erklärten dann, sie seien überzeugt, daß es sich um einen Irrtum unseres Begleiters, des russischen Kutschers, gehandelt haben müsse, der uns in Unkenntnis der Gegend auf das östliche statt auf das westliche Gleisstück gewiesen habe.

Diese Mitteilung stürzte uns in ein Gewirr von Zweifeln und Ängsten. Wir hatten eine kurze, sichere Reise erhofft, ein Lager, das darauf vorbereitet war, uns aufzunehmen, einen erträglichen Ersatz für Zuhause; und diese Hoffnung war Teil einer weitaus größeren Hoffnung, jener auf eine wohlgeordnete und gerechte Welt, wie durch Wunder wieder in ihre Fundamente gefügt nach einer Ewigkeit von Umwälzungen, Verirrungen und Gemetzeln, nach langem Ausharren. Diese Hoffnung war naiv wie alle Hoffnungen, die auf einer zu scharfen Unterscheidung zwischen Gut und Böse, zwischen Vergangenheit und Zukunft beruhen – aber wir lebten von ihr. Diese erste Enttäuschung und die vielen unvermeidlichen, kleinen und großen Enttäuschungen, die ihr folgen sollten, erfüllten die meistens von uns mit Schmerz, um so mehr, als man sie nicht vorausgesehen hatte; denn man träumt nicht jahre-, jahrzehntelang von einer besseren Welt, ohne sie sich vollkommen zu denken.

Aber das Gegenteil war geschehen, und nur die Klügsten unter uns hatten es vorausgesehen. Die Freiheit, die unwahrscheinliche und unmögliche Freiheit, so fern von Auschwitz, daß wir nur von ihr zu träumen wagten, war da, aber in das Gelobte Land hatte sie uns nicht gebracht.

Sie umgab uns, aber nur in Gestalt einer trostlosen, verlassenen Ebene. Andere Prüfungen erwarteten uns, andere Anstrengungen, anderer Hunger, andere Kälte, andere Ängste.

Ich hatte seit vierundzwanzig Stunden nichts zu mir genommen. Wir saßen auf dem hölzernen Boden des Waggons, Rücken an Rücken, zum Schutz gegen die Kälte; die Gleise waren holperig, und unsere Köpfe, unsicher auf den Hälsen, stießen bei jeder Erschütterung gegen die Bretter der Waggonwand. Ich glaubte mich am Ende, nicht nur körperlich: wie ein Läufer, der stundenlang gerannt ist und alle seine eigenen Kräfte erschöpft hat, die ursprünglichen, natürlichen Kräfte und außerdem jene, die man erzwingt, die in den Augenblicken höchster Not dem Nichts abgerungen werden; der das Ziel erreicht und in dem Augenblick, da er erschöpft zu Boden sinken will, brutal wieder auf die Füße gestellt und gezwungen wird, weiterzulaufen in die Dunkelheit, einem anderen Ziel entgegen, von dem er nicht weiß, wie weit es entfernt ist. Ich hing bitteren Gedanken nach: daß die Natur selten etwas wiedergutmacht, und die menschliche Gesellschaft, die sich ängstlich und spät von den primitiven Schemata der Natur löst, ebenso; und welch eine Errungenschaft es in der Geschichte des menschlichen Denkens bedeutet, soweit gekommen zu sein, daß man in der Natur nicht ein Vorbild sieht, sondern eine ungestalte Masse, die man formen, oder einen Feind, den man bekämpfen muß.

Der Zug fuhr langsam. Gegen Abend tauchten dunkle, offenbar verlassene Dörfer auf; dann senkte sich eine totale Nacht herab, bitterkalt, ohne Lichter am Himmel oder auf der Erde. Nur die Erschütterungen des Wagens hinderten uns, in einen Schlaf zu versinken, der in der Kälte tödlich gewesen wäre. Nach unendlichen Stunden Fahrt hielten wir, vielleicht gegen drei Uhr nachts, in einer verwahrlosten, dunklen kleinen Station. Der Grieche delirierte; von den anderen wollte keiner, teils aus Furcht, teils aus reiner Trägheit, teils in der Hoffnung, der Zug werde sich bald wieder in Bewegung setzen, aus dem Waggon steigen. Ich kletterte hinaus und tappte mit meinem lächerlichen Gepäck im Dunkeln herum, bis ich ein kleines erleuchtetes Fenster entdeckte. Es war die Telegraphenkabine, vollgepfropft mit Leuten. Es gab einen brennenden Ofen. Ich trat ein, ängstlich wie ein streunender Hund, bereit, bei der ersten drohenden Geste zu verschwinden, aber niemand kümmerte sich um mich. Ich legte mich auf den Boden und schlief, wie man es im Lager lernt, augenblicklich ein.

Einige Stunden später erwachte ich, der Morgen graute. Die Kabine war leer. Der Telegraphenbeamte sah, wie ich den Kopf hob und legte ein ungeheuer großes Stück Brot und Käse neben mich auf den Boden. Ich war völlig verwirrt (außerdem betäubt von Kälte und Schlaf) und fürchte, ich habe ihm nicht gedankt. Ich stopfte das Essen in mich hinein und ging hinaus: der Zug hatte sich nicht gerührt. Wir tot lagen die Kameraden im Waggon; als sie mich sahen, rappelten sie sich auf, nur der Jugoslawe versuchte vergeblich, sich zu erheben. Kälte und mangelnde Bewegung hatten seine Beine gelähmt; er schrie und stöhnte bei der geringsten Berührung. Wir mußten ihn lange massieren und vorsichtig, wie man einen verrosteten Mechanismus wieder in Gang bringt, seine Glieder bewegen.

Es war für alle eine schreckliche Nacht gewesen, vielleicht die schlimmste in unserem ganzen Exil. Ich sprach mit dem Griechen darüber; wir faßten den Beschluß, uns zusammenzutun, um eine zweite eisige Nacht auf jeden

Fall zu vermeiden; wir spürten, daß wir sie nicht überlebt hätten.

Ich glaube, daß der Grieche dank meines nächtlichen Verschwindens meine Qualitäten, als »débrouillard et démerdard«, wie man damals eleganterweise zu sagen pflegte, überschätzt hatte. Was mich betrifft, muß ich gestehen, daß ich ihn vor allem nach seinem dicken Sack und nach seiner Herkunft beurteilt hatte, die, wie jeder in Auschwitz wußte, einer Garantie für raffinierte Handelskünste gleichkam. Außerdem besaßen die Leute aus Saloniki die Fähigkeit, sich immer und überall aus der Affäre zu ziehen. Die gegenseitige Sympathie und die einseitige Hochachtung kamen später.

Der Zug fuhr an und brachte uns auf gewundenen Wegen zu einem Ort namens Szczakowa. Das polnische Rote Kreuz hatte dort eine märchenhafte warme Küche eingerichtet; eine recht substantielle Suppe wurde zu jeder Tages- und Nachtzeit an jeden ausgegeben, der danach verlangte. Ein Wunder, das keiner von uns in seinen kühnsten Träumen erhofft hatte, in gewisser Hinsicht das genaue Gegenteil des Lagers. Ich weiß nicht mehr, was meine Kameraden taten; ich zeigte mich dermaßen gefräßig, daß die polnischen Schwestern, die doch an die ausgehungerte Kundschaft des Ortes gewöhnt waren, sich bekreuzigten.

Am Nachmittag fuhren wir weiter. Die Sonne schien. Bei Sonnenuntergang blieb unser kümmerlicher Zug stehen – ein Defekt; in der Ferne leuchteten rötlich die Kirchtürme von Krakau. Der Grieche und ich stiegen aus, um den Maschinisten zu befragen, der, geschäftig und verdreckt, mitten im Schnee einen Kampf mit langen Dampfstößen führte, die aus irgendeinem schadhaften Ventil hervorzischten. »Maschina kaputt«, stellte er lapidar fest. Wir waren keine Sklaven mehr, standen unter niemandes

Schutz, waren aus der Bevormundung entlassen. Die Stunde der Bewährung hatte geschlagen.

Der Grieche war durch die warme Suppe in Szczakowa wiederhergestellt und fühlte sich kräftig genug. »On y va?« – »On y va.« So verließen wir den Zug und die unschlüssigen Kameraden, die wir nicht wiedersehen sollten, und machten uns zu Fuß auf den Weg, auf die problematische Suche nach der menschlichen Gesellschaft.

Seiner herrischen Aufforderung folgend, hatte ich mir den berühmten Sack aufgeladen. »Aber es ist doch deiner!« versuchte ich vergeblich zu protestieren. »Gerade darum. Ich habe die Sachen organisiert, und du trägst sie. Das ist Arbeitsteilung. Du wirst später auch davon profitieren.« So zogen wir los, er voran und ich hinterdrein, auf dem festen Schnee einer Vorstadtstraße; die Sonne war untergegangen.

Von den Schuhen des Griechen habe ich schon gesprochen; ich trug eine seltsame Fußbekleidung, wie ich sie in Italien nur an Priestern gesehen habe: aus feinstem Leder, bis über die Knöchel reichend, anstelle von Schnürsenkeln mit zwei großen Schnallen und zwei Seitenstücken aus elastischem Stoff versehen, die den Verschluß bilden und ein festes Anliegen bewirken sollten. Außerdem trug ich vier Paar Häftlingshosen aus Leinen übereinander, ein Baumwollhemd und eine gestreifte Jacke, sonst nichts. Mein Gepäck bestand aus einer Decke und einer Pappschachtel, in der ich anfangs einige Stücke Brot aufbewahrt hatte, die aber jetzt leer war – lauter Dinge, die der Grieche mit unverhohlener Geringschätzung und Verachtung betrachtete.

Wir hatten die Entfernung nach Krakau völlig falsch eingeschätzt. Es mußten mindestens sieben Kilometer Fußmarsch sein. Nach zwanzig Minuten waren meine

Schuhe nicht mehr zu gebrauchen; der eine löste sich auf, am anderen war die Sohle abgegangen. Der Grieche hatte bis jetzt ein vielsagendes Schweigen bewahrt. Als er sah, wie ich den Sack abstellte und mich auf einen Wegstein setzte, um das Unglück zu betrachten, fragte er: »Wie alt bist du?«

»Fünfundzwanzig.«

»Was ist dein Beruf?«

»Ich bin Chemiker.«

»Dann bist du ein Dummkopf«, sagte er ruhig. »Wer keine Schuhe hat, ist ein Dummkopf.«

Er war ein Grieche von Format. Selten in meinem Leben, vorher und nachher, ist mir eine so konkrete Wahrheit auf den Kopf zugesagt worden. Es gab darauf wenig zu erwidern. Die Richtigkeit der Behauptung lag handgreiflich zutage: die beiden unförmigen Trümmer an meinen Füßen und die beiden strahlenden Wunder an den seinen. Eine Rechtfertigung war nicht möglich. Ich war kein Sklave mehr, aber nach wenigen Schritten auf der Straße der Freiheit saß ich da auf einem Wegstein, die Füße in der Hand, dumm und nutzlos wie die kaputte Lokomotive, die wir vor kurzem verlassen hatten. Verdiente ich also die Freiheit? Der Grieche zweifelte offenbar daran.

»... aber ich hatte Scharlach und Fieber, und ich lag im Krankenrevier; das Schuhmagazin war so weit weg, es war verboten, dahinzugehen, und dann hieß es, die Polen hätten es geplündert. Und war ich denn nicht berechtigt zu glauben, die Russen hätten für alles gesorgt?«

»Nichts als Worte«, antwortete der Grieche. »Worte kann jeder machen. Ich hatte vierzig Fieber und wußte nicht mehr, ob es Tag war oder Nacht. Aber etwas wußte ich, nämlich daß ich Schuhe und andere Dinge brauchte; da bin ich aufgestanden und zum Magazin gegangen, um die Lage zu erkunden. Und da stand ein Russe mit dem Gewehr vor der Tür; aber ich brauchte Schuhe und bin hinten herumgegangen, habe ein Fenster eingedrückt und bin eingestiegen. So habe ich mir die Schuhe geholt und den Sack und alles, was darin ist und was später noch sehr nützlich sein wird. Das ist Planung; was du sagst, Dummheit – du verkennst die Wirklichkeit der Dinge.«

»Jetzt bist du es, der Worte macht«, sagte ich. »Vielleicht habe ich einen Fehler gemacht, aber jetzt geht es darum, nach Krakau zu kommen, bevor es Nacht wird, mit Schuhen oder ohne.« Und mit steifen Fingern und einigen Drahtstücken, die ich auf der Straße gefunden hatte, mühte ich mich, wenigstens notdürftig die Sohlen am Oberleder zu befestigen.

»Laß das, so bringst du nichts zustande.« Er reichte mir zwei feste Leinenstücke aus dem Sack und zeigte mir die Technik, Schuhe und Füße so zu verpacken, daß man einigermaßen gehen konnte. Schweigend setzten wir danach unseren Weg fort.

Die Vorstädte von Krakau wirkten farblos und schmutzig. Die Straßen waren verlassen, die Schaufenster leer, alle Türen und Fenster verrammelt oder aufgebrochen. Wir erreichten die Endstation einer Straßenbahnlinie; ich zögerte, weil wir kein Geld hatten, aber der Grieche sagte: »Steigen wir ein, das weitere wird sich zeigen.« Der Wagen war leer; nach einer Viertelstunde erschien der Fahrer, kein Schaffner (woran man sieht, daß der Grieche wieder einmal recht hatte; und, wie sich zeigen wird, in allen folgenden Fällen recht haben wird, außer in einem); während der Fahrt stellten wir erfreut fest, daß einer der zugestiegenen Fahrgäste ein französischer Soldat war. Er erzählte uns, daß er in einem alten Kloster untergebracht sei und unsere Straßenbahn jeden Augenblick daran vorbeifahren werde; an der nächsten Haltestelle liege eine von den Russen requirierte Kaserne, besetzt mit italienischen Soldaten. Mein Herz schlug vor Freude: ich hatte ein Zuhause gefunden.

Die Wirklichkeit sah aber bei weitem nicht so einfach aus. Der polnische Wachtposten vor der Kaserne forderte uns zunächst einmal auf, zu verschwinden. »Wohin?« – »Was weiß ich? Weg hier, wohin ist mir egal.« Nach vielem Drängen und Bitten ließ er sich endlich herbei, einen italienischen Feldwebel zu holen, von dem offenbar die Entscheidung über Zulassung weiterer Gäste abhing. Es sei nicht einfach, erklärte dieser, die Kaserne sei bereits überfüllt, die Rationen begrenzt; daß ich Italiener war, mußte er zugeben, aber ich war kein Soldat; meinen Kameraden, einen Griechen, könne man unmöglich mit Soldaten zusammenbringen, die früher in Griechenland und Albanien gekämpft hatten. Es würde unweigerlich Unruhe und Streit geben. Ich versuchte, ihm so beredt wie möglich und mit echten Tränen in den Augen klarzumachen, daß wir garantiert nur eine einzige Nacht bleiben würden (und dachte bei mir: erst einmal drinnen ...), da der Grieche gut Italienisch könne und den Mund außerdem so wenig wie möglich auftun werde. Meine Argumente waren schwach, und ich wußte es; der Grieche aber wußte, wie überall auf der Welt der Kommiß funktioniert, und wühlte, während ich sprach, in dem Sack auf meinem Rücken. Plötzlich schob er mich beseite und hielt dem Cerberus eine glänzende Büchse »Pork« unter die Nase, mit einem bunten Etikett verziert und versehen mit höchst überflüssigen, sechssprachigen Anweisungen, wie der Inhalt zu behandeln sei. So eroberten wir uns ein Dach und ein Bett in Krakau.

Inzwischen war es Nacht geworden. Entgegen den Beteuerungen des Feldwebels herrschte im Innern der Kaserne reicher Überfluß: brennende Öfen, Kerzen und Karbidlampen, es gab zu essen und zu trinken und Stroh zum Schlafen. Die Italiener waren zu zehn, zwölf Mann pro Raum untergebracht, wir in Monowitz dagegen zwei auf einen Kubikmeter. Sie trugen gute Uniformen, gefütterte Jacken, viele eine Armbanduhr, alle hatten brillantineglänzende Haare; sie lärmten, waren fröhlich und herzlich und überhäuften uns mit Freundlichkeiten. Was den Griechen anging, fehlte wenig, daß sie ihn nicht im Triumph herumgetragen hätten. Ein Grieche! Ein Grieche ist da! Die Nachricht lief von Raum zu Raum, und binnen kurzem versammelte sich eine festlich gestimmte Menge um meinen strengen Genossen. Sie sprachen Griechisch, einige mit Bravour, diese Heimkehrer, die die mildeste militärische Besetzung mitgemacht hatten, die die Geschichte gekannt hat. Farbenreich und voller Sympathie beschworen sie Orte und Ereignisse wieder herauf, wobei sie stillschweigend die verzweifelte Tapferkeit des eroberten Landes ritterlich anerkannten. Aber noch etwas anderes weckte ihre Begeisterung: mein Grieche war nicht irgendein Grieche, sondern offensichtlich ein Meister, eine Autorität, ein Supergrieche. Durch eine Unterhaltung von wenigen Minuten hatte er ein Wunder vollbracht – eine Atmosphäre geschaffen.

Er brachte die nötigen Voraussetzungen mit: er sprach Italienisch, und (was wichtiger ist und vielen Italiener selbst fehlt) er wußte, worüber man auf Italienisch spricht. Ich war verblüfft; fachmännisch redete er über Mädchen und Nudeln, über Juventus und Opernmusik, über Krieg und über Tripper, über Wein und schwarzen Markt, über Motorräder und Tricks. Mordo Nahum, mir gegenüber so wortkarg, wurde rasch zum Mittelpunkt des

Abends. Mir wurde klar, daß er sich nicht nur aus opportunistischen Gründen so gesprächig zeigte, sich so erfolgreich um die »captatio benevolentiae« bemühte. Als Sergeant hatte er den Griechenlandfeldzug mitgemacht, auf der anderen Seite der Front, versteht sich, aber diese Kleinigkeit schien in diesem Augenblick allen bedeutungslos. Er war, wie viele Italiener auch, bei Tepeleni dabeigewesen, er hatte, wie sie, die Kälte, den Hunger, den Schlamm und die Fliegerangriffe ertragen, und schließlich hatten ihn die Deutschen so wie sie gefangenengenommen. Ein Kamerad also, ein Schicksalsgenosse.

Er erzählte seltsame Kriegsgeschichten; wie er, nachdem die Deuschen die Front durchbrochen hatten, mit sechs seiner Soldaten das erste Stockwerk einer bombardierten und verlassenen Villa auf der Suche nach Lebensmitteln durchstöbert und im unteren Stockwerk verdächtige Geräusche gehört hatte, wie er vorsichtig, das Gewehr im Anschlag, die Treppe hinuntergegangen und auf einen italienischen Sergeanten mit sechs Soldaten gestoßen war, die im Erdgeschoß der gleichen Beschäftigung nachgingen. Wie der Italiener seinerseits das Gewehr auf ihn gerichtet, er ihm aber zu bedenken gegeben hatte, daß eine Schießerei unter diesen Umständen besonders sinnlos wäre, Griechen und Italiener beide gleichermaßen in der Patsche säßen und er nicht einsehe, warum sie nicht einen kleinen lokalen Separatfrieden abschließen und in den jeweilig besetzten Gebieten die Suche fortsetzen sollten: diesem Vorschlag hatte der Italiener sofort zugestimmt.

Auch für mich war es eine Offenbarung. Ich wußte, daß er nichts als ein recht verschlagener Kaufmann war, gewitzt im Betrügen und ohne alle Skrupel, egoistisch und kalt; dennoch spürte ich, wie, durch die Sympathie des Publikums erzeugt, eine neue Wärme aufbrach, eine unerwartete Menschlichkeit, ungewöhnlich, aber echt und vielversprechend.

Spät in der Nacht brachte irgend jemand eine Flasche Wein an. Es war der Gnadenstoß; selig tauchte ich in einen warmen purpurnen Nebel, und nur mit Mühe schleppte ich mich endlich auf allen vieren zu dem Strohlager, das die Italiener in mütterlicher Fürsorge in einer Ecke für mich und den Griechen bereitet hatten.

Der Morgen graute noch kaum, als der Grieche mich weckte. Welche Ernüchterung! Wo war der liebenswürdige Tischgenosse vom vorangegangenen Abend geblieben? Der Grieche, der vor mir stand, war hart, verschlossen, schweigsam. »Steh auf«, sagte er in einem Ton, der keinen Widerspruch duldete, »zieh die Schuhe an, nimm den Sack, wir gehen.«

»Gehen, wohin?«

»Arbeiten, auf den Markt. Findest du es schön, dich aushalten zu lassen?«

Nichts in mir sprach auf dieses Argument an. Nicht nur bequem, auch vollkommen natürlich war es mir erschienen, daß jemand mich aushielt, sogar schön; schön und begeisternd hatte ich sie gefunden, diese Explosion nationaler Solidarität, spontaner Menschlichkeit am Abend zuvor. Und außerdem schien es mir, der ich erfüllt war von Selbstmitleid, nur recht und billig, daß die Welt sich endlich mitleidig erzeigte. Abgesehen davon besaß ich keine Schuhe, mich fror, ich war krank und müde und außerdem: was um Himmels willen sollte ich auf dem Markt tun?

Ich brachte diese, wie ich glaubte, schlagenden Einwände vor. Aber er erwiderte trocken: »C'est pas des raisons d'homme.« Ich mußte erkennen, daß ich eines seiner entscheidenden moralischen Prinzipien verletzt hatte, daß er ernsthaft entrüstet war, daß er in diesem

Punkt nicht mit sich handeln ließ. Die moralischen Kodexe sind ihrer Natur nach alle starr. Sie erlauben keine Nuancierung, keinen Kompromiß und keine gegenseitige Durchdringung. Sie können nur als Ganzes angenommen oder abgelehnt werden. Hierin liegt einer der Hauptgründe, weshalb der Mensch Gruppen bildet, weshalb er mehr oder weniger bewußt nicht seinen Nächsten sucht, sondern nur die Nähe dessen, der seine Grundüberzeugungen teilt (oder den Mangel an solchen Überzeugungen). Entäuscht und überrascht mußte ich einsehen, daß Mordo Nahum sich genauso verhielt, daß er ein Mensch mit tiefverwurzelten Überzeugungen war, die von den meinen größtenteils abwichen. Nun weiß jedermann, wie beschwerlich es ist, Geschäftsbeziehungen mit einem ideologischen Gegner zu unterhalten, und wieviel mehr noch, mit einem solchen zusammenzuleben.

Das Fundament seiner Ethik bildet die Arbeit, die er als heilige Pflicht, aber in einem sehr weiten Sinn auffaßte. Alles – und nur das – war Arbeit, was Gewinn brachte, ohne die Freiheit zu beschneiden. Eine solche Arbeitsauffassung umfaßt infolgedessen außer einigen legalen Aktivitäten beispielsweise auch Schmuggel, Diebstahl und Betrug (nicht Raub: er war nicht gewalttätig). Als verwerflich, weil erniedrigend, galten ihm dagegen alle Aktivitäten, die weder Initiative noch Risiko enthielten oder Disziplin und Hierarchien voraussetzten. Jedes Angestelltenverhältnis, jede Dienstleistung, selbst wenn sie gut bezahlt war, kam für ihn von vornherein »knechtischer Arbeit« gleich. Keine knechtische Arbeit dagegen war es, sein eigenes Feld zu bebauen oder im Hafen falsche Antiquitäten an Touristen zu verkaufen.

Was die höheren, geistigen Aktivitäten anging, die schöpferische Arbeit, brauchte ich nicht lange, um zu begreifen, daß die Meinung des Griechen hier zweispältig war. Es handelte sich um delikate Unterscheidungen, die von Fall zu Fall getroffen werden mußten. Zum Beispiel galt es als erlaubt, nach dem Erfolg als Selbstzweck zu streben, auch wenn dies mit gefälschten Gemälden, Verbreitung von Schundliteratur und Schädigung seines Nächsten erreicht wurde; tadelnswert dagegen war es, sich auf ein Ideal zu versteifen, das keinen Gewinn verhieß, sündhaft, sich zur Kontemplation von der Welt zurückzuziehen; gestattet wiederum und möglicherweise sogar empfehlenswert, sich mit Nachdenken und dem Erwerb von Wissen zu beschäftigen, vorausgesetzt, daß man sich nicht darauf verließ, sein täglich Brot von der Gemeinschaft gratis zu erhalten: auch Wissen ist Ware und kann und muß gehandelt werden.

Da Mordo Nahum kein Dummkopf war, wußte er, daß seine Prinzipien von Menschen anderer Herkunft und Erziehung nicht geteilt werden konnten, und in diesem Fall nicht von mir; er war im übrigen fest davon überzeugt und legte seinen Ehrgeiz darein, sie in die Tat umzusetzen, um mir ihre Allgemeingültigkeit zu demonstrieren.

Kurz, meine Absicht, in Ruhe auf das Brot der Russen zu warten, konnte nur Verachtung in ihm auslösen, da es kein »verdientes« Brot war und einem Abhängigkeitsverhältnis gleichkam. Außerdem waren ihm alle Regelungen und Strukturen verdächtig, mochten sie nun einen Laib Brot am Tag einbringen oder ein monatliches Gehalt.

Ich ging also mit dem Griechen auf den Markt, nicht so sehr, weil mich seine Argumente überzeugt hatten, sondern weil ich unschlüssig und neugierig war. Am Abend zuvor, während ich in einem Meer von Weindunst schwamm, hatte er sich eingehend über Lage, Usancen, Preise, Angebot und Nachfrage auf dem Schwarzmarkt von Krakau informiert, und die Pflicht rief ihn.

Wir brachen auf, er mit dem Sack (den ich trug) und ich in meinen unglücklichen Schuhen, die jeden Schritt problematisch machten. Der Markt von Krakau war unmittelbar nach dem Hindurchziehen der Front spontan aufgeblüht und hatte in wenigen Tagen von einem ganzen Stadtviertel Besitz ergriffen. Man verkaufte und kaufte dort alles, und die ganze Stadt nahm daran Anteil; Bürger verkauften Möbel, Bücher, Bilder, Kleidungsstücke und Silber; Bäuerinnen, ausgestopft wie Matratzen, boten Fleisch, Hühner, Eier und Käse feil; kleine Jungen und Mädchen, Nasen und Backen vom eisigen Wind gerötet, suchten nach Abnehmern für die Tabakrationen, die von der sowjetischen Militärverwaltung in verschwenderischer Weise verteilt wurden (dreihundert Gramm pro Monat für jedermann, einschließlich den Säuglingen).

Zu meiner Freude stieß ich auf eine Gruppe von Landsleuten: drei Soldaten und ein Mädchen, vergnügt, freigebig und geschickt, die mit ihren heißen Pfannkuchen, die sie aus merkwürdigen Ingredienzien unter einem nahegelegenen Torbogen zubereiteten, in diesen Tagen ein glänzendes Geschäft machten.

Nach einem ersten Orientierungsgang entschied sich der Grieche für die Hemden. Sollten wir Partner werden? Gut, er würde das Kapital und die Händlererfahrung beitragen; ich meine (geringen) Deutschkenntnisse und meine Arbeitskraft. »Geh«, sagte er, »mach an allen Ständen, wo Hemden verkauft werden die Runde, frag, was sie kosten, sag, das sei dir zu teuer, und komm dann und berichte mir. Paß auf, daß du nicht zu sehr auffällst.« Widerwillig schickte ich mich an, diese Marktuntersuchung vorzunehmen. Noch nisteten alter Hunger, Kälte und Trägheit in mir und kämpften mit Neugier, Leichtsinn und einer neuen und freudigen Begier, Gespräche zu führen, menschliche Beziehungen zu knüpfen, von meiner unermeßlichen Freiheit glänzenden und verschwenderischen Gebrauch zu machen. Aber der Grieche beobachtete mich hinter dem Rücken meiner Gesprächspartner mit strengem Blick: schnell, zum Teufel, Zeit ist Geld, und Geschäft ist Geschäft.

Mit einigen Vergleichspreisen kehrte ich zurück, und der Grieche notierte sich alles im Geiste; ich brachte außerdem einige etwas wirre philologische Begriffe mit: daß man für »Hemd« etwas wie »koschúla« sagt: daß die polnischen Zahlwörter den griechischen ähneln; daß man für »was kostet es« und »wie spät ist es« »ile kostúie« und »ktura godschina« sagen kann; eine Genitivendung auf »-ego«, die mir die Bedeutung einiger polnischer Flüche klarmachte, die ich oft im Lager gehört hatte, und andere Informationsfetzen, die mich mit einer albernen, kindlichen Freude erfüllten.

Der Grieche kalkulierte. Ein Hemd konnte man für fünfzig bis hundert Zloty verkaufen; ein Ei kostete fünf bis sechs Zloty; für zehn Zloty konnte man nach Aussage der Italiener mit den Pfannkuchen eine Suppe und ein Tellergericht in der Armenküche hinter der Kathedrale bekommen. Der Grieche beschloß, nur eines von den drei Hemden, die er besaß, zu verkaufen und dort zu essen; was übrigblieb, sollte in Eier investiert werden. Danach würde man weitersehen.

Er gab mir also das Hemd, und ich sollte es hochhalten und rufen: »Ein Hemd, meine Herren, ein Hemd.« »Hemd« wußte ich schon; bei »Herren« glaubte ich mich zu erinnern, daß die korrekte Form »Panowie« lautete, ein Wort, das ich eben erst von einem Konkurrenten gehört hatte und das ich als Vokativ des Plurals von »Pan«, »Herr« deutete. An dieser letzteren Bezeichnung gab es keinen Zweifel: sie steht in einem wichtigen Dialog der *Brüder Karamasow*. Es mußte wirklich die korrekte Vokabel sein, denn verschiedene Kunden sprachen mich daraufhin auf polnisch an und stellten mir unverständliche Fragen zu dem Hemd. Ich geriet in Verlegenheit; der Grieche griff herrisch ein, schob mich beiseite und übernahm selbst die Verhandlung, die nach langem und mühsamem Hin und Her einen glücklichen Ausgang fand. Auf Wunsch des Käufers fand die Übergabe der Ware nicht auf dem öffentlichen Platz, sondern unter einem Torbogen statt.

Siebzig Zloty bedeuteten sieben Essen oder ein Dutzend Eier. Wie es um den Griechen bestellt war, weiß ich nicht; ich hatte seit vierzehn Monaten nicht mehr über so viel Lebensmittel verfügt, geschweige denn über so viel auf einmal. Aber verfügte ich wirklich darüber? Es war zu bezweifeln, der Grieche steckte die Summe schweigend in die Tasche und gab durch seine ganze Haltung zu verstehen, daß er die Verwaltung der Einkünfte selbst zu übernehmen wünsche.

Dann besuchten wir noch die Stände der Eierverkäuferinnen und sahen, daß man zum selben Preis gekochte und rohe Eier kaufen konnte. Wir kauften sechs zum Abendessen; der Grieche ging dabei sehr sorgfältig vor und suchte nach minuziösen Vergleichen, häufigem Zögern und vielem Hin und Her die größten aus, wobei ihn die kritischen Blicke der Verkäuferin völlig gleichgültig ließen.

Die Armenküche sollte also hinter der Kathedrale liegen; nur, welche der vielen schönen Kirchen von Krakau war die Kathedrale? Wen konnte man fragen und wie? Ein Priester kam vorbei; er mußte es doch wissen. Der Priester war jung und liebenswürdig, verstand aber weder Französisch noch Deutsch; so zog ich zum ersten und einzigen Mal in meinem nachschulischen Leben Nutzen aus den Jahren altsprachlichen Unterrichts und führte auf lateinisch ein höchst seltsames und wirres Gespräch. Angefangen mit der Bitte um Auskunft (»Pater optime, ubi est mensa pauperorum?«) kamen wir durcheinander auf alles zu sprechen: daß ich Jude sei, auf das Lager (»castra«? Besser »Lager«, das verstand leider jeder), auf Italien, darauf, daß man in der Öffentlichkeit besser kein Deutsch sprechen sollte (was ich bald danach am eigenen Leibe erfahren sollte) und auf zahllose andere Dinge, denen das ungewohnte Gewand der Sprache einen seltsamen Duft entlegener Vergangenheit verlieh.

Ich hatte Hunger und Kälte völlig vergessen – tatsächlich ist das Bedürfnis nach menschlichem Kontakt eines der elementarsten. Auch den Griechen hatte ich vergessen, er mich aber keineswegs. Nach wenigen Minuten machte er sich brutal bemerkbar und unterbrach mitleidlos das Gespräch. Nicht, daß er kontaktarm gewesen wäre oder keinen Sinn für die Wohltat menschlicher Beziehungen besessen hätte (der Abend in der Kaserne hatte das Gegenteil bewiesen), aber sie gehörten zu den Dingen außerhalb der Dienstzeit, waren Sonntagsvergnügen, Beigaben, die mit der ernsten und harten Pflicht der täglichen Arbeit nicht vermengt werden durften. Auf meinen schwachen Protest reagierte er nur mit einem schiefen Blick. Wir gingen weiter; der Grieche schwieg lange, dann sagte er nachdenklich, und es war dies das endgültige Urteil über meine Mitarbeit: »Je n'ai pas encore compris si tu es idiot ou fainéant.«

Dank der wertvollen Hinweise des Priesters fanden wir die Armenküche, einen recht deprimierenden Ort, der aber geheizt und voller köstlicher Gerüche war. Der Grieche bestellte zwei Suppen und zur Strafe für mein unpassendes und törichtes Benehmen am Morgen nur eine Portion Bohnen und Speck. Er war böse; aber nachdem er seine Suppe gelöffelt hatte, war er sichtlich milder gestimmt und gab mir sogar gut ein Viertel von seinen Bohnen ab. Draußen hatte es zu schneien begonnen, und ein scharfer Wind blies. Ob es nun Mitleid angesichts meiner gestreiften Häftlingskleidung oder einfach Gleichgültigkeit gegen die Anordnungen war, das Küchenpersonal ließ uns jedenfalls einen guten Teil des Nachmittags in Ruhe, so daß wir meditieren und Pläne für die Zukunft machen konnten. Der Grieche war jetzt besserer Laune; vielleicht hatte er wieder Fieber, oder aber er fühlte sich aufgrund der einträglichen Geschäfte vom Vormittag in Ferienstimmung. Auf jeden Fall trug er ein wohlwollend pädagogisches Gebaren zur Schau. Im Laufe der Stunden bekam seine Stimme unmerklich einen wärmeren Klang, und gleichzeitig veränderte sich unser Verhältnis zueinander: Von Herr – Knecht am Mittag zu Vorgesetzer – Angestellter um eins, zu Meister – Schüler um zwei, zu großer Bruder – kleiner Bruder um drei. Das Gespräch kam auf meine Schuhe, die aus verschiedenen Gründen keiner von uns vergessen konnte. Er erklärte mir, daß keine Schuhe zu besitzen eine schwere Verfehlung bedeute. In Kriegszeiten müsse man vor allem an zwei Dinge denken: zuerst an Schuhe, danach an Lebensmittel; und nicht umgekehrt, wie die Unerfahrenen glauben; denn wer Schuhe hat, kann herumlaufen und sich etwas zu essen beschaffen, während es umgekehrt nicht möglich ist. »Aber der Krieg ist zu Ende«, wandte ich ein – und, wie viele in diesen Monaten des Aufatmens, glaubte ich tatsächlich, daß er zu Ende sei in einem umfassenderen Sinne, als man es heute zu denken wagt. »Es ist immer Krieg«, lautete Mordo Nahums denkwürdige Antwort.

Bekanntlich wird niemand mit einem Dekalog im Leib geboren, sondern jeder konstruiert sich den seinen im Lauf der Zeit oder nach vollendeter Tat anhand der eigenen Erfahrungen oder der Erfahrungen anderer, die den eigenen assimilierbar sind. Das moralische Universum eines jeden entspricht deshalb, richtig interpretiert, der Summe seiner vorangegangenen Erfahrung und stellt so eine zusammengedrängte Form seiner Biographie dar. Die Biographie meines Griechen war geradlinig verlaufen; es war die eines tapferen und kalten Mannes, einsam und nachdenklich, von Kindheit auf in dem starren System einer Kaufmannsgesellschaft gefangen. Er war auch anderen Lebensbereichen zugänglich oder war es gewesen; Himmel und Meer seiner Heimat, Freuden des Heims und der Familie, dialektische Duelle – das alles ließ ihn nicht gleichgültig. Aber er war angehalten worden, es an den Rand seines Alltags und seines Lebens zu verbannen, um nur ja nicht das zu stören, was er als »travail d'homme« bezeichnete. Sein Leben war ein ständiger Krieg, und in seinen Augen war blind und feige, wer dieses sein eisernes Universum ablehnte. Das Lager war für uns beide gekommen; ich hatte es als monströse Verkehrung, eine scheußliche Anomalie in meiner eigenen Lebensgeschichte und in der Geschichte der Welt betrachtet; er als eine traurige Bestätigung wohlbekannter Dinge. »Es ist immer Krieg«, der Mensch des Menschen Wolf – das alte Lied. Über seine beiden Jahre in Auschwitz sprach er nie.

Dagegen erzählt er mir ausführlich von seinem Leben in Saloniki und von seinen vielfältigen Beschäftigungen dort, von Warenpartien, die gekauft, verkauft, über das Meer oder nachts über die bulgarische Grenze geschmuggelt wurden; von den beschämenden Betrügereien, deren Opfer er geworden war, von den anderen, die er ruhmreich vollbracht hatte; von den frohen und sorglosen Stunden, die er nach einem Arbeitstag am Ufer seines heimatlichen Golfs mit anderen Geschäftsleuten in bestimmten Pfahlbauten-Cafés zubrachte, die er mit ungewöhnlicher Hingabe beschrieb, von den langen Gesprächen, die dort geführt wurden. Gespräche worüber? Über Geld, den Zoll, über Frachten natürlich; aber auch über andere Dinge. Was man unter »erkennen«, »Geist«, »Gerechtigkeit« und »Wahrheit« zu verstehen habe. Wie das zarte Band, das Seele und Körper verbindet, beschaffen sei, wie es sich bilde bei der Geburt, sich löse beim Tod. Was die Freiheit sei, und wie man den Konflikt zwischen der Freiheit des Geistes und dem Schicksal versöhnen könne. Auch, was nach dem Tod komme – und andere große griechische Fragen. Aber das alles am Abend, wohlverstanden, wenn die Geschäfte beendet waren; bei Kaffee, Wein oder Oliven, luzides Spiel des Intellekts unter Männern, die auch in der Muße aktiv sind, leidenschaftslos.

Warum mir der Grieche davon erzählte, warum er mir so viel Einblick gab, weiß ich nicht. Vielleicht war ich ihm so fremd, daß er sich noch allein glaubte und seine Worte einen Monolog darstellten.

Am Abend gingen wir von der Armenküche wieder in die Kaserne der Italiener zurück; nach vielem Drängen erhielten wir von dem befehlshabenden italienischen Oberst Erlaubnis, noch einmal, ein einziges Mal, in der Kaserne zu übernachten. Wir sollten keine Verpflegung erhalten und uns im übrigen ruhig verhalten, damit er keinen Ärger mit den Russen bekomme, und am nächsten Morgen verschwinden. Wir aßen jeder zwei von unseren am Morgen gekauften Eiern und hoben die letzten beiden fürs Frühstück auf. Nach den Ereignissen des Tages fühlte ich mich dem Griechen gegenüber sehr als der »kleine Bruder«. Bei den Eiern fragte ich ihn, ob er von außen ein rohes von einem gekochten unterscheiden könne (man läßt das Ei – auf einem Tisch zum Beispiel – schnell kreiseln; ist es gekocht, dreht es sich lange, ist es roh, hört es gleich wieder auf). Auf diesen kleinen Kunstgriff war ich stolz und hoffte, der Grieche würde ihn nicht kennen, damit ich mich in seinen Augen rehabilitieren könne, und sei es nur um ein kleines.

Der Grieche blickte mich mit den kalten Augen einer klugen Schlange an. »Für wen hältst du mich? Glaubst du, ich bin von gestern? Glaubst du, daß ich nie mit Eiern gehandelt habe? Los, nenn mir irgendeinen Artikel, mit dem ich nie gehandelt habe!«

Ich mußte den Rückzug antreten. Die an sich gleichgültige Episode sollte mir viele Monate später, mitten im Sommer, im Herzen von Weißrußland wieder in den Sinn kommen. Dort begegnete ich Mordo Nahum zum dritten und letzten Male.

Wir brachen am nächsten Tag bei Morgengrauen auf (dieser ganze Bericht ist von eisigen frühen Morgenstunden durchzogen), Kattowitz war unser Ziel. Es war uns bestätigt worden, daß dort tatsächlich verschiedene Sammelstellen für versprengte Italiener, Franzosen, Griechen und so weiter eingerichtet waren. Kattowitz liegt nur ungefähr achtzig Kilometer von Krakau entfernt, also kaum mehr als eine Eisenbahnstunde in normalen Zeiten. Aber jetzt gab es keine zwanzig Kilometer durchgehende Bahnstrecke, viele Brücken waren gesprengt, und infolge des jämmerlich schlechten Zustandes der Gleise fuhren die Züge tagsüber nur sehr langsam, nachts überhaupt nicht. Es wurde eine dreitägige labyrinthische Reise; der Zug hielt nachts an Orten, die von der Verbindungslinie zwischen den beiden Extremen absurd weit entfernt lagen, eine Reise voller Kälte und Hunger. Am ersten Tag hielt der Zug in einer Ortschaft namens Trzebinia, und ich stieg aus, um mir auf dem Bahnsteig meine von der Kälte steifen Beine zu vertreten. Vielleicht war ich einer der ersten, die in Trzebinia in »Zebrastreifen« auftauchten; auf jeden Fall war ich plötzlich von einem dichten Kreis Neugieriger umringt, die mich auf polnisch nach allem möglichen ausfragten. Ich antwortete auf deutsch, so gut ich konnte; ein Bürger mit Filzhut, Brille, eine Ledermappe unterm Arm, bahnte sich aus der kleinen Gruppe von Arbeitern und Bauern einen Weg nach vorne: ein polnischer Rechtsanwalt.

Er war ein sehr höflicher und wohlwollender Herr, sprach gut Französisch und Deutsch und besaß überhaupt alles, was ihn für mich nach einem unendlich langen Jahr der Sklaverei und des Schweigens zum Sendboten, zum Sprecher der zivilisierten Welt machen konnte – dem ersten, dem ich begegnete.

Wie eine Lawine stürzten die Dinge, die ich dringend der zivilisierten Welt berichten wollte, aus mir hervor; persönliche Dinge, die aber alle angingen, blutige Dinge, Tatsachen, die meiner Meinung nach jedes Bewußtsein in seinen Grundfesten erschüttern mußten. Der Rechtsanwalt verhielt sich höflich und wohlwollend, stellte Fragen, und ich berichtete hastig von dem, was ich vor so kurzer Zeit erst erfahren hatte, vom nahen Auschwitz – das sie aber alle nicht zu kennen schienen –, von den Hekatomben, denen ich allein entronnen war, von allem. Der Rechtsanwalt übersetzte für die anderen ins Polnische. Nun kann ich kein Polnisch, aber ich weiß, was »Jude« bedeutet und wie man »Politischer« sagt; und ich merkte bald, daß er meinen Bericht zwar teilnahmsvoll, aber nicht wahrheitsgetreu wiedergab. Der Rechtsanwalt beschrieb mich dem Pulbikum nicht als italienischen Juden, sondern gab mich als italienischen politischen Gefangenen aus.

Ich stellte ihn daraufhin verwundert und beinahe beleidigt zur Rede. Er antwortete verlegen: »C'est mieux pour vous. La guerre n'est pas finie.« Die Worte des Griechen.

Ich spürte, wie die heiße Welle, frei zu sein, als Mensch unter Menschen zu leben, weit von mir wich. Ich kam mir auf einmal alt vor, blutlos, erschöpft über jedes menschliche Maß hinaus. Der Krieg ist nicht zu Ende, immer ist Krieg. Die Leute verliefen sich allmählich, sie mußten verstanden haben. Ähnliches hatte ich, hatten wir alle in den Nächten von Auschwitz geträumt: zu sprechen und nicht angehört zu werden, frei zu sein und allein zu bleiben. Bald war ich mit dem Rechtsanwalt allein; wenige Minuten später verließ auch er mich mit einer höflichen Entschuldigung. Er riet mir, wie der Priester, möglichst kein Deutsch zu sprechen; auf meine Bitte um nähere Erklärung antwortete er ausweichend: »Polen ist ein trauriges Land.« Er wünschte mir Glück und bot mir Geld, das ich zurückwies; er schien bewegt.

Die Lokomotive pfiff zur Weiterfahrt. Ich stieg in den Güterwagen, wo mich der Grieche erwartete, behielt aber mein Erlebnis für mich.

Das war nicht der einzige Aufenthalt; andere folgten; bei einem von ihnen, am Abend, stellten wir fest, daß Szczakowa, der Ort mit der warmen Suppe für alle, nicht weit entfernt war. Zwar lag er nördlich, und wir mußten nach Westen, aber da Szczakowa warme Suppe für alle bereithielt und wir nur den einen Wunsch hatten, unseren Hunger zu stillen, sahen wir nicht ein, warum wir uns nicht nach Szczakowa wenden sollten. Wir stiegen also aus, warteten auf einen geeigneten Zug, und in Szczakowa traten wir wieder und wieder an die Essenausgabe des Roten Kreuzes. Ich glaube, die polnischen Schwestern haben mich schnell wiedererkannt und werden sich noch heute an mich erinnern.

Es wurde Nacht, und wir richteten uns auf dem Boden in der Mitte des Wartesaals zum Schlafen ein, da alle Wandplätze schon besetzt waren. Mitleidig oder vielleicht neugierig geworden durch meine Kleidung, erschien nach einigen Stunden ein korpulenter polnischer Gendarm mit Schnurrbart und rötlichem Gesicht. Er stellte vergebliche Fragen in seiner Sprache; ich antwortete mit dem Satz, den man in jeder fremden Sprache zuerst lernt: »Nie rozumiem po polsku«, »ich verstehe kein Polnisch« und fügte auf deutsch hinzu, daß ich Italiener sei und ein wenig Deutsch könne, worauf, Wunder über Wunder, der Gendarm Italienisch zu sprechen begann.

Er sprach erbärmlich schlecht, guttural und voller Hauchlaute, und spickte seine Rede mit den phantastischsten Flüchen. Er war – und das erklärt alles – ein paar Jahre in einem Tal der Provinz Bergamo als Bergarbeiter tätig gewesen und hatte dort die Sprache gelernt. Auch er, nunmehr der Dritte, empfahl mir, kein Deutsch zu sprechen. Ich fragte ihn, weshalb nicht; er antwortete mit einer vielsagenden Geste: Zeige- und Mittelfinger seiner Hand fuhren wie ein Messer zwischen Kinn und Kehle hin und her, und vergnügt fügte er hinzu: »Heute nacht alle Deutschen kaputt.«

Es war sicher eine Übertreibung und wohl auch ein Wunschgedanke; aber am nächsten Tag kreuzten wir tatsächlich einen langen, von außen verriegelten Güterzug, der ostwärts fuhr. An den Öffnungen sah man viele Menschengesichter auf der Suche nach Luft. Dieser Anblick beschwor Erinnerungen herauf, ein Durcheinander von konfusen und sich widerstreitenden Gefühlen, und ich bin noch heute nicht in der Lage, sie zu entwirren.

Der Gendarm forderte den Griechen und mich sehr liebenswürdig auf, den Rest der Nacht im Warmen – in einer Arrestzelle – zu verbringen, und wir nahmen freudig an. Spät am Morgen erst wachten wir nach einem regenerierenden Schlaf in der ungewohnten Umgebung auf.

Von Szczakowa aus traten wir am nächsten Tag die

letzte Etappe der Reise an. Ohne Zwischenfall erreichten wir Kattowitz, wo wirklich ein Sammellager für die Italiener und ein anderes für die Griechen bestand. Wir trennten uns ohne viel Worte; aber ich hatte beim Abschied das flüchtige und undeutliche Gefühl, daß eine einsame Welle der Freundschaft von mir zu ihm ging, durchzogen von leiser Dankbarkeit, Geringschätzung, Hochachtung, von Animosität, Neugierde, gemischt mit dem Bedauern, einander nie mehr wiederzusehen.

Aber ich sah ihn noch zweimal wieder. Einmal im Mai, in den ruhmvollen und turbulenten Tagen des Kriegsendes, als alle Griechen von Kattowitz, an die hundert Männer und Frauen, singend an unserem Lager auf dem Wege zum Bahnhof vorüberzogen; sie durften ins Vaterland, nach Hause. An der Spitze der Kolonne, Herr unter den Griechen, marschierte Mordo Nahum und trug die weißhimmelblaue Fahne; als er mich sah, gab er sie ab und trat aus der Reihe, um mich zu begrüßen (leicht ironisch, denn er fuhr ab, und ich blieb; aber das sei gerecht, erklärte er mir, da Griechenland ja zu den Vereinten Nationen gehöre). Mit einer ungewohnten Geste zog er aus dem berühmten Sack ein Geschenk, ein Paar Hosen, wie sie in den letzten Monaten in Auschwitz getragen worden waren. Sie hatten ein großes »Fenster« auf der linken Flanke, durch einen Flecken gestreiften Tuchs verschlossen. Dann verschwand er.

Aber noch einmal sollte er auftauchen, viele Monate später, vor der unwahrscheinlichsten aller Kulissen und in der am wenigsten erwarteten Inkarnation.

Kattowitz

Das Sammellager in Kattowitz, in dem ich nach der einwöchigen Irrfahrt mit dem Griechen ausgehungert und erschöpft ankam, lag auf einer niedrigen Anhöhe in Bogucice, einem Vorort der Stadt. Früher war es ein kleines deutsches Lager gewesen und hatte die in einer benachbarten Kohlenmine als Bergarbeiter-Sklaven eingesetzten Häftlinge beherbergt. Es bestand aus einem Dutzend mittelgroßer einstöckiger Steinbaracken; der doppelte Stacheldrahtzaun war nur noch symbolisch vorhanden. Ein träger, schläfriger Sowjetsoldat bewachte als einziger das Tor. Auf der gegenüberliegenden Seite war ein großes Loch im Stacheldraht, durch das man hinausgehen konnte, ohne sich auch nur bücken zu müssen; das russische Kommando nahm offenbar davon nicht die leiseste Notiz. Küche, Eßraum, Krankenstation und Waschräume lagen außerhalb der Umzäunung, weshalb am Tor ein dauerndes Kommen und Gehen herrschte.

Der Wachsoldat, bewaffnet mit Gewehr und Bajonett, war ein riesenhafter Mongole gegen Fünfzig, mit ungeheuren knotigen Händen, einem grauen Schnurrbart à la Stalin mit nach unten gedrehten Enden und Feueraugen. Sein wildes und barbarisches Aussehen stimmte freilich keineswegs mit seiner harmlosen Funktion überein. Er wurde nie abgelöst und langweilte sich deshalb tödlich.

Sein Verhalten denen gegenüber, die hinaus- und hereingingen, war nicht vorauszusehen; hin und wieder fragte er nach dem »propusk«, dem Passierschein; ein andermal nur nach dem Namen; manchmal wollte er nur ein wenig Tabak oder einfach gar nichts. Es gab aber auch Tage, an denen er mit wilder Miene alles abwies, jedoch nichts dagegen hatte, wenn sie aus dem Loch auf der Rückseite hinausstiegen, was doch nicht zu übersehen war. War es kalt, verließ er seelenruhig seinen Posten, ging in eine Baracke, deren Kamin besonders kräftig rauchte, warf das Gewehr auf ein Bett, zündete sich eine Pfeife an und ließ den Wodka kreisen, wenn er welchen hatte; andernfalls verlangte er welchen – und fluchte verzweifelt, wenn man ihm keinen gab. Manchmal drückte er dem ersten besten von uns das Gewehr in die Hand und bedeutete ihm mit Gefuchtel und Gebrüll, er solle ihn auf seinem Posten vertreten; dann schlief er neben dem Ofen ein.

Als ich mit Mordo Nahum eintraf, wimmelte das Lager von einem bunten Völkergemisch. Es lebten dort ungefähr vierhundert Menschen: Franzosen, Italiener, Holländer, Griechen, Tschechen, Ungarn und andere. Manche von ihnen waren Zivilarbeiter der Organisation Todt gewesen, andere Kriegsgefangene, wieder andere ehemalige Häftlinge. Auch ungefähr hundert Frauen waren darunter.

Die Organisation des Lagers war zum großen Teil der Inititative von einzelnen oder Gruppen überlassen; offiziell jedoch unterstand das Lager einer sowjetischen Kommandantur, die dem malerischsten Zigeunerlager glich, das man sich vorstellen kann. Der Hauptmann, Ivan Antonovič Egorov, war ein ältliches Männlein von bäurischem und grämlichem Aussehen; außer ihm gab es drei Leutnants; einen athletischen und jovialen Sergeanten; ein Dutzend Gemeine (darunter den oben beschriebenen schnurrbärtigen Wachtposten); einen Feldwebel; eine »Doktorka«; einen sehr jungen Arzt namens Pjotr Grigorjevič Dancenko, der ein großer Trinker, Raucher, Liebhaber und Taugenichts war; Marja Fjodorovna Prima, eine Krankenschwester, mit der ich bald Freundschaft schloß; und einen unbestimmten Schwarm kräftiger, baumstarker Mädchen – ob sie regulär zum Militär gehörten, ihm angeschlossen, einfache Hilfskräfte oder zum Vergnügen dabei waren, wußte man nicht. Sie hatten verschiedene, nicht genau definierte Aufgabenbereiche: als Wäscherinnen, Köchinnen, Stenotypistinnen, Sekretärinnen, Zimmermädchen; waren Geliebte mal des einen, mal des anderen, zeitweilige Verlobte, Frauen, Töchter.

Die ganze Karawane lebte in gutem Einverständnis und ohne geregelten Tagesplan in der Nähe des Lagers in einer verlassenen Volksschule. Als einziger kümmerte sich der Feldwebel um uns, der, wenn auch nicht dem Rang nach, die höchste Autorität innehatte. Im übrigen waren die hierarchischen Beziehungen unentwirrbar; sie verkehrten meist freundschaftlich und unkompliziert miteinander, wie eine große provisorische Familie, ohne militärische Formalitäten. Manchmal brachen heftige Streitigkeiten und Schlägereien aus, sogar zwischen Offizieren und Soldaten, wurden aber rasch und ohne nachfolgende Disziplinarstrafen wieder beigelegt; keiner trug dem anderen etwas nach – es war, als sei nichts gewesen.

Der Krieg ging zu Ende, der endlos lange Krieg, der ihr Land verwüstet hatte; für sie war er schon vorbei; jetzt kam die große Atempause, denn die harte Zeit, die folgen sollte, hatte noch nicht begonnen, und das verderbliche Wort vom kalten Krieg war noch nicht gefallen. Sie lebten fröhlich, traurig und erschöpft – begierig auf Speis und Trank, wie die Gefährten des Odysseus, nachdem sie ihre

Schiffe an Land gezogen hatten. Aber unter der rauhen und verwahrlosten Oberfläche, in jedem der derben und offenen Gesichter erkannte man die guten Soldaten der Roten Armee, die tapferen Männer des alten und neuen Rußland; sanft im Frieden und schrecklich im Krieg, mutig aus einer inneren Disziplin heraus, die ihnen aus der Eintracht, aus der Liebe zueinander und zu ihrem Vaterland erwuchs – und die stärker war als die mechanische und knechtische Disziplin der Deutschen, eben darum, weil innere Kräfte sie speisten. Wenn man unter ihnen lebte, verstand man leicht, warum schließlich sie und nicht die anderen die Oberhand gewonnen hatten.

In einer Baracke waren nur Italiener untergebracht, beinahe ausschließlich Zivilarbeiter, die mehr oder weniger freiwillig nach Deutschland gekommen waren – Maurer und Bergarbeiter, ruhige Leute mittleren Alters, anspruchslos, arbeitsam und freundlich.

Der für die Italiener zuständige Lagerführer, bei dem ich mich »melden« mußte, war ganz anders als sie. Herr Rovi, von Beruf Buchhalter, weder durch Wahl von unten noch durch Einsetzung von seiten der Russen zum Lagerführer erhoben, hatte sich selbst dazu gemacht; seine geistigen und moralischen Qualitäten waren zwar eher ärmlich, aber er besaß in hohem Maße eine Tugend, die überall unerläßlich ist zur Eroberung von Machtpositionen: die Liebe zur Macht selbst.

Das Verhalten eines Menschen mitanzusehen, der ohne Vernunft handelt, nur den eigenen, tiefverwurzelten Impulsen gehorchend, ist ein äußerst interessantes Schauspiel, ähnlich dem, das sich einem Naturforscher bietet, wenn er ein mit komplizierten Instinkten ausgestattetes Tier beobachtet. Rovi hatte sich mit der atavistischen Spontaneität einer Spinne, die ihr Netz webt, sein

Amt gesichert – und, wie die Spinne nicht ohne Netz, so konnte Rovi nicht ohne Amt sein; sofort hatte er angefangen, sein Netz zu spinnen. Er war stockdumm, konnte weder ein Wort Deutsch noch Russisch, hatte sich aber vom ersten Tag an die Dienste eines Dolmetschers gesichert, sich beim sowjetischen Kommando mit großem Zeremoniell als bevollmächtigter Vertreter der italienischen Interessen vorgestellt und eine Schreibstube mit Formularen (handgeschrieben, in verschnörkelter Schönschrift), Stempeln, verschiedenen Farbstiften und einem Hauptbuch eingerichtet; obwohl er keineswegs Oberst, nicht einmal Soldat war, hatte er ein auffälliges Schild an seiner Tür angebracht: »Italienisches Kommando – Oberst Rovi«; er hatte einen kleinen Hof von Handlangern, Schreibern, Sakristanen, Spionen, Boten und Aufschneidern um sich versammelt, die er in Naturalien aus unterschlagenen Rationen entlohnte und von jeder gemeinnützigen Arbeit befreite. Wie immer, waren seine Günstlinge schlimmer als er und sorgten (auch – was selten nötig war – mit Gewalt) für die Ausführung seiner Befehle, dienten ihm, holten Informationen ein und umgaben ihn mit Schmeicheleien.

Mit überraschender Klarsicht, die einem hochkomplizierten, geheimnisvollen Denkvorgang entsprach, hatte er von dem Moment an, als er mit Uniformierten zu tun bekam, die Notwendigkeit, ja Unerläßlichkeit einer Uniform erkannt. Reichlich theatralisch und nicht ohne Phantasie hatte er sie sich zusammengestellt: ein Paar sowjetische Reitstiefel, eine polnische Eisenbahnermütze, Jacke und Hose, die aus grobem Webstoff zu sein schienen (und es vielleicht auch waren) und die er irgendwo aufgetrieben hatte. Er ließ sich Spiegel auf den Kragen nähen, Goldschnüre an die Mütze, Streifen und Rangabzeichen auf die Ärmel, und die Brust bedeckten Medaillen.

Übrigens war er kein Tyrann, auch kein schlechter Verwalter; er besaß Menschenverstand genug, Schikanen, Ausbeutereien und Mißbräuche in gebührenden Grenzen zu halten, und für den Papierkrieg bewies er eine unleugbare Begabung. Da für die Russen der Papierkrieg eine merkwürdige Faszination enthielt (sein rationaler Sinn ihnen jedoch undurchsichtig blieb) und sie der Bürokratie offenbar mit jener platonischen Liebe ergeben waren, die keinen Besitz kennt noch wünscht, wurde Rovi im Umkreis der Kommandantur wohlwollend toleriert, wenn nicht geschätzt. Außerdem verband ihn mit Hauptmann Egorov eine paradoxe Sympathie, wie sie zwischen Misanthropen zu finden ist: beide waren sie traurige, gedrückte, mürrische Individuen, die magenkrank waren und der allgemeinen Euphorie die Einsamkeit vorzogen.

Im Lager Bogucice traf ich Leonardo, der inzwischen wieder als Arzt tätig und von einer wenig einträglichen, dafür um so zahlreicheren Klientel umlagert war. Er war auch in Buna gewesen, aber schon vor einigen Wochen auf weniger umständliche Weise nach Kattowitz gekommen. Unter den Häftlingen in Buna hatte es zu viele Ärzte gegeben, und nur sehr wenige (eigentlich nur die, die Deutsch konnten oder besonders geschickt in der Kunst des Überlebens waren) hatten es erreicht, von dem SS-Chefarzt anerkannt zu werden. Leonardo war keinerlei Privileg zuteil geworden; er mußte körperlich sehr hart arbeiten und überstand das Jahr im Lager unter größter Gefährdung. Er war den Strapazen und der Kälte nicht gewachsen und kam immer wieder mit Ödemen an den Füßen, infizierten Wunden oder aus allgemeiner Schwäche in den Krankenbau. Dreimal hatte man ihn bei Selektionen im Krankenbau zum Tod durch Vergasen bestimmt, dreimal war er von solidarisch gesinnten Kollegen gerettet worden. Er hatte jedoch nicht nur Glück, sondern besaß eine in dieser Situation lebenswichtige Fähigkeit: ein unbegrenztes Ausharrungsvermögen, einen stillen Mut, der weder angeboren noch religiös, noch transzendent war, der vielmehr Stunde um Stunde erneuert und gewollt werden mußte, eine männliche Geduld, die ihn auf wunderbare Weise vor dem Zusammenbruch bewahrte.

Die Krankenstation war in derselben Schule untergebracht, die auch das russische Kommando beherbergte, in zwei verhältnismäßig sauberen kleinen Zimmern. Marja Fjodorovna hatte sie aus dem Nichts geschaffen. Marja war eine Krankenschwester gegen Vierzig; mit ihren schrägstehenden wilden Augen, der kurzen Nase mit den frontalen Nasenlöchern, ihren geschmeidigen und leisen Bewegungen glich sei einer Wildkatze. Und tatsächlich kam sie aus den Wäldern: im Herzen Sibiriens war sie geboren.

Marja war eine energische Frau, herrisch, schroff und resolut. Sie beschaffte sich die nötigen Medikamente entweder auf dem normalen Verwaltungsweg, indem sie die sowjetischen Militärdepots darum ersuchte, oder durch die vielfältigen Kanäle des Schwarzhandels, oder aber (und das war der Hauptanteil) durch die Plünderung deutscher Lagermagazine, verlassener deutscher Lazarette und Apotheken, an der sie sich aktiv beteiligte; deren Vorräte wiederum waren die Beute vorangegangener Plünderungen, die die Deutschen in allen europäischen Ländern vorgenommen hatten. Deshalb erhielt die Krankenstation Bogucice täglich plan- und ziellos Nachschub. Hunderte von Packungen mit pharmazeutischen Spezialitäten, etikettiert und mit Gebrauchsanweisung in allen möglichen Sprachen versehen, mußten sortiert und für den etwaigen Gebrauch katalogisiert werden.

Von den Dingen, die ich in Auschwitz gelernt hatte,

war eines der wichtigsten, daß man nach Möglichkeit vermeiden muß, »irgend jemand« zu sein. Alle Wege sind demjenigen verschlossen, der als untauglich gilt, alle stehen sie dem offen, der irgendeine Funktion ausübt, und sei es eine völlig lächerliche. Deshalb bot ich Marja, nachdem ich mit Leonardo beratschlagt hatte, meine Dienste als vielsprachiger Pharmazeut an.

Marja Fjodorovna sah mich an mit einem Blick, der geübt war in der Einschätzung von Männern. War ich »Doktor«? Ja, behauptete ich, und unsere Sprachschwierigkeiten begünstigten die Täuschung. Die Sibirierin sprach kein Deutsch, konnte aber, woher auch immer, ein wenig Jiddisch, obwohl sie keine Jüdin war. Mein Aussehen entsprach weder meinem Beruf, noch war es besonders anziehend, aber um in einem Hinterzimmer Dienst zu tun, mochte es hingehen. Marja zog ein verknülltes Stück Papier aus der Tasche und fragte mich nach meinem Namen.

Als ich zu »Levi« »Primo« hinzufügte, begannen ihre grünen Augen zu leuchten – mißtrauisch, fragend, schließlich wohlwollend –, und sie erklärte, dann seien wir ja so gut wie verwandt. Ich »Primo« und sie »Prima«. »Prima« war ihr Nachname, ihre »Família«: Marja Fjodorovna Prima. Wie schön! Sie konnte mich einstellen. Schuhe und Kleider? Tja, das war nicht einfach, sie wollte mit Egorov und ihren Bekannten darüber sprechen, vielleicht ließ sich später etwas machen. Sie kritzelte meinen Namen auf das Papier und überreichte mir am nächsten Tag feierlich den »propusk«, einen Passierschein von wenig offiziellem Aussehen, mit dem ich zu jeder Tages- und Nachtzeit das Lager betreten und verlassen konnte.

Ich wohnte in einem Raum mit acht italienischen Arbeitern zusammen; jeden Morgen begab ich mich zur Krankenstation. Marja Fjodorovna überantwortete mir Hunderte von bunten Packungen zum Klassifizieren und machte mir freundschaftliche kleine Geschenke: Traubenzucker (hochwillkommen), Lakritz- oder Pfefferminzpastillen, Schnürsenkel und manchmal ein Päckchen Salz oder Puddingpulver. Eines Abends lud sie mich zum Tee ein. An der Wand über ihrem Bett hingen sieben oder acht Photographien von Männern in Uniform; fast alle zeigten bekannte Gesichter von Soldaten und Offizieren der Kommandantur. Marja nannte sie alle beim Vornamen und sprach mit liebevoller Einfachheit von ihnen; sie kannten sich ja schon seit vielen Jahren und hatten gemeinsam den ganzen Krieg mitgemacht.

Nach einigen Tagen – die Pharmazeutenarbeit ließ mir viel freie Zeit – rief mich Leonardo zu sich; ich sollte in der Ambulanz helfen. Die Russen hatten die Ambulanz nur für die Lagerbewohner eingerichtet, da die Behandlung aber gratis und ohne jede Formalität erfolgte, fanden sich auch russische Soldaten, Zivilisten aus Kattowitz, Durchreisende, Bettler ein – darunter zweifelhafte Subjekte, die nichts mit den Behörden zu tun haben wollten.

Weder Marja noch Doktor Dancenko hatten etwas dagegen einzuwenden (Dacenko hatte nie irgend etwas einzuwenden; er machte den Mädchen in der komischen Manier eines Operettengroßherzogs den Hof, alles andere kümmerte ihn wenig. Wenn er früh am Morgen eine rasche Inspektion vornahm, war er bereits betrunken und strotzte vor Lebensfreude). Eine Woche später rief Marja mich jedoch zu sich und verkündete mit hochoffizieller Miene, daß »Befehl von Moskau« gekommen sei, dem zufolge die Arbeit der Ambulanz einer minuziösen Kontrolle zu unterziehen sei. Sie beauftragte mich deshalb, ein Register zu führen, in das jeden Abend Name und Alter der Patienten, ihre Krankheit, Beschaffenheit und Quantität der verabreichten oder verordneten Medikamente einzutragen sei.

Die Sache an sich war sehr vernünftig, aber einige praktische Einzelheiten mußten noch besprochen werden, zum Beispiel wie die Identität der Patienten mit Sicherheit festgestellt werden könne. Marja meinte, das sei nebensächlich, ich sollte nur einfach die angegebenen Personalien notieren, »Moskau« würde sich schon damit begnügen. Schwieriger war dagegen, in welcher Sprache das Register geführt werden sollte, nicht auf italienisch, nicht auf französisch und auch nicht auf deutsch – weder Marja noch Dancenko hätten das verstanden. Auf russisch also? Ich konnte kein Russisch. Marja überlegte ratlos. Plötzlich hellte sich ihr Gesicht auf, und sie rief: »Galina!« Galina mußte die Situation retten.

Galina gehörte zur Kommandantur und sprach Deutsch. Ich würde ihr die Berichte auf deutsch diktieren, und sie könnte sie gleich ins Russische übersetzen. Marja schickte nach Galina (ihre undefinierbare Autorität schien groß), und unsere Zusammenarbeit begann.

Galina war achtzehn Jahre alt und kam aus Kazátin in der Ukraine. Sie war braun, heiter und graziös und hatte ein intelligentes Gesicht mit sensiblen, feinen Zügen. Unter all ihren Kolleginnen kleidete sie sich als einzige mit einer gewissen Eleganz, und ihre Schultern, Hände und Füße waren von erträglichen Dimensionen. Sie sprach kein schlechtes Deutsch; Abend für Abend verfertigten wir mühselig die berühmten Berichte und trugen sie mit einem Bleistiftstummel in ein graupapierenes Heft ein, das Marja mir wie eine kostbare Reliquie ausgehändigt hatte. Was heißt »Asthma« auf deutsch und »Schienbein« und »Verstauchung«? Und wie sagt man das auf russisch? Bei jeder derartigen lexikalischen Klippe mußten wir grübelnd innehalten und uns mit kompliziertem Gestikulieren behelfen, was stets mit schrillem Gelächter von seiten Galinas endete.

Nur selten war ich es, der lachte. Ich fühlte mich Galina gegenüber schwach, krank und schmutzig und schämte mich meines erbärmlichen Anblicks, meines schlecht rasierten Bartes, meiner Häftlingskleidung; der Blick, mit dem sie mich betrachtete, noch ganz kindlich, war erfüllt von unbestimmtem Mitleid und einem deutlichen Abscheu, der mich schmerzlich berührte.

Dennoch hatte sich nach ein paar Wochen gemeinsamer Arbeit eine Atmosphäre eines gewissen gegenseitigen Vertrauens eingestellt; Galina ließ durchblicken, daß die Sache mit den Berichten gar nicht so wichtig, Marja Fjodorovna »alt und verschroben« sei und es völlig genüge, wenn man ihr das Heft vollgeschrieben wieder zurückgäbe; daß Doktor Dancenko ganz andere Dinge im Kopf habe (über die sie erstaunlich detailliert Bescheid wußte): die Anna, die Tanja, die Vassilissa, und daß die Berichte ihm ebenso gleichgültig seien wie »der Schnee vom vorigen Jahr«. Die Zeit, die wir bis dahin getreulich den traurigen Göttern der Bürokratie geopfert hatten, benutzten wir jetzt zu anderem: Galina erzählte mir ihre Geschichte, rauchend, Stück für Stück.

Vor zwei Jahren – mitten im Krieg – hatte dieselbe russische Kommandantur sie am Rande des Kaukasus, wohin sie mit ihrer Familie geflüchtet war, rekrutiert; das heißt, man hatte sie einfach auf der Straße angesprochen und zum Kommando mitgenommen, um ihr ein paar Schreibmaschinenbriefe zu diktieren. Sie war mitgegangen und dort geblieben, es war ihr nicht mehr gelungen, loszukommen (wahrscheinlich hatte sie es nicht einmal versucht). Die Kommandantur war ihr zur eigentlichen Familie geworden. Zehntausende von Kilometern auf verstopften Etappenstraßen, entlang der endlosen Front, von der Krim bis hinauf nach Finnland, war sie ihr gefolgt. Sie besaß keine Uniform, keinen Rang und keinen Titel. Aber sie half ihren kämpfenden Kameraden, war ihre Freundin und folgte ihnen, weil Krieg war und jeder seine Pflicht erfüllen mußte, außerdem war die Welt groß und vielgestalt, und wenn man jung und sorglos ist, ist es schön, umherzuziehen.

Galina kannte keine Sorgen, nicht einmal den Schatten einer Sorge. Man begegnete ihr am Morgen, wenn sie, auf dem Weg zur Waschküche, einen Sack Wäsche auf dem Kopf balancierte und dabei sang wie eine Lerche; oder in den Büros der Kommandantur, barfuß, wie sie auf der Schreibmaschine hämmerte, oder beim Sonntagsspaziergang auf den Bastionen, untergehakt mit einem Soldaten, jedesmal einem anderen; oder abends, romantisch auf dem Balkon, wie sie hingerissen der Gitarrenserenade eines zerlumpten belgischen Anbeters lauschte. Sie war ein Landmädchen, wach, naiv, ein wenig kokett, sehr lebhaft und nicht sonderlich kultiviert, nicht sonderlich ernsthaft; dennoch war die gleiche Kraft, die auch ihre Kameraden-Freunde-Verlobten erfüllte, in ihr spürbar, die Würde eines Menschen, der arbeitet und weiß, wofür, der kämpft und weiß, daß er im Recht ist, und der das Leben vor sich hat.

Mitte Mai, wenige Tage nach Kriegsende, kam sie, um sich zu verabschieden. Sie durfte nach Hause zurückkehren. Hatte sie ein Begleitschreiben? Fahrgeld? »Nein«, sie lachte. »Njé nada«, nicht nötig, man arrangiert sich auch so; damit verschwand sie, aufgesogen von der Leere der russischen Weiten, von den Wegen ihres grenzenlosen Landes – ein herbes Parfüm von Erde, Jugend und Freude blieb von ihr zurück.

Ich hatte auch noch andere Pflichten. Ich half Leonardo in der Ambulanz, und ich half ihm bei der Läusekontrolle.

Solche Kontrollen waren nötig, weil in jenen Ländern damals der Flecktyphus endemisch und tödlich umging. Die Aufgabe war nicht gerade reizvoll. Wir mußten in allen Baracken die Runde machen, und jeder einzelne wurde aufgefordert, sich bis zum Gürtel freizumachen und sein Hemd vorzuzeigen. In den Falten und Nähten pflegten die Läuse zu nisten und ihre Eier abzulegen. Diese Art Läuse haben einen kleinen roten Fleck auf dem Rücken, und die Untersuchten machten sich einen Scherz daraus, unermüdlich zu wiederholen, daß – bei entsprechender Vergrößerung – jeweils winzige Hammer und Sichel zum Vorschein kämen. Man nannte sie auch »die Infanterie«, wobei die Flöhe die Artillerie, die Mükken die Luftwaffe, die Wanzen die Fallschirmjäger und die Schaben die Pioniere darstellten. »Läuse« heißt auf russisch »vši«, ich wußte es von Marja, die mir ein zweites Heft mit der Weisung übergeben hatte, täglich Zahl und Namen der Befallenen zu notieren, die Rückfälligen darunter rot zu unterstreichen.

Es gab wenig Rückfällige, Ferrari ausgenommen. Ferrari war ein Ausbund an Faulheit. Er gehörte einer Gruppe gewöhnlicher Verbrecher an, die seinerzeit in San Vittore, dem Hauptgefängnis von Mailand, inhaftiert und von den Deutschen 1944 vor die Wahl gestellt worden waren, entweder in italienischen Gefängnissen zu bleiben oder in Deutschland zum Arbeitsdienst eingezogen zu werden, und die sich für das letztere entschieden hatten. Sie waren rund vierzig, fast alles Diebe und Hehler, die einen geschlossenen, bunten und turbulenten Mikrokosmos bildeten und für das russische Kommando und insbesondere den Buchhalter Rovi eine Quelle dauernden Ärgers darstellten.

Ferrari wurde von seinen Kameraden mit offener Geringschätzung behandelt und fand sich deshalb in eine erzwungene Einsamkeit versetzt. Er war ein mageres Männchen gegen Vierzig, von gelblicher Hautfarbe, beinahe kahl und mit abwesender Miene. Seine Tage verbrachte er auf dem Bett liegend, immer in irgendeine Lektüre vertieft. Er las alles, was ihm unter die Hände kam, italienische, französische, deutsche und polnische Zeitungen und Bücher. Alle zwei oder drei Tage sagte er während der Kontrolle zu mir: »Dieses Buch habe ich ausgelesen. Hast du nicht ein anderes, das du mir leihen kannst? Aber kein russisches, du weißt, das kann ich nicht so gut.« Er verstand keineswegs alle diese Sprachen, war vielmehr praktisch Analphabet. Trotzdem »las« er jedes Buch von der ersten bis zur letzten Zeile, identifizierte genüßlich die einzelnen Buchstaben, formte sie mit den Lippen, rekonstruierte mühsam die Worte, deren Bedeutung ihm gleichgültig war. Es machte ihm Spaß, so, wie andere Vergnügen daran finden, Kreuzworträtsel zu lösen, das Integral einer Differentialgleichung ausfindig zu machen oder die Umlaufbahn der Asteroiden zu berechnen.

Ein merkwürdiges Individuum also; und seine Geschichte, die er mir bereitwillig erzählte und die ich hier wiedergebe, bestätigte dies.

»Ich habe viele Jahre hindurch die Diebesschule von Loreto besucht. Es gab dort die Puppe mit den Glöckchen und der Brieftasche. Man mußte die Tasche herausziehen, ohne daß die Glöckchen klingelten; ich habe das nie geschafft. Darum haben sie mir nie erlaubt zu stehlen, ich mußte immer nur Schmiere stehen. Zwei Jahre lang habe ich Schmiere gestanden. Wenig Verdienst und großes Risiko – keine schöne Arbeit.

Hin und her hab' ich überlegt, und eines schönen Tages hab' ich mir gedacht, Lizenz oder nicht, wenn ich mein

Brot verdienen will, muß ich auf eigene Faust arbeiten. Krieg war, Evakuierung, Schwarzmarkt, und es gab eine Menge Leute in den Straßenbahnen. Es war in der 2, bei der Porta Ludovica, weil mich in dieser Gegend keiner kannte. Neben mir stand eine mit einer großen Einkaufstasche; ich tastete ihren Mantel ab und konnte die Brieftasche fühlen. Da habe ich mein Schlitzmesser herausgezogen, sachte, sachte...« Ich muß hier eine kurze technische Bemerkung einfügen. Das Schlitzmesser, erklärte mir Ferrari, sei ein Präzisionsinstrument, das man erhält, indem man ein gewöhnliches Rasiermesser spaltet. Es dient dazu, Taschen jeder Art aufzuschlitzen und muß deshalb sehr scharf sein. Bei Ehrenhändeln bringt man damit auch Schmisse an. Leute mit solchen Schmissen nennt man auch die »Geschlitzten«.

»... sachte, sachte habe ich angefangen, die Tasche aufzuschlitzen. Ich hatte es fast geschafft, als eine Frau, nicht die mit der Tasche, eine ganz andere, ›Ein Dieb! Ein Dieb!‹ schrie. Ihr hatte ich gar nichts getan, sie kannte mich überhaupt nicht und auch die mit der Tasche nicht. Sie war auch nicht von der Polizei und hatte also nicht das geringste damit zu tun. Klar, daß die Tram hielt, ich wurde geschnappt und nach San Vittore gebracht, von dort nach Deutschland und von Deutschland hierher. Siehst du, so was kann einem passieren, wenn man mal die Initiative ergreift.« Von nun an hatte Ferrari keine Initiative mehr ergriffen. Er war der ergebenste und folgsamste meiner Patienten; er zog sich sofort und ohne Protest aus, zeigte sein Hemd mit den unvermeidlichen Läusen vor und ließ am nächsten Morgen die Desinfektion ohne das Gehabe eines beleidigten Prinzen über sich ergehen. Am folgenden Tag waren die Läuse wieder da, der Himmel weiß, wie. Er ergriff eben keine Initiative mehr und leistete keinen Widerstand – nicht einmal den Läusen.

Meine berufliche Tätigkeit hatte zumindest zweierlei für sich: sie verschaffte mir einen »propusk« und eine bessere Ernährung.

Die Lagerküche in Bogucice war eigentlich nicht schlecht. Wir bekamen die russische Militärration. Sie bestand aus einem Kilo Brot, zwei Suppen, einer »Kascha« (einem Eintopf mit Fleisch, Speck, Hirse oder irgendwelchen Gemüsen) und einen Tee nach russischer Manier, dünn, süß und reichlich. Aber Leonardo und ich mußten die Verheerungen, die ein Lagerjahr angerichtet hatte, wiedergutmachen und wurden darum ständig von einem unkontrollierten Hunger geplagt, der zum großen Teil psychischen Ursprungs war, und die Ration genügte uns nicht.

Marja hatte uns erlaubt, mittags in der Krankenstation zu essen. Die Küche wurde von zwei Pariser »maquisardes« geführt, älteren Arbeiterinnen, die wie wir das Lager überlebt, dort aber ihre Männer verloren hatten. Schweigsame, bekümmerte Frauen – auf ihren vor der Zeit gealterten Gesichtern waren die früheren und die eben erst überstandenen Leiden überdeckt und bezwungen von dem energischen moralischen Bewußtsein des politischen Kämpfers.

Die eine, Simone, bediente an unserem Tisch. Sie verteilte die Suppe einmal und noch einmal. Mich sah sie dann jedesmal etwas ängstlich an: »Vous répétez, jeune homme?« Und ich nickte schüchtern und schämte mich meiner animalischen Gefräßigkeit. Unter ihren strengen Blicken wagte ich selten, ein viertes Mal zu »répéter«.

Der »propusk« verlieh einem zwar ein gewisses soziales Ansehen, bedeutete aber keinen wirklichen Vorteil; denn im Grunde genommen konnte jeder mühelos durch das Loch im Zaun steigen und in die Stadt gehen, frei wie der Vogel unter dem Himmel. Viele von den Dieben machten sich zum Beispiel auf diese Weise davon, um in Kattowitz oder auch weiter weg ihrer Kunst nachzugehen. Sie kehrten häufig nicht zurück oder erst nach vielen Tagen und gaben dann oft andere Personalien an – niemand kümmerte sich darum.

Immerhin konnte man mit dem »propusk« in Richtung Kattowitz gehen, ohne erst den langen Umweg durch den Schlamm, der das Lager umgab, machen zu müssen. Mit zunehmenden Kräften und mit zunehmend freundlicher Jahreszeit erwachte auch in mir der Wunsch, die unbekannte Stadt zu erkunden; wozu waren wir schließlich befreit worden, wenn wir unsere Tage weiterhin hinter Stacheldraht zubrachten? Außerdem brachte uns die Bevölkerung von Kattowitz Sympathie entgegen, und Straßenbahn und Kino waren für uns unentgeltlich.

Ich sprach eines Abends mit Cesare darüber, und wir stellten für die nächsten Tage ein Maximalprogramm auf, in dem Nützliches sich mit Angenehmem verbinden sollte, das heißt, Geschäfte mit Vagabundieren.

Cesare

Ich hatte Cesare in den letzten Tagen im Lager kennengelernt, aber dort war es ein anderer Cesare gewesen. Nachdem das Lager Buna von den Deutschen verlassen worden war, stellte der Infektionsraum, in dem es den beiden Franzosen und mir gelungen war, zu überleben und einen Anschein von Zivilisation zu schaffen, eine Insel relativen Wohlbefindens dar. Im Nachbarraum, wo die Ruhrkranken lebten, herrschte unumstritten der Tod.

Dicht neben meinem Kopf hörte ich durch die Holzwand hindurch Italienisch reden. Eines Abends hatte ich unter Aufbietung meiner letzten Energien beschlossen, hinüberzugehen und zu sehen, wer dort noch lebte. Ich war durch den dunklen eisigen Korridor gegangen, hatte die Tür geöffnet und fand mich in einem Reich des Schreckens.

Es gab dort vielleicht hundert Betten; in mindestens der Hälfte lagen kalte, erstarrte Leichen. Die Dunkelheit wurde nur von zwei oder drei Kerzen erhellt, Wände und Decke verloren sich in der Finsternis, so daß man das Gefühl hatte, immer tiefer in eine riesige Höhle hineinzugehen. Es gab überhaupt keine Heizung, nur der verpestete Atem der fünfzig noch Lebenden wärmte ein bißchen. Trotz der eisigen Kälte herrschte ein so durchdringender Gestank nach Exkrementen und verwesenden Körpern, daß es einem den Atem verschlug und man nur mit Gewalt die verdorbene Luft in die Lungen ziehen mochte.

Und doch waren fünfzig noch am Leben. Zusammengekrümmt lagen sie unter ihrer Decke; einige stöhnten oder schrien, andere kletterten mühsam aus den Betten, um auf dem Boden ihre Notdurft zu verrichten. Sie riefen Namen, beteten, fluchten und flehten in allen Sprachen Europas um Hilfe.

Tastend schleppte ich mich durch einen der Gänge zwischen den dreistöckigen Betten und taumelte im Dunkeln über eine Schicht gefrorener Exkremente. Als meine Schritte hörbar wurden, vervielfachten sich die Schreie; gekrümmte Hände streckten sich unter den Decken hervor, packten mich an den Kleidern, berührten mit kalten Fingern mein Gesicht, wollten mir den Weg versperren. Schließlich erreichte ich die Trennwand am Ende des Ganges und fand, was ich suchte – zwei Italiener in einem einzigen Bett, zum Schutz vor der Kälte unter einer Decke eng aneinandergerückt: Cesare und Marcello.

Marcello kannte ich gut; er kam aus Cannaregio, dem uralten Getto von Venedig, war mit mir in Fossoli gewesen und hatte im benachbarten Waggon den Brenner überquert. Er war gesund und stark und hatte bis in die letzten Lagerwochen hinein tapfer den Hunger und alle Strapazen ertragen; aber die Winterkälte hatte in gebrochen. Er sprach nicht mehr, und im Schein des Streichholzes, das ich entzündete, hatte ich Mühe, ihn wiederzuerkennen: ein gelbes Gesicht, von schwarzem Bartwuchs bedeckt, nur noch Nase und Zähne; die Augen, glänzend und vom Delirium geweitet, blickten ins Leere. Für ihn gab es keine Rettung mehr.

Cesare kannte ich kaum. Er war erst vor wenigen Monaten von Birkenau nach Buna gekommen. Er bat mich um Wasser, nicht um Essen; um Wasser – seit vier Tagen hatte er keinen Schluck getrunken, das Fieber verzehrte ihn, und die Ruhr leerte ihn aus. Ich brachte ihm welches, zusammen mit den Resten von unserer Suppe, nicht ahnend, daß ich damit den Grund für eine lange und einzigartige Freundschaft gelegt hatte.

Seine Regenerationsfähigkeit war erstaunlich, denn zwei Monate später traf ich ihn im Lager Bogucice wieder, nicht nur erholt, sondern geradezu blühend und lebendig wie eine Heuschrecke; dabei hatte er ein zusätzliches Abenteuer hinter sich, und seine natürlichen Fähigkeiten, durch die unerbittliche Schule des Lagers gefestigt, hatten eine harte Probe bestehen müssen.

Nach der Ankunft der Russen hatte man ihn mit den anderen Kranken nach Auschwitz gebracht, und da er nicht schwer krank war und eine kräftige Konstitution besaß, war er schnell genesen – sogar ein wenig zu schnell. Mitte März hatten sich die geschlagenen deutschen Armeen um Breslau konzentriert und einen letzten verzweifelten Gegenangriff in Richtung des schlesischen Kohlebeckens unternommen. Die Russen waren überrascht worden und errichteten, vielleicht weil sie die feindliche Initiative überschätzten, in aller Eile eine Verteidigungslinie. Eine lange Reihe von Panzergräben sollte das Odertal zwischen Oppeln und Gleiwitz sperren: sie hatten nur wenige Arbeitskräfte zur Verfügung, die Aufgabe war kolossal und dringlich, und also halfen sie sich ihrer Gewohnheit nach auf eine äußerst summarische Art und Weise.

Eines Morgens gegen neun Uhr hatten bewaffnete Russen plötzlich einige Straßen im Zentrum von Kattowitz gesperrt. In Kattowitz, wie in ganz Polen, fehlten die Männer – die männliche Bevölkerung im arbeitsfähigen Alter war verschleppt, gefangen in Deutschland oder Rußland, verstreut in Partisanengruppen, getötet im Kampf, bei

Bombenangriffen, bei Vergeltungsaktionen, in den Lagern, in den Gettos. Polen war ein Land in Trauer, ein Land der Alten und Witwen. Um neun Uhr morgens gab es nur Frauen auf den Straßen: Hausfrauen mit der Einkaufstasche oder einem Wägelchen, auf der Suche nach Lebensmitteln und Kohlen, auf dem Weg zu den Läden und Märkten. Die Russen hatten sie je zu viert in Reih und Glied gestellt, zum Bahnhof geführt – mit Taschen und allem – und sie nach Gleiwitz transportiert.

Gleichzeitig – fünf oder sechs Tage, bevor der Grieche und ich dort eintrafen – hatten sie plötzlich das Lager Bogucice umzingelt: sie brüllten wie die Kannibalen und feuerten Schüsse in die Luft, um alle, die etwa versuchen sollten, sich zu verkriechen, einzuschüchtern. Sie hatten ihre ruhigen Genossen von der Kommandantur ohne viele Umstände zum Schweigen gebracht, als diese bescheiden intervenieren wollten, und waren dann mit den Maschinengewehren im Anschlag in das Lager eingedrungen und hatten die Menschen aus den Baracken getrieben.

Auf dem freien Platz in der Mitte des Lagers war daraufhin eine Karikatur der deutschen Selektionen vor sich gegangen. Eine weit unblutigere Selektion, mit dem Ziel, Arbeiter auszuwählen, nicht Todeskandidaten, aber dafür um so chaotischer und improvisierter.

Während einige Soldaten die Baracken absuchten, um diejenigen aufzustöbern, die sich drücken wollten, und sie dann in einem wilden Gerenne wie bei einem großen Versteckspiel zu verfolgen, hatten andere am Lagertor Posten bezogen und prüften einzeln Männer und Frauen, die ihnen die Verfolger nach und nach vorführten und die sich freiwillig gestellt hatten. Das Urteil »bolnoj« oder »zdorovyj« (krank oder gesund) wurde gemeinsam durch Akklamation gefällt; wo sich Meinungsverschiedenheiten ergaben, erhob sich lärmender Streit. Die »bolnoj«

wurden in die Baracken zurückgeschickt, die »zdorovyj« mußten sich in einer Reihe vor dem Zaun aufstellen.

Cesare hatte als einer der ersten begriffen, was vor sich ging (»gemerkt, wie der Hase läuft«, wie er sich ausdrückte), und mit beachtlichem Geschick versucht, davonzukommen. Um ein Haar wäre es ihm geglückt. Im Holzschuppen, einem Ort, an den niemand dachte, hielt er sich bis zum Ende der Jagd still und regungslos unter Holzscheiten verborgen, von denen er eine Reihe über sich hatte fallen lassen. Irgendein Trottel auf der Suche nach einem Versteck war zu guter Letzt doch noch hereingestürmt, einen russischen Verfolger hinter sich. Man hatte ihn, Cesare, geschnappt und für gesund befunden – aus reiner Schikane, denn er war mit der Leidensmiene eines Gekreuzigten wie ein schwachsinniger Krüppel unter dem Holz hervorgekrochen, zum Steinerweichen. Er zitterte am ganzen Leib, hatte es fertiggebracht, sich Schaum vor den Mund treten zu lassen, hinkte, stolperte und zog ein Bein nach, schielte und warf irre Blicke um sich. Trotzdem wiesen sie ihn zu den Gesunden; einige Sekunden später hatte er blitzartig die Taktik zu wechseln und davonzurennen versucht, um so schnell wie möglich durch das Loch auf der Rückseite wieder im Lager zu verschwinden. Aber sie holten ihn ein, verpaßten ihm eine Ohrfeige und einen Tritt ans Schienbein, und er mußte sich endgültig geschlagen geben.

Bis über Gleiwitz hinaus, mehr als dreißig Kilometer, mußten sie zu Fuß marschieren, wurden dort notdürftig in Ställen und Schuppen untergebracht – ein Hundeleben. Die Verpflegung war spärlich, und sechzehn Stunden täglich, bei jedem Wetter – immer ein Russe mit dem Gewehr im Anschlag dabei – mußten die Männer mit Hacke und Schaufel am Panzergraben arbeiten, die Frauen (die aus dem Lager und die auf der Straße aufgegriffenen Polinnen) Kartoffeln schälen, kochen und saubermachen.

Eine harte Fron; mehr als Arbeit und Hunger aber brannte in Cesare die ihm angetane Schmach. Sie hatten ihn wie einen Grünschnabel geschnappt, ihn, der bei der Porta Portese auf dem Markt gestanden hatte! Ganz Trastevere hätte ihn ausgelacht. Er mußte sich rehabilitieren.

Drei Tage arbeitete er; am vierten tauschte er seine Brotration gegen zwei Zigarren. Die eine aß er; die andere ließ er in Wasser aufweichen und preßte sie die ganze Nacht in die Achselhöhle. Am nächsten Tag konnte er sich krank melden; er hatte alles, was nötig war: Fieber wie ein Pferd, fürchterliche Koliken, Schwindelanfälle, Erbrechen. Sie schickten ihn ins Bett, und dort blieb er, bis die Vergiftung abgeklungen war; danach verschwand er, geschmeidig wie eine Katze, in der Nacht und kehrte in kleinen Etappen mit ruhigem Gewissen ins Lager zurück. Es gelang mir, ihn in meinem Raum unterzubringen, und bis zur Rückreise blieben wir zusammen.

»Schon wieder«, sagte Cesare und stieg mit finsterem Gesicht in die Hosen, als die Nachtruhe des Lagers wenige Tage nach seiner Rückkehr auf dramatische Weise gestört wurde. Es war ein Weltuntergang, eine Explosion: russische Soldaten liefen in den Korridoren hin und her, schlugen mit den Gewehrkolben gegen die Türen, brüllten aufgeregte und unverständliche Befehle; gleich darauf erschien die Kommandantur, Marja mit Lockenwicklern, Egorov und Dancenko halb angezogen, Buchhalter Rovi, verstört und verschlagen, aber in Galauniform, hinterdrein. Aufstehen, anziehen, sofort! Warum? Waren die Deutschen wiedergekommen? Sollten wir abtransportiert werden? Niemand wußte etwas.

Schließlich bekamen wir Marja zu fassen. Nein, die

Deutschen hatten die Front nicht durchbrochen, aber gleichwohl war die Situation sehr ernst. »Inspektsija«: noch diesen Morgen sollte ein General aus Moskau zur Lagerinspektion eintreffen. Bei der Kommandantur herrschten Panik und Verzweiflung und eine Stimmung, als sei der Dies irae angebrochen.

Rovis Dolmetscher rannten von Raum zu Raum, brüllten Befehle und Gegenbefehle. Besen, Putzlappen und Eimer tauchten auf; alle wurden mobilisiert: Fenster putzen, Dreckhaufen abtragen, Boden schrubben, Türgriffe polieren, Spinnweben entfernen; gähnend und fluchend machten sich alle an die Arbeit. Es wurde zwei, drei, vier Uhr.

Bei Morgengrauen kam die »ubornaja« zur Sprache: die Lagerlatrine stellte tatsächlich ein schweres Problem dar. Sie bestand aus einem gemauerten Gebäude, genau in der Mitte des Lagers gelegen, ausladend, in die Augen springend, unmöglich zu verbergen oder zu tarnen. Seit Monaten hatte sich niemand um die Säuberung und Pflege gekümmert: der Steinboden im Innern war von einer zentimeterdicken Schicht Kot bedeckt, so daß wir große Steine und Ziegel hineingelegt hatten, damit wir überhaupt, von einem zum anderen hüpfend – eine schwierige Gleichgewichtsübung –, hinein konnten. Aus den Türen und Mauerrissen drang die Flüssigkeit nach außen, rann in einem schmutzigen Bächlein quer durch das Lager und verlor sich bergabwärts in den Wiesen.

Hauptmann Egorov schwitzte Blut, hatte völlig den Kopf verloren und wählte unter uns eine Mannschaft von zehn Männern, die er mit Besen und Eimern voller Chlor zu einer Säuberungsaktion ausschickte. Aber selbst ein Kind konnte sehen, daß zehn Männer, selbst wenn sie mit geeigneten Instrumenten, nicht nur mit Besen, ausgerüstet gewesen wären, mindestens eine Woche gebraucht hätten; und was das Chlor anging: alle Wohlgerüche Arabiens hätten den Gestank nicht vertreiben können.

Es kommt häufig vor, daß aus zwei widersprüchlichen Notwendigkeiten unsinnige Entscheidungen erwachsen, während es klüger gewesen wäre, zu warten, bis sich das Dilemma von selber löse. Eine Stunde später (das Lager summte wie ein aufgestörter Bienenstock) wurde die Mannschaft zurückbeordert; statt dessen erschienen die zwölf Soldaten des Kommandos mit Brettern, Nägeln, Hämmern und Stacheldrahtrollen. Im Handumdrehen wurden die Türen und Fenster der skandalösen Latrine mit zweifingerdicken Tannenholzbrettern verschlossen, verrammelt und versiegelt und alle Wände bis zum Dach mit einem unentwirrbaren Stacheldrahtknäuel überzogen. Der Anstand war gewahrt: auch der eifrigste Inspizient hätte die Latrine einfach nicht betreten können.

Es wurde Mittag, Abend – von dem General keine Spur. Am nächsten Morgen hatte sich die Aufregung etwas gelegt; am dritten Tag sprach man überhaupt nicht mehr darüber, die Russen von der Kommandantur fielen in ihre gewohnte wohltuende Sorglosigkeit und Schlamperei zurück; man hatte zwei Bretter an der rückseitigen Latrinentür entfernt, und alles nahm wieder seinen gewohnten Gang.

Ein Inspizient kam trotzdem – einige Wochen später; er wollte den Lagerbetrieb, genauer gesagt, die Küche kontrollieren, und es war auch kein General, sondern ein Hauptmann. Er trug eine Armbinde mit den Buchstaben NKWD, einem Abzeichen von etwas düsterem Ruf. Er kam, und seine Pflichten oder die Mädchen von der Kommandantur oder die Luft in Oberschlesien oder die Nähe der italienischen Köche mußten ihm besonders zugesagt haben, auf jeden Fall ging er nicht wieder, sondern blieb und inspizierte täglich, bis wir im Juni abfuhren, die Küche. Eine andere nützliche Tätigkeit übte er während dieser ganzen Zeit sichtlich nicht aus.

Die Küche, die ein barbarischer Koch aus der Gegend von Bergamo zusammen mit einer wechselnden Zahl von fetten und strahlenden freiwilligen Helfern führte, lag gleich außerhalb des Zaunes und war in einem Schuppen untergebracht. Zwei große Kessel standen auf zementenen Feuerstellen und füllten fast den ganzen Raum. Man ging über zwei Stufen hinein, eine Tür gab es nicht.

Der Inspizient führte mit äußerst würdigem und ernsthaftem Gebaren seine erste Kontrolle durch und machte sich Notizen in ein kleines Buch. Er war ein Jude gegen Dreißig, ellenlang und schlaksig, mit einem schönen asketischen Gesicht wie Don Quijote. Am zweiten Tag hatte er irgendwo ein Motorrad aufgetrieben und schloß es so in sein Herz, daß man ihn fortan nie mehr ohne seine geliebte Maschine sah.

Die Inspektion wurde zu einer Zeremonie und zu einem öffentlichen Schauspiel. Immer mehr Bewohner von Kattowitz nahmen daran teil. Der Inspizient erschien wie eine Windhose gegen elf Uhr, bremste ruckartig mit ungeheurem Lärm und ließ, auf das vordere Rad gestützt, das hintere einen Viertelkreis herumschwenken. Unverzüglich eilte er mit gesenktem Kopf wie ein Stier im Angriff zur Küche, nahm die beiden Stufen mit furchterregenden Sprüngen, beschrieb, während der Auspuff in voller Lautstärke weiterratterte, zwei hastige Achten um die Töpfe, fegte die Stufen wieder hinab, grüßte mit strahlendem Lächeln militärisch zum Publikum, beugte sich über die Lenkstange und brauste in einer Wolke von Auspuffgasen und Lärm davon.

Das Spiel ging mehrere Wochen hindurch reibungslos; dann, eines Tages, ließ sich weder Motorrad noch Hauptmann blicken. Letzterer war mit gebrochenem Bein im

Krankenhaus, ersteres in den liebevollen Händen eines Vereins italienischer Motorradfans. Aber schon bald sah man beide wieder: der Hauptmann hatte sich am Rahmen des Motorrads eine Stütze anbringen lassen, auf die er horizontal das eingegipste Bein legte. Sein vornehm-blasses Gesicht leuchtete vor ekstatischem Glück; so ausgestattet nahm er mit kaum gemindertem Schwung seine täglichen Inspektionen wieder auf.

Erst Anfang April, als der letzte Schnee geschmolzen war und die milde Sonne den polnischen Schlamm aufgetrocknet hatte, begannen wir uns wirklich frei zu fühlen. Cesare war schon verschiedene Male in der Stadt gewesen und drängte mich, ihn bei seinen Expeditionen zu begleiten. Schließlich überwand ich meine Trägheit, und gemeinsam machten wir uns an einem strahlenden Frühlingstag auf den Weg.

Cesare, den das Experiment reizte, wollte das Lager nicht durch das Loch im Stacheldraht verlassen. Ich ging als erster durch den Haupteingang; der Wachtposten fragte mich nach meinem Namen, dann verlangte er meinen Passierschein, und ich streckte ihn ihm hin. Er kontrollierte: der Name stimmte. Ich ging um die Ecke und reichte Cesare das kleine Stück Pappe durch den Stacheldraht. Der Posten fragte Cesare nach dem Namen; Cesare antwortete »Primo Levi«. Der Posten verlangte den Passierschein: wieder stimmte der Name, und Cesar verließ ganz legal das Lager. Nicht, daß Cesare besonderen Wert auf Legalität gelegt hätte; er liebte nur die Feinheiten, die Kniffe, die Kunst, seinen Nächsten hereinzulegen, ohne ihm weh zu tun.

Ausgelassen wie Schuljungen in den Ferien hatten wir Kattowitz betreten, aber mit jedem Schritt geriet unsere leichtsinnige Stimmung in größeren Widerspruch zu der

Szenerie, in die wir hineingerieten. Mit jedem Schritt stießen wir auf die Spuren der ungeheuerlichen Tragödie, die uns gestreift und wunderbarerweise verschont hatte: Gräber an jeder Wegkreuzung, stumme, hastig geschaufelte Gräber ohne Kreuz, unter dem Zeichen des roten Sterns, Gräber von sowjetischen Soldaten, die im Kampf gefallen waren. Ein endloser Soldatenfriedhof in einem Park der Stadt, Kreuze und Sterne durcheinander, und fast alle zeigten das gleiche Datum, das Datum des Straßenkampfs oder vielleicht das Datum des letzten Gemetzels, das die Deutschen angerichtet hatten. Mitten auf der Hauptstraße drei, vier deutsche Panzer, wie es schien, unzerstört; sie dienten jetzt als Siegestrophäen und Gedenkzeichen; die Kanone eines der Panzer deutete auf ein riesiges Loch in halber Höhe des gegenüberliegenden Hauses; im Zerstören war das Ungeheuer vernichtet worden. Überall Ruinen, Häusergerippe, verkohlte Balken, Wellblechbaracken, zerlumpte Menschen mit wilden und ausgehungerten Gesichtern. An den wichtigen Kreuzungen von den Russen angebrachte Straßenschilder, seltsam abstechend von dem Glanz und der vorgefertigten Perfektion der entsprechenden deutschen Schilder, die wir vorher gesehen hatten, und von den amerikanischen, die wir später sehen sollten: rohe Tafeln aus unbearbeitetem Holz, die Namen mit der Hand daraufgekleckst mit Teer, in ungleichen kyrillischen Buchstaben; Gleiwitz, Krakau, Czenstochowa; vielmehr, weil der Name zu lang war, »Czenstoch« auf einer Tafel und dann »owa« auf einer anderen, kleineren Tafel daruntergenagelt.

Dennoch lebte die Stadt nach den Jahren des Alptraums der nazistischen Besetzung und dem Orkan der hindurchgewanderten Front. Viele Läden und Cafés waren geöffnet; der freie Markt war überlaufen: die Straßenbahnen fuhren, die Kohlengruben arbeiteten, die Schulen, die Kinos waren geöffnet. Für diesen ersten Tag begnügten wir uns, weil wir einer wie der andere kein Geld hatten, mit einem Erkundungsgang. Nach ein paar Stunden Marsch in der schneidenden Luft hatte sich unser ohnehin chronischer Hunger verschärft: »Komm mit«, sagte Cesare, »wir wollen essen gehen.«

Er führte mich auf den Markt, in die Reihe mit den Obstständen. Unter den feindseligen Blicken der Obstverkäuferin suchte er sich am ersten Stand eine Erdbeere aus, eine einzige, aber besonders große, zerkaute sie ganz langsam mit Kennermiene und schüttelte dann den Kopf: »Nié ddobre«, sagte er streng. (»Das ist Polnisch«, erklärte er mir, »das heißt, sie sind nicht gut«.) Er ging weiter zum nächsten Stand und wiederholte das Spiel; und so immer weiter bis zum letzten. »Na? Worauf wartest du?« fragte er mich mit frechem Stolz. »Wenn du Hunger hast, brauchst du es bloß so zu machen wie ich.«

Freilich, mit der Erdbeertechnik würden wir auf die Dauer nicht auf unsere Kosten kommen. Cesare hatte die Situation begriffen, und das hieß, jetzt war der Augenblick gekommen, sich ernstlich dem Handel zu widmen.

Er erklärte mir, wie er es sich vorgestellt hatte: mit mir war er befreundet, und von mir verlangte er nichts; wenn ich Lust hatte, konnte ich mit ihm auf den Markt kommen, vielleicht ihm ein wenig zur Hand gehen und dabei das Metier erlernen, aber unerläßlich war es, daß er sich einen richtigen Geschäftspartner suchte, einen, der über ein kleines Anfangskapital und über eine gewisse Erfahrung verfügte. Das heißt, er hatte ihn eigentlich schon gefunden, einen Giacomantonio mit einem Galgenvogelgesicht, einen alten Bekannten aus San Lorenzo. Der Aufbau der Handelsgesellschaft war denkbar einfach: Giacomantonio sollte kaufen, er verkaufen, und den Gewinn wollten sie sich brüderlich teilen.

Kaufen, was? »Alles«, sagte er, »was sich gerade bietet.« Cesare, obwohl kaum älter als zwanzig, konnte sich einer kaufmännischen Erfahrung rühmen, die überraschte und mit der des Griechen vergleichbar war. Aber abgesehen von oberflächlichen Entsprechungen trennte ihn von dem Griechen eine Welt, wie ich bald feststellte. Cesare strahlte menschliche Wärme aus, in jedem Augenblick, und nicht nur wie Mordo Nahum in der Freizeit. Für Cesare bedeutete die »Arbeit« je nachdem eine unangenehme Notwendigkeit oder eine unterhaltsame Gelegenheit, um Bekanntschaft zu schließen, nicht aber kalte Besessenheit und luziferische Selbstbestätigung. Der eine war frei, der andere Sklave seiner selbst; der eine war geizig und vernünftig, der andere verschwenderisch und phantasievoll. Der Grieche: ein einsamer Wolf, in ewigem Krieg gegen alle, vor der Zeit gealtert, eingeschlossen in der Beschränktheit seines jämmerlichen Ehrgeizes; Cesare: ein Kind der Sonne, mit aller Welt gut Freund, keinen Haß und keine Verachtung kennend, wechselhaft wie der Himmel, vergnügt, schlau und naiv, mutig und vorsichtig, sehr unwissend, sehr unschuldig und sehr zivilisiert.

Der Geschäftsverbindung mit Giacomantonio wollte ich nicht beitreten, aber Cesares Einladung, ihn gelegentlich als Lehrling, Dolmetscher und Träger auf den Markt zu begleiten, nahm ich gern an. Nicht nur aus Freundschaft und um der Langeweile des Lagers zu entgehen, sondern vor allem, weil an Cesares Unternehmungen teilzunehmen, auch an den bescheidensten und alltäglichsten, eine einzigartige Erfahrung bedeutete, ein aufregendes und stärkendes Schauspiel. Es versöhnte mich wieder mit der Welt, weckte in mir wieder die Lebensfreude, die Auschwitz ausgelöscht hatte.

Qualitäten wie die von Cesare sind gut in sich selbst, im absoluten Sinne; sie genügen, um einen Menschen zu adeln, ihn von vielen möglichen Fehlern zu entlasten, seine Seele zu retten. Unter den gegebenen Umständen und auf der praktischen Ebene bedeuten sie außerdem eine wertvolle Hilfe für jedermann, der auf öffentlichen Plätzen Handel treiben will, und tatsächlich: niemand konnte sich dem Zauber Cesares entziehen, weder die Russen von unserem Kommando noch die im Lager zusammengewürfelten Kameraden, noch die Bürger von Kattowitz, die auf den Markt kamen. Andererseits ist es nach den harten Gesetzen des Handelns nun einmal so, daß der Gewinn des Verkäufers auf Kosten des Käufers geht und umgekehrt.

Der April ging dem Ende zu, und die Sonne schien schon kräftig und warm, als Cesare, nachdem die Krankenstation geschlossen hatte, mich abholte. Sein Geschäftspartner mit dem Galgengesicht hatte eine Reihe glänzender Coups getätigt: für ganze fünfzig Zloty einen Füllfederhalter, der nicht schrieb, gekauft, eine Stoppuhr und ein Wollhemd in annehmbarem Zustand. Auf Grund seiner reichen Hehlererfahrung hatte dieser Giacomantonio die großartige Idee gehabt, sich auf dem Bahnhof von Kattowitz auf die Lauer zu legen und die russischen Truppentransporte abzufangen, die aus Deutschland zurückkamen: diese Soldaten, jetzt demobilisiert und auf dem Weg nach Hause, waren die denkbar leichtfertigsten Handelspartner. Voller Übermut, Sorglosigkeit und mit Beutestücken überladen, kannten sie die lokalen Notierungen nicht und brauchten Geld.

Aber auch abgesehen von jedem praktischen Zweck bedeutete es einen Gewinn, ein paar Stunden auf dem Bahnhof zu verbringen und die Rückführung der Roten Armee in die Heimat mitanzusehen: ein bewegendes und feierliches Schauspiel wie eine biblische Wanderung, zugleich aber auch chaotisch und bunt wie ein Wanderzirkus. Endlose Güterwagenzüge, zum Truppentransport eingesetzt, hatten in Kattowitz Aufenthalt; sie waren für monatelange Reisen, bis zum Pazifik vielleicht, hergerichtet und beherbergten zu Tausenden, wild durcheinandergewürfelt, Soldaten und Zivilisten, Männer und Frauen, ehemalige Kriegsgefangene und Deutsche, die jetzt ihrerseits Kriegsgefangene waren; außerdem Waren, Möbel, Vieh, demontierte Fabrikeinrichtungen, Lebensmittel, Kriegsgerät, Schrott. Es waren fahrende Dörfer: einige Wagen enthielten eine komplette Wohnungseinrichtung, ein oder zwei Ehebetten, einen Spiegelschrank, einen Ofen, ein Radio, Stühle und Tische. Von einem Wagen zum anderen waren improvisierte elektrische Leitungen gespannt, die zum vordersten, mit einem Stromgenerator versehenen Wagen führten; sie sorgten für Beleuchtung und dienten zugleich als Trockenvorrichtung für die Wäsche (die gleich dabei gleichzeitig wieder vollgerußt wurde). Am Morgen öffneten sich die Schiebetüren, und aus diesen gutbürgerlichen Behausungen tauchten halbangezogene Männer und Frauen mit breiten, verschlafenen Gesichtern auf; sie sahen sich verwirrt um, ohne recht zu wissen, an welchem Fleck der Erde sie sich gerade befanden, kletterten dann hinunter, um sich mit dem eisigen Wasser der Hydranten zu waschen, und boten reihum Tabak und »Prawda«-Blätter zum Zigarettendrehen an.

Ich ging also mit Cesare, der sich vorgenommen hatte, die drei obengenannten Gegenstände weiterzuverkaufen (und sei es an die Russen selber), zum Markt. Dieser war nicht mehr wie anfangs ein Jahrmarkt des menschlichen Elends. Die Rationierung war aufgehoben oder vielmehr in Vergessenheit geraten; aus der umliegenden fruchtbaren Gegend kamen die Bauernkarren, zentnerweise mit Speck und Käse, Eiern, Hühnern, Zucker, Obst und Butter beladen: ein Garten der Versuchung, eine grausame Herausforderung an unseren ewigen Hunger und unseren Geldmangel, gebieterischer Anreiz, Verdienstmöglichkeiten ausfindig zu machen.

Auf Anhieb, ohne groß zu feilschen, verkaufte Cesare den Füllfederhalter für zwanzig Zloty. Er brauchte keinerlei Dolmetscher; er sprach nur Italienisch, vielmehr den römischen Dialekt oder, noch genauer, den Jargon des römischen Gettos, durchsetzt mit verballhornten hebräischen Wörtern. Natürlich, es blieb ihm gar nichts anderes übrig; es war die einzige Sprache, die er beherrschte; aber ohne daß es ihm bewußt war, trug gerade dieses Unvermögen wesentlich zu seinem Erfolg bei. Cesare »spielte auf eigenem Feld«, um einen sportlichen Terminus zu gebrauchen: seine Kunden hingegen mußten sich anstrengen, sein Kauderwelsch und die nie gesehenen Gesten zu verstehen und konnten sich daher nicht genügend konzentrieren; machten sie Gegenangebote, verstand er nicht oder tat so, als verstünde er nicht.

Die Kunst des Marktschreiers ist nicht so verbreitet, wie ich angenommen hatte; dem polnischen Publikum jedenfalls schien sie unbekannt, und es war fasziniert. Außerdem war Cesare ein Mime ersten Ranges: er schwenkte das Hemd in der Sonne, spannte es straff am Kragen (unter dem Kragen war ein Loch, aber Cesare hielt die Hand genau an die Stelle, wo sich das Loch befand) und pries es mit stürmischer Beredsamkeit, machte Witze und erzählte zwischendurch das Blaue vom Himmel herunter und bezeichnete mal diesen, mal jenen im Publikum mit obszönen Spottnamen, die er spontan erfand.

Er unterbrach sich brüsk (instinktiv beherrschte er den rhetorischen Effekt der Pause), küßte leidenschaftlich das Hemd und sagte dann mit entschlossener und zugleich bewegter Stimme, als zerreiße es ihm fast das Herz, weil er sich von dem Hemd trennen müsse, und als zwinge er sich nur aus Nächstenliebe dazu: »Du, Dickbauch, was gibst du mir für das schöne Koschülchen?«

Der Dickbauch blieb sprachlos. Er betrachtete sehnsüchtig das »Koschülchen« und schielte aus den Augenwinkeln nach rechts und nach links, halb hoffend, halb fürchtend, ein anderer könne das erste Angebot machen. Dann trat er zögernd vor, streckte eine unsichere Hand aus und murmelte etwas wie »Pindschischi«. Als ob er eine Schlange gesehen hätte, riß Cesare das Hemd an sich. »Was hat er gesagt?« fragte er mich in einem Ton, als argwöhne er eine tödliche Beleidigung; aber es war eine rhetorische Frage. Er verstand oder erriet die polnischen Zahlen viel schneller als ich.

»Du bist närrisch«, sagte er entschieden, legte den Zeigefinger an die Schläfe und drehte ihn wie einen Bohrer. Die Zuschauer lärmten und lachten und ergriffen offen Partei für den phantastischen Fremden, der eigens vom Rande der Welt gekommen war, um hier Wunderdinge zu wirken. Der Dickbauch stand mit aufgerissenem Mund da und trat wie ein Bär von einem Bein aufs andere. »Du ferík«, wiederholte Cesare mitleidslos (er meinte das deutsche Wort »verrückt«); dann fügte er verdeutlicht hinzu: »Du meschugge.« Wie ein Orkan brach wildes Gelächter los: das hatten sie alle verstanden. »Meschugge« ist ein hebräisches Wort, das im Jiddischen weiterlebt und infolgedessen in ganz Mittel- und Osteuropa verstanden wird; es bedeutet verrückt, enthält aber zusätzlich die Bedeutung leeren, melancholischen, hilflosen und geistesabwesenden Trübsinns.

Der Dickbauch kratzte sich am Kopf und zog verlegen die Hosen hoch. »Sto«, sagte er dann begütigend, »sto zlotych, hundert Zloty.«

Das Angebot war erwägenswert. Cesare, ein wenig besänftigt, wandte sich in überredendem Ton dem Dickbauch zu, so, als wolle er ihn von Mann zu Mann überzeugen, daß er versehentlich etwas Wesentliches übersehen habe. Lange redete er wie ein guter Freund auf ihn ein, vertrauensvoll und mit Wärme, und schließlich sagte er: »Siehst du? Verstehst du? Einverstanden?«

»Sto zlotych«, wiederholte der andere dickköpfig.

»Der ist stur wie ein Bock«, meinte Cesare. Dann, wie von plötzlicher Müdigkeit ergriffen und als sei er zu einem letzten Einigungsversuch bereit, legte er ihm die Hand auf die Schulter und sagte mütterlich: »Hör, mein Guter, hör zu. Du hast mich nicht richtig verstanden. Komm, wir wollen uns einigen. Du gibst mir soviel«, und er zeichnete ihm mit dem Finger 150 auf den Bauch, »du gibst mir sto pindschischu, dann kannst du das Hemd meinetwegen ... Einverstanden?«

Der Dickbauch brummte, sah zu Boden und schüttelte den Kopf; aber Cesares erfahrenem Blick war das Zeichen der Kapitulation nicht entgangen: eine kaum merkliche Bewegung der Hand in Richtung Gesäßtasche.

»Na los! Raus mit den Pinjonze!« trieb ihn Cesare an und schmiedete das Eisen, solange es heiß war. Die Pinjonze (das polnische Wort, das sich geschrieben so fremd ausnimmt, aber einen seltsamen vertrauten, fast italienischen Klang hat, faszinierte uns beide) kamen schließlich zum Vorschein, und das Hemd wechselte den Besitzer; aber gleich darauf riß mich Cesare energisch aus meiner ekstatischen Bewunderung.

»Los, Kamerad, abhauen, sonst riechen die den Braten.« Wir hauten also ab, aus Angst, der Käufer könne zu früh das Loch bemerken, und verzichteten darauf, die schwer verkäufliche Stoppuhr an den Mann zu bringen. Mit würdevoller Langsamkeit schritten wir bis zur nächsten Ecke, dann rannten wir los, so schnell die Beine uns trugen, und kehrten auf Umwegen ins Lager zurück.

Victory Day

Das Lagerleben in Bogucice, die Ambulanz, der Markt, die rudimentären menschlichen Beziehungen zu den Russen, Polen und anderen, der schnelle Wechsel von Hunger und Sättigung, von der Hoffnung auf Heimkehr und der Enttäuschung, das Warten, die Ungewißheit, das Kasernenleben und alle die kleinen Manipulationen, diese heruntergekommene Form von Soldatenleben in einer provisorischen und fremden Umgebung, all das erfüllte mich mit Unbehagen, Heimweh, vor allem mit Langeweile. Dagegen entsprach dieses Leben genau den Gewohnheiten, dem Charakter und den Wünschen Cesares.

Er blühte in Bogucice sichtlich und von Tag zu Tag mehr auf, wie ein Baum, in dem im Frühling der Saft steigt. Er hatte inzwischen einen festen Platz auf dem Markt und eine treue Kundschaft, die er sich aus dem Nichts geschaffen hatte: die Schnurrbärtige, die Hautundknochen, den Repiscitto, mindestens drei Arschbakken, das Ausreisepapier, Frankenstein, ein Mädchen mit junonischen Formen, von ihm das »Tribunal« genannt, und andere. Im Lager war er hoch angesehen; zwar hatte er mit Giacomantonio gebrochen, aber viele andere überantworteten ihm Waren zum Verkauf, ohne Vertrag, nur auf Treu und Glauben; es fehlte ihm also nicht an Geld.

Eines Abends war er verschwunden; weder erschien er zum Abendessen noch zum Schlafen in unserem Raum. Natürlich sagten wir Rovi nichts, geschweige denn den Russen; wir wollten keine Schwierigkeiten. Nachdem er aber drei Tage und Nächte ausgeblieben war, begann auch ich – obwohl von Natur nicht sonderlich ängstlich und im Zusammenhang mit Cesare schon gar nicht – mir Sorgen zu machen.

Im Morgengrauen des vierten Tages war er wieder da, brummig und widerborstig wie ein Kater, der von einem Streifzug über die Dächer zurückgekehrt ist. Tiefe Schatten lagen um seine Augen, in ihnen aber blitzte ein stolzes Feuer. »Laßt mich in Ruhe«, war sein erstes Wort, obwohl niemand den Mund zu einer Frage aufgetan hatte und die meisten noch schnarchten. Er warf sich völlig erschöpft, wie es schien, auf sein Bett; aber nur wenige Minuten: die große Neuigkeit, die ihn erfüllte, mußte heraus, und er kam zu mir. Ich war eben erst aufgewacht; heiser und zerzaust, als habe er drei Nächte mit den Hexen getanzt, flüsterte er: »Es ist soweit. Ich hab' es geschafft. Ich hab' mir eine Panjinka zugelegt.«

Diese Nachricht begeisterte mich keineswegs. Er war keineswegs der erste: auch andere Italiener, besonders Soldaten, hatten sich in der Stadt ein Mädchen gesucht, denn Panjinka bedeutet dasselbe wie »Fräulein« und klingt genauso zweideutig.

Es war kein besonders schwieriges Unternehmen, denn in Polen waren die Männer rar, und viele Italiener hatten sich »versorgt«, nicht nur vom nationalen Mythos des guten Liebhabers so verführt, sondern auch aus einem tieferen und ernsteren Bedürfnis heraus, der Sehnsucht nach einem Zuhause, nach Zuneigung. Es geschah daher häufig, daß der umgekommene oder abwesende Gatte nicht nur im Herzen und im Bett der Frau, sondern in all seinen

Pflichten ersetzt worden war; man konnte sehen, wie Italiener zusammen mit den Polen in die Kohlengruben einfuhren und die Lohntüte »nach Hause« brachten; wie sie hinter dem Ladentisch standen und sonntags seltsame Familien bildeten, die wohlanständig auf den Bastionen herumspazierten, der Italiener mit der Polin Arm in Arm, ein viel zu blondes Kind an der Hand.

Aber Cesare versuchte mir klarzumachen, daß es sich in seinem Fall ganz anders verhielte (es ist immer ganz anders, dachte ich gähnend). Seine Panjinka war wunderschön, unverheiratet, elegant, sauber, verliebt und infolgedessen auch billig. Sie hatte natürlich ihre Erfahrungen; ihr einziger Fehler war, daß sie polnisch sprach. Deshalb mußte ich, wenn ich wirklich sein Freund war, ihm helfen.

Müde machte ich ihm klar, daß er von mir nicht zuviel erwarten konnte. Erstens konnte ich nicht viel mehr als dreißig Worte Polnisch; zweitens hatte ich von dem Liebesvokabular, das er benötigte, nicht die leiseste Ahnung; drittens war ich einfach nicht in der Stimmung, ihn zu begleiten. Aber Cesare ließ sich nicht entmutigen: vielleicht verstand das Mädchen ja Deutsch. Er hatte ein sehr präzises Programm ausgearbeitet; ich sollte ihm nur den Gefallen tun, mich nicht dagegen zu sperren, und ihm dieses oder jenes Wort auf deutsch zu sagen.

Er überschätzte meine Sprachkenntnisse. Was er von mir wissen wollte, lernte man in keinem Deutschkurs, und in Auschwitz hatte ich erst recht keine Gelegenheit dazu; außerdem handelte es sich um derart delikate Ausdrücke, daß ich zweifle, ob sie in irgendeiner Sprache außer dem Italienischen und Französischen existieren.

Ich setzte ihm meine Zweifel auseinander, aber er sah mich nur gekränkt an. Ich sabotierte ihn, das stand fest: es war der reine Neid. Er zog sich wieder die Schuhe an, ging und verfluchte mich und meine Eltern und Vorfahren. Am Mittag kam er zurück und hielt mir ein schönes italienisch-deutsches Taschenwörterbuch unter die Nase, für zwanzig Zloty auf dem Markt erstanden. »Da steht alles drin«, sagte er mit einem Gesicht, das keinen Widerspruch duldete. Es stand jedoch nicht alles drin; vielmehr fehlten genau die Dinge, die aufgrund einer geheimnisvollen Übereinkunft aus der Welt des bedruckten Papiers verbannt sind; vergeudetes Geld. Cesare ging wieder weg, im Hader mit der Kultur, mit der Freundschaft und sogar mit dem bedruckten Papier.

Von da an erschien er nur noch selten im Lager; die Panjinka sorgte großzügig für alle seine Bedürfnisse. Ende April verschwand er für eine ganze Woche. Es war aber nicht irgendein Aprilende: es war das denkwürdige des Jahres 1945.

Wir konnten zwar keine polnischen Zeitungen lesen, aber die täglich größer werdenden Schlagzeilen, die Namen darin, ja selbst die Luft auf den Straßen und in der Kommandantur machten uns deutlich, daß der Sieg nahe bevorstand. Wir lasen »Wien«, »Koblenz«, »Rhein«; dann »Bologna«, dann – mit Bewegung und heller Begeisterung – »Turin« und »Mailand«. Schließlich, in riesigen Lettern, »Mussolini«, gefolgt von einem erschreckenden und unentzifferbaren Partizip der Vergangenheit; und endlich über eine halbe Seite in roter Schrift die endgültige, geheimnisvolle und freudige Nachricht: »*Berlin upadl!*«

Am 30. April wurden die wenigen Inhaber eines Passierscheins, unter ihnen Leonardo und ich, zu Hauptmann Egorov befohlen. Mit seltsam verschlossener und verlegener Miene, wie wir sie an ihm nicht kannten, ließ er uns durch den Dolmetscher sagen, wir sollten den »propusk« zurückgeben, am nächsten Tag würden wir einen neuen erhalten. Natürlich glaubten wir ihm nicht, mußten aber gleichwohl den kleinen Ausweis abliefern. Wir empfanden die Maßnahme als absurd und sahen eine leichte Schikane darin. Unsere ängstliche Erwartung wuchs; am folgenden Tag aber war uns alles klar.

Es war der 1. Mai; auf den dritten fiel ich weiß nicht welches bedeutsame polnische Fest; am 8. war der Krieg zu Ende. Die Nachricht kam nicht unerwartet, dennoch löste sie einen Orkan aus: acht Tage lang war das ganze Lager, die Kommandantur, Bogucice, Kattowitz, ganz Polen und die gesamte Rote Armee von einem wilden Begeisterungstaumel erfaßt. Die Sowjetunion ist ein riesiges Land und beherbergt in ihrem Herzen ungeheure Kräfte, darunter eine homerische Fähigkeit zur Freude und Hingabe, eine ursprüngliche Vitalität, ein heidnisch ungetrübtes Talent für Manifestationen, Jahrmarktsfeste, ausgelassene Feiern in großem Stil.

Die Stimmung um uns erreichte ihren Siedepunkt innerhalb weniger Stunden. Überall kamen Russen wie die Ameisen aus ihren Bauten, umarmten sich gegenseitig, als seien sie alle miteinander verwandt, sangen, brüllten und tanzten, obwohl sie großenteils reichlich unsicher auf den Beinen waren, umarmten jeden, der ihnen auf der Straße begegnete. Sie schossen in die Luft, manchmal auch nicht in die Luft: ein noch bartloser kleiner Soldat wurde uns in die Krankenstation gebracht, ein »parašjutist«; ein Gewehrschuß hatte ihn von hinten in den Unterleib getroffen, wunderbarerweise aber kein lebenswichtiges Organ verletzt. Der Kindersoldat lag drei Tage im Bett und ließ ruhig alles mit sich geschehen. Seine Augen blickten unberührt wie das Meer; eines Abends, ein Schwarm feiernder Kameraden zog eben durch die Straßen, sprang er in voller Uniform, gestiefelt und gespornt, aus dem Bett und warf sich als guter Fallschirmjäger vor den Augen der anderen Kranken aus dem Fenster im ersten Stock auf die Straße.

Am Abend des 1. Mai war der letzte schwache Rest von militärischer Disziplin verschwunden. Vor dem Lagertor lag betrunken und schnarchend die Wache mit umgehängtem Gewehr; danach wurde sie nie mehr gesehen. Es hatte keinen Zweck, sich an die Kommandantur zu wenden, auch wenn die Sache noch so dringend war – die zuständige Person war nicht da, schlief entweder gerade ihren Rausch aus oder war fieberhaft mit geheimnisvollen Vorbereitungen in der Turnhalle der Schule beschäftigt. Ein Glück, daß Küche und Krankenstation in italienischen Händen lagen.

Welcher Art diese Vorbereitungen waren, erfuhr man bald. Ein großes Fest anläßlich des Kriegsendes wurde organisiert: eine Theatervorstellung mit Chören, Tänzen und Rezitationen, von den Russen uns, den Lagerbewohnern geboten; den Italienern – denn infolge komplizierter Umgruppierungen der anderen Nationalitäten waren im Lager Bogucice neben wenigen Franzosen und Griechen fast nur Italiener zurückgeblieben.

Cesare kehrte an einem jener stürmischen Tage zurück. Er war in einem wesentlich schlechteren Zustand als das vorige Mal: von oben bis unten verdreckt, abgerissen, konfus und mit einem steifen Hals, der fürchterlich schmerzte. In der Hand hielt er eine Flasche Wodka, neu und voll; als erstes suchte er herum, bis er eine leere Flasche gefunden hatte; mit düsterer Leichenbittermiene konstruierte er einen kunstvollen Papptrichter, goß den Wodka um, zerschlug die Flasche, sammelte die Scherben in ein Päckchen und begrub es in großer Heimlichkeit hinter dem Lager.

Ein Unglück hatte ihn betroffen. Eines Abends, als er vom Markt in das Haus des Mädchens zurückgekehrt war, hatte er dort einen Russen vorgefunden: im Vorzimmer hatte er einen Militärmantel, den Gürtel mit der Pistolentasche und eine Flasche gesehen. Als teilweise Wiedergutmachung hatte er die Flasche an sich genommen und war wohlweislich verschwunden; aber der Russe hatte sich anscheinend an seine Fersen geheftet, der Flasche wegen oder von rückwirkender Eifersucht getrieben.

Hier wurde Cesares Bericht dunkel und wenig glaubhaft. Vergebens habe er versucht, ihm zu entkommen; binnen kurzem sei die ganze Rote Armee hinter ihm her gewesen. Er sei bis zum Luna-Park gekommen, aber auch dort sei die Hetzjagd weitergegangen, die ganze Nacht hindurch. Schließlich habe er sich die letzten Stunden unter dem Bretterboden eines öffentlichen Tanzpalastes verkrochen, wo ihm ganz Polen auf dem Kopf herumgetanzt sei – von der Flasche aber habe er sich nicht getrennt, war sie doch das einzige, was ihm von dieser Liebe geblieben war. Vorsorglich hatte er die Originalflasche vernichtet, und er bestand darauf, daß der Inhalt zwischen uns, seinen guten Freunden, sofort geleert wurde: eine melancholische und schweigsame Trinkrunde.

Der 8. Mai: für die Russen ein Tag des Jubels – die Polen erlebten ihn mißtrauisch und wachsam; für uns war er erfüllt von Freude, von tiefem Heimweh. Von diesem Tag an war unsere Heimat nicht mehr ein verbotenes Land, keine Kriegsfront trennte uns mehr von ihr, kein wirkliches Hindernis, nur noch Papier und Büroformalitäten. Wir lebten von nun an im Gefühl, als schulde man uns den Heimtransport, und jede im Exil verbrachte Stunde lastete auf uns wie Blei; am meisten aber bedrückte uns, daß wir keinerlei Nachricht aus Italien hatten; dennoch gingen wir in großer Zahl zur Theatervorstellung der Russen, und wir taten gut daran.

Das Theater war in der Turnhalle der Schule improvisiert worden; im übrigen war alles improvisiert: die Schauspieler, die Sitze, der Chor, das Programm, die Beleuchtung, der Vorhang. Sichtlich improvisiert war auch das Kostüm des Conférenciers: Hauptmann Egorov in Person.

Egorov wankte stockbetrunken an die Rampe, in unmäßig großen Hosen, unter den Achseln gegürtet, ein Schwalbenschwanz fegte den Boden. Er war von abgrundtiefer Alkoholmelancholie befallen und kündigte mit Grabesstimme, unterbrochen von lautem Schluchzen und Weinen, die verschiedenen komischen oder patriotischen Programmnummern an. Sein Gleichgewicht war gestört: in den gefährdetsten Augenblicken klammerte er sich ans Mikrophon, und das lärmende Publikum verstummte mit einem Schlag, so, als spränge ein Akrobat vom Trapez ins Leere.

Alle traten sie auf: die gesamte Kommandantur. Marja dirigierte den Chor, der, wie alle russischen Chöre, ausgezeichnet war und *Moskvà mojà,* »Mein Moskau«, mit wunderbarem Schwung, mit Harmonie und offenkundiger Begeisterung sang. Galina trat in tscherkessischem Kostüm und Soldatenstiefeln in einem schwindelerregenden Solotanz auf und zeigte phantastische, unvermutete athletische Fähigkeiten. Sie wurde mit Applaus überschüttet und dankte bewegt dem Publikum mit unzähligen Rokokoknicksen, tomatenrotem Gesicht und tränenglitzernden Augen. Auch Doktor Dancenko und der Mongole mit dem Schnurrbart fehlten nicht. Sie tanzten, obwohl voller Wodka, zu zweit einen jener russischen Hexentänze, bei denen man in die Luft springt, sich zusammenkauert, nach hinten ausschlägt und auf den Hakken wie ein Kreisel Pirouetten vollführt.

Es folgte eine einmalige Imitation von Charlie Chaplins

Titina, verkörpert von einem der blühenden Mädchen der Kommandantur mit schwellendem Busen und üppigen Hüften. Man hatte sie trotzdem peinlich genau dem Vorbild angepaßt: Melone, Schnurrbart, Galoschen und Stöckchen. Schließlich, von Egorov mit weinerlicher Stimme angekündigt und von allen Russen mit wildem Beifallsgeheul begrüßt, betrat Vanka Vstanka die Bühne.

Ich weiß nicht recht, wer Vanka Vstanka eigentlich ist, vielleicht eine bekannte russische Volksmaske. Hier jedenfalls war es ein kleiner Schäfer, schüchtern, tölpelhaft und verliebt, der sich gern seiner Schönen erklären wollte und nicht den Mut aufbrachte. Die Schöne wurde dargestellt von der gigantischen Vassilissa, der Walküre, die für die Essensversorgung verantwortlich war, eine Person mit rabenschwarzem Haar und stämmigen Gliedern. Sie konnte einen rebellischen Tischgenossen oder einen aufdringlichen Verehrer mit einer einzigen Ohrfeige zu Boden strecken (und manch ein Italiener hatte das am eigenen Leib erfahren); aber auf der Bühne war sie kaum wiederzuerkennen. Die Rolle hatte sie verwandelt; der treuherzige Vanka Vstanka (im wirklichen Leben einer von den Leutnants) machte ihr von fern den Hof, das Gesicht mit einer dicken weißen und rosafarbenen Puderschicht bedeckt, indem er sie nach arkadischer Manier in mehr als zwanzig uns leider unverständlichen melodischen Strophen anbetete. Bittende und zögernde Hände streckte er der Geliebten entgegen, sie aber wies ihn mit lachender Grazie, jedoch entschlossen zurück, indem sie ebenso viele entzückende und spöttische Erwiderungen trällerte. Aber nach und nach kamen sie sich näher, und der lärmende Applaus nahm entsprechend zu; nach vielen Scharmützeln tauschten die beiden Schäfer schließlich verstohlene Wangenküsse, und das Ganze endete damit, daß sie kräftig und wollüstig Rücken gegen Rücken rieben und dadurch einen nicht enden wollenden begeisterten Applaus im Publikum entfachten.

Wir verließen das Theater leicht betrübt, aber geradezu gerührt. Das Schauspiel hatte uns im Innersten wohlgetan: es war in wenigen Tagen improvisiert worden, und das merkte man; ein hausbackenes Theater, ohne Prätentionen, puritanisch, oft kindlich. Aber es gründete sich auf etwas nicht Improvisiertem, Althergebrachtem und Kräftigem: einer jungen, echten und intensiven Fähigkeit zur Freude und zum Ausdruck einer liebevollen und freundschaftlichen Vertrautheit mit Bühne und Publikum, weit entfernt von leerer Schaustellung und intellektueller Abstraktion, von Konvention und fauler Nachahmung vorgebildeter Modelle. Deshalb war es innerhalb seiner Grenzen ein warmes, lebendiges und keineswegs vulgäres Spiel gewesen, reich an Erfindung und Lebenskraft und nicht alltäglich.

Am folgenden Tag war alles wieder beim alten. Die Russen trugen, von leichten Schatten unter den Augen abgesehen, ihre gewohnten Gesichter zur Schau. Ich traf Marja in der Krankenstation und sagte ihr, wie gut es mir gestern gefallen habe und daß alle Italiener ihre und ihrer Kameraden schauspielerische Begabung bewundert hätten; und das stimmte auch. Marja war, aus Gewohnheit und von Natur aus, eine unmethodische, aber sehr pragmatische Frau, fest verwurzelt in dem greifbaren Umfeld ihres Tageslaufs und der häuslichen vier Wände; eine Freundin der Männer, eine Feindin aller blassen Theorie. Aber wer kann schon der langsamen, schrecklichen, unaufhörlichen und unmerklichen Durchdringungskraft von Allgemeinplätzen widerstehen?

Sie antwortete mit belehrendem Ernst, dankte mir in offiziellem Ton für mein Lob und versicherte, sie werde dem ganzen Kommando davon berichten; dann erklärte sie mir mit großer Würde, daß Tanz und Gesang in der Sowjetunion Schulfächer seien, ebenso die Rezitation; daß es die Pflicht eines jeden Staatsbürgers sei, seine Fähigkeiten und Naturtalente zu vervollkommnen; daß das Theater eines der kostbarsten Mittel zur Kollektiverziehung sei – und andere pädagogische Platitüden, die mir absurd erschienen und mich vage irritierten, da ich noch ganz erfüllt war von dem großen Sturm der Vitalität und komischen Kraft vom Abend vorher.

Dabei besaß Marja selbst (»alt und verschroben« nach Meinung der achtzehnjährigen Galina) offenbar eine zweite Natur, die sich durchaus von ihrer offiziell zur Schau gestellten unterschied: am vergangenen Abend hatte man sie nach dem Theater trinken sehen wie ein Loch und tanzen bis in die Nacht hinein wie eine Bacchantin, wobei sie zahllose Tänzer ermüdete wie ein wilder Reiter, der ein Pferd nach dem anderen unter sich zuschanden reitet.

Sieg und Frieden feierte man auch noch auf andere Weise, die mich um ein Haar teuer zu stehen gekommen wäre. Mitte Mai fand zwischen der Kattowitzer Mannschaft und einer Aufstellung von Italienern ein Fußballspiel statt.

Eigentlich handelte es sich um eine Revanche: ein erstes Spiel war ohne besondere Zeremonie bereits zwei oder drei Wochen vorher ausgetragen und von den Italienern mit großer Überlegenheit gegen eine anonyme, wahllos zusammengewürfelte Mannschaft von polnischen Bergarbeitern aus den Vororten gewonnen worden.

Für die Revanche nun hatten die Polen eine hervorragende Mannschaft zusammengestellt: es hieß, man habe einige Spieler, unter ihnen den Torwart, eigens aus Warschau kommen lassen; die Italiener hatten eine gleiche Chance bedauerlicherweise nicht.

Der Torwart war beängstigend, ein magerer, langer blonder Kerl mit eingefallenen Zügen, eingedrückter Brust und den lässigen Bewegungen eines Ganoven. Er ließ die Sprungkraft, die besessene Anspannung und neurotische Erregung von seinesgleichen gänzlich vermissen: stand mit unverschämter Herablassung im Tor, an einen Pfosten gelehnt, und zeigte ein zugleich beleidigtes und beleidigendes Gesicht, als sei er nur ein Zuschauer. Die wenigen Male aber, als die Italiener den Ball zum Tor schossen, war er immer im Weg, wie zufällig und ohne jede heftige Bewegung: er reckte einen endlos langen Arm aus, einen einzigen, der ihm wie das Horn einer Schnecke gleichsam aus dem Leib wuchs und der offenbar die gleiche klebrige und knochenlose Beschaffenheit hatte. Denn siehe da, der Ball blieb reglos an ihm hängen und verlor allen Schwung; der Torwart ließ ihn an die Brust gleiten, Körper und Bein entlang bis hinunter auf den Boden. Die andere Hand benutzte er nie, behielt sie vielmehr während des ganzen Spiels ostentativ in der Hosentasche.

Die Austragung fand auf einem Vorstadtplatz ziemlich weit von Bogucice entfernt statt. Die Russen hatten anläßlich des Spiels dem gesamten Lager freien Ausgang gewährt. Man kämpfte verbissen, nicht nur die Mannschaften gegeneinander, sondern auch beide gemeinsam gegen den Schiedsrichter: Schiedsrichter, Ehrengast, Vertreter der Obrigkeit in der Loge, Spielleiter und Linienrichter, alles in einer Person war der NKWD-Hauptmann, der eilige Kücheninspizient. Sein Bein war wieder ganz in Ordnung, und er verfolgte das Spiel offensichtlich gespannt, aber ebenso offensichtlich war sein Interesse nicht im eigentlichen Sinne sportlich: es mußte ihn auf irgendeine geheimnisvolle, vielleicht ästhetische, vielleicht metaphysische Weise interessieren. Jedenfalls trug er ein irritierendes Verhalten zur Schau, für die vielen Fußballexperten unter dem Publikum mußte es zum Verzweifeln sein; anders betrachtet war es eher belustigend und eines großen Komikers würdig.

Willkürlich unterbrach er das Spiel in einem fort mit gebieterischen Pfiffen und einer sadistischen Vorliebe für jene Augenblicke, in denen ein Tor umkämpft wurde; nahmen die Spieler keine Notiz von ihm (und sie taten es bald nicht mehr, da die Unterbrechungen allzu häufig wurden), stieg er mit langen gestiefelten Beinen über die Vorderwand der Loge, stürzte sich pfeifend wie ein Zug ins Getümmel und fuchtelte so lange herum, bis er sich des Balles bemächtigt hatte. Manchmal nahm er ihn und drehte ihn mißtrauisch nach allen Seiten, als habe er einen Blindgänger vor sich; ein andermal befahl er mit herrischen Gesten, ihn an einen bestimmten Punkt des Spielfeldes zu tragen und dort auf den Boden zu legen. Mit unzufriedener Miene trat er dann herzu, verschob ihn um einige Zentimeter, umschritt ihn lange nachdenklich und gab schließlich, wie von irgend etwas überzeugt, das Zeichen zur Fortsetzung des Spiels. Wenn es ihm aber gelang, den Ball vor die Füße zu bekommen, ließ er alle beiseite treten und schoß ihn mit aller Kraft ins Tor: strahlend drehte er sich daraufhin zum Publikum, das vor Wut raste, und grüßte es ausgiebig mit über dem Kopf zusammengefaßten Händen wie ein siegreicher Boxer. Übrigens war er von strengster Unparteilichkeit.

Unter diesen Umständen zog sich das Spiel, das die Polen verdientermaßen gewannen, länger als zwei Stunden bis gegen sechs Uhr abends hin, und wäre es nur nach dem Hauptmann gegangen, hätte es wahrscheinlich noch bis in die Nacht hinein gedauert. Er achtete nicht im geringsten auf die Spielzeit, benahm sich auf dem Feld wie ein Herrscher von Gottes Gnaden, und diese seine mißverstandene Spielleiterfunktion bereitete ihm offensichtlich ungeheures und nicht enden wollendes Vergnügen. Kurz vor Sonnenuntergang aber verdunkelte sich mit einem Male der Himmel, und bei den ersten Tropfen wurde abgepfiffen.

Der Regen wurde rasch zu einer Sintflut: Bogucice war weit, auf dem Weg dorthin gab es nichts, um sich unterzustellen, und so kehrten wir völlig durchnäßt in unsere Baracken zurück. Am nächsten Tag war ich krank, und lange wußte niemand so recht, worin die Krankheit eigentlich bestand.

Ich konnte nicht mehr frei atmen; in meinen Atemwegen saß irgend etwas und strahlte einen unerträglichen Schmerz, ein tiefliegendes Stechen aus, das seinen Ausgang oberhalb des Magens, aber hinten am Rückgrat nahm; es hinderte mich, voll einzuatmen. Es hinderte mich mehr und mehr, von Tag zu Tag und von Stunde zu Stunde; die Luftmenge, die ich aufnehmen konnte, wurde langsam und stetig geringer, es wurde beängstigend. Am dritten Tag war ich zu keiner Bewegung mehr fähig; am vierten Tag lag ich in meinem Bett auf dem Rücken, regungslos, kurzatmig und japsend wie ein erhitzter Hund.

Die Träumer

Leonardo versuchte es vor mir zu verbergen, aber ich merkte, daß er sich meine Krankheit nicht erklären konnte und ernsthaft um meinen Zustand besorgt war. Er konnte schwer etwas Genaues feststellen, da seine gesamte Arztausrüstung aus einem Stethoskop bestand; von den Russen eine Verlegung in das Städtische Krankenhaus von Kattowitz zu erbitten, war, abgesehen davon, daß es schwierig gewesen wäre, auch wenig ratsam; und von Doktor Dancenko war keine große Hilfe zu erwarten.

So blieb ich mehrere Tage regungslos liegen und trank nur einige Schlucke Brühe, denn jede Bewegung und jeder feste Bissen, den ich hinunterzuschlucken versuchte, ließen den Schmerz mit erneuter Heftigkeit wieder erwachen und nahmen mir den Atem. Nach einer Woche quälender Unbeweglichkeit gelang es Leonardo durch wiederholtes Abklopfen von Brust und Rücken eine Diagnose zu stellen: es mußte sich um eine trockene Brustfellentzündung handeln, die sich heimtückisch zwischen beiden Lungen eingenistet und das Zwerchfell sowie das Mediastinum in Mitleidenschaft gezogen hatte.

Leonardo entwickelte daraufhin eine Initiative, wie man es in normalen Zeiten von keinem Arzt erwartet hätte. Er wurde, von Cesare nach Kräften unterstützt, zum Schwarzhändler und Medikamentenschmuggler, lief auf der Jagd nach Sulfonamiden und intravenös anzuwendendem Kalk von einer Adresse zur anderen viele Kilometer zu Fuß durch die Stadt. Mit Medikamenten hatte er nicht viel Erfolg, da Sulfonamide äußerst knapp und nur durch den Schwarzhandel zu unerschwinglichen Preisen zu haben waren; aber es gelang ihm etwas Besseres: er machte einen geheimnisvollen Kollegen ausfindig, der eine nicht ganz legale, aber gut ausgestattete Praxis betrieb, einen kleinen Medizinschrank, viel Geld und freie Zeit besaß und außerdem Italiener war oder beinahe.

Alles, was mit Doktor Gottlieb zusammenhing, war in eine dichte Wolke von Geheimnis gehüllt. Er sprach perfekt Italienisch, aber ebensogut Deutsch, Polnisch, Ungarisch und Russisch. Er kam aus Fiume, aus Wien, aus Zagreb und aus Auschwitz. In Auschwitz war er tatsächlich gewesen, aber in welcher Eigenschaft und unter welchen Umständen, das erfuhr man nicht; und er war auch nicht der Mann, den man so ohne weiteres fragen konnte. Es war auch unverständlich, wie er Auschwitz überhaupt überlebt haben konnte, da er einen steifen Arm hatte; noch viel unbegreiflicher, auf welch geheimnisvollen Wegen und mit welch phantastischen Künsten es ihm hatte gelingen können, immer mit einem Bruder und einem ebenso geheimnisvollen Schwager zusammenzubleiben und, trotz Russen und trotz der Gesetze, aus dem Lager kommend, in wenigen Monaten ein wohlhabender Mann und der am meisten geschätzte Arzt von Kattowitz zu werden.

Er war ein äußerst fähiger Mann. Intelligenz und Schlauheit strahlte er aus wie das Radium die Energie: mit der gleichen lautlosen und unaufhörlichen Durchdringungskraft, ohne Anstrengung, ohne Unterbrechung, ohne ein Zeichen von Erschöpfung – in alle Richtungen gleichzeitig. Daß er ein guter Arzt war, merkte man bei der ersten Begegnung. Ob seine ärztlichen Fähigkeiten nur einen Aspekt, eine Möglichkeit seiner außerordentlichen Begabung darstellten, oder ob gerade sein medizinischer Scharfblick ihn befähigte, viele Dinge zu durchschauen, und seine geheime Waffe bildete, um Feinde in Freunde zu verwandeln, Verbote aufzuheben, nein in ja zu verkehren, ist mir nie recht klar geworden. Es gehörte auch dies zu der Wolke, die ihn immer und überall fast sichtbar umgab; sie bewirkte, daß sein Blick und die Linien seines Gesichtes schwer zu deuten waren, und ließ hinter allem, was er tat, hinter jedem ausgesprochenen und unausgesprochenen Wort eine Taktik und eine Technik vermuten, die Verfolgung undurchschaubarer Ziele, ein dauerndes verstohlenes Erforschen, Bearbeiten, Beeinflussen und Beherrschen.

Dennoch war die ganz auf praktische Ziele gerichtete Sinnesart des Doktors nicht unmenschlich; er besaß in so überströmender Fülle Sicherheit, war so absolut sieggewohnt und selbstbewußt, daß er immer genügend Kräfte übrig hatte, um seinen weniger talentierten Nächsten zu helfen, nunmehr uns, die wir gleich ihm der Todesfalle des Lagers entronnen waren, ein Umstand, der ihm merkwürdig bedeutungsvoll schien.

Gottlieb heilte mich wie ein Wunderdoktor. Er kam ein erstes Mal, um sich den Fall anzusehen, weitere Male mit Ampullen und Spritzen bewaffnet, ein letztes Mal mit den Worten: »Steh auf und geh!« Der Schmerz war verschwunden, mein Atem frei; ich fühlte mich schwach und hungrig, aber ich stand auf und konnte gehen.

Dennoch blieb ich weitere drei Wochen im Zimmer. Ich verbrachte die endlosen Tage im Liegen, gierig die wenigen Bücher, deren ich zufällig habhaft werden konnte, verschlingend: eine englische Grammatik auf polnisch,

Marie Walewska, le tendre amour de Napoléon; ein Handbuch der Elementartrigonometrie; *Rouletabille in der Revolution, Die Sträflinge von Cayenne* und einen kuriosen nazistischen Propagandaroman, *Die große Heimkehr.* Er behandelte das tragische Schicksal eines reinrassig deutschen Dorfes in Galizien, das durch das grausame Polen des Oberst Beck tyrannisiert, geplündert und schließlich zerstört wurde.

Nicht hinauszukönnen, wo doch die Luft von Frühling und Sieg erfüllt war und der Wind von den nahen Wäldern lockende Gerüche nach Moos, jungem Gras und Pilzen herüberwehte, war traurig; demütigend war es, von den Kameraden bis in die primitivsten Bedürfnisse hinein abhängig zu sein, um Essen und Wasser zu bekommen, und in den ersten Tagen sogar, um eine andere Stellung im Bett einnehmen zu können.

Wir waren zwanzig in unserem Raum, Leonardo und Cesare unter ihnen; die eindrücklichste, auffälligste Gestalt aber war der Mohr von Verona, der Älteste von uns. Er mußte einer Familie entstammen, die mit Zähigkeit am angestammten Boden festgehalten hatte, denn sein richtiger Name lautete Avesani, und er kam aus Avesa, dem Vorort der Wäscher von Verona, den Berto Barbarani gerühmt hat. Er war über Siebzig, und man sah es: ein großer vierschrötiger Greis mit den Knochen eines Dinosauriers, aufrecht und straff in den Hüften, immer noch stark wie ein Pferd, nur seinen knotigen Gelenken hatten Alter und schwere Arbeit die Beweglichkeit geraubt. Sein edel geformter, kahler Schädel war von einem Kranz weißer Haare umrahmt; aber das magere, faltige Gesicht zeigte einen krankhaft olivenfarbenen Teint, und die Augen lagen erschreckend gelb, von blutroten Äderchen durchzogen, tief eingesunken wie wilde Hunde unter ungeheuren Augenbrauen in ihren Höhlen.

In der knochigen, aber mächtigen Brust des Mohren kochte unablässig eine gigantische, aber auf nichts Bestimmtes gerichtete Wut: eine sinnlose Wut auf alles und jeden, auf die Russen und die Deutschen, auf Italien und die Italiener, auf Gott und die Menschen, auf sich selbst und auf uns, auf den Tag, wenn es Tag war, und auf die Nacht, wenn es Nacht war, auf sein Schicksal, auf jedes Schicksal, auf seinen Beruf, mit dem er doch eins war. Er hatte als Maurer fünfzig Jahre lang Ziegelsteine aufeinandergesetzt, in Italien, in Amerika, in Frankreich, wieder in Italien, schließlich in Deutschland – und jeder einzelne Ziegelstein war mit Flüchen zementiert worden. Er fluchte unausgesetzt, aber überlegt; er fluchte methodisch, eifernd und bitter, unterbrach sich, um das richtige Wort zu finden, korrigierte sich häufig und wurde zornig, wenn er den Ausdruck, den er suchte, nicht fand: dann fluchte er auf den Fluch, den er nicht fand.

Zweifellos war er in einen hoffnungslosen Alterswahnsinn verfallen, aber in diesem seinem Wahnsinn wohnten Größe, Kraft und eine barbarische Würde, die geknechtete Würde des wilden gefangenen Tieres, die gleiche, die Capaneus und Caliban Adel verleiht.

Der Mohr erhob sich nur selten von seinem Bett. Er verbrachte den ganzen Tag im Liegen, die riesigen gelben, knochigen Füße ragten zwei Spannen in den Raum hinein; neben ihm am Boden lag ein dickes unförmiges Bündel; keiner von uns hätte gewagt, es jemals zu berühren. Es enthielt offenbar seinen gesamten irdischen Besitz; außen hing ein schweres Holzfällerbeil. Der Mohr blickte meistens mit blutunterlaufenen Augen ins Leere und schwieg; aber der geringste Anstoß genügte, ein Geräusch auf dem Korridor, eine an ihn gerichtete Frage, eine unvorsichtige Berührung seiner hinderlichen Füße, ein rheumatischer Schmerz – und seine tiefe Brust hob sich wie das Meer, wenn ein Sturm aufkommt: der Mechanismus der Lästerung war in Gang gebracht.

Wir respektierten und fürchteten ihn in beinahe abergläubischer Angst. Nur Cesare nahte sich ihm mit der frechen Vertraulichkeit jener Vögel, die dem Rhinozeros auf dem felsigen Rücken herumpicken, und machte sich ein Vergnügen daraus, den Zorn des Alten mit albernen und unanständigen Fragen zu reizen.

Neben dem Mohr hauste der lebensuntüchtige Ferrari mit den Läusen, Klassenletzter der Diebesschule von Loreto. Aber er war nicht der einzige in unserem Raum, der der Bruderschaft von San Vittore angehörte; sie war in ebenfalls bemerkenswerter Weise durch Trovati und Cravero vertreten.

Ambrogio Trovati, genannt der »Untergang«, war höchstens dreißig Jahre alt, klein, muskulös und äußerst beweglich. »Untergang« lautete sein Künstlername, erklärte er uns. Er trug ihn mit Stolz und auch zu Recht, denn er war ein verdüsterter Mann, von Phantasiegebilden erfüllt, und in einem Seelenzustand dauernder vergeblicher Rebellion. Sein Leben hatte er von Jugend auf zwischen Gefängnis und Bühne verbracht, und sein verwirrter Geist war offenbar nicht recht in der Lage, beides auseinanderzuhalten. Die deutsche Gefangenschaft mußte ihm dann wohl den Gnadenstoß versetzt haben.

In seinen Reden war Wirkliches, Mögliches und Phantastisches unlösbar miteinander verquickt. Er erzählte von Gefängnissen und Gerichtssitzungen wie von einer Theatervorstellung, in der niemand wirklich er selber ist, sondern spielt, seine Geschicklichkeit beweist, in die Haut eines anderen schlüpft, eine Rolle vorträgt; das Theater seinerseits war zu einem großen dunklen Symbol geworden, düsteres Werkzeug der Verführung, äußere Erscheinungsform eines im Untergrund wirkenden, unheilbringenden und allgegenwärtigen Geheimbunds, der zum Schaden aller sein Unwesen treibt. Er kommt in dein Haus, ergreift dich, setzt dir eine Maske auf, macht dich zu dem, was du nicht bist, läßt dich tun, was du nicht willst. Dieser Geheimbund ist die Gesellschaft: der große Feind, gegen den er, »Untergang«, von jeher gekämpft hatte, immer bezwungen, aber immer wieder heroisch auferstanden.

Die Gesellschaft hatte sich aufgemacht, ihn zu suchen, ihn herauszufordern. Er hatte in Unschuld, im irdischen Paradies gelebt, als Frisör, Ladenbesitzer, und sie hatte ihn heimgesucht. Zwei Boten waren erschienen, ihn zu versuchen, ihm den satanischen Vorschlag zu unterbreiten, seinen Laden zu verkaufen und sich fortan der Kunst zu widmen. Sie kannten seine Schwächen genau: sie hatten ihm geschmeichelt, seinen Körperbau gelobt, seine Stimme, Ausdruck und Wandlungsfähigkeit seines Gesichts. Er hatte zwei-, dreimal widerstanden, dann sich ergeben; mit der Adresse des Filmateliers in der Hand war er durch Mailand geirrt. Aber die Adresse stimmte nicht, man schickte ihn von Tür zu Tür, bis er die Verschwörung witterte. Die beiden Boten hatten ihn aus dem Dunkel mit ihrem Aufnahmegerät verfolgt, seine Worte geraubt und seine Gesten der Enttäuschung, hatten ihn so ohne sein Wissen zum Schauspieler gemacht. Sein Bild, seinen Schatten, seine Seele hatten sie sich geholt. Sie waren es, die seinen Untergang herbeigeführt, ihn »Untergang« getauft hatten.

Deshalb war es aus mit ihm: sie hatten ihn in der Hand. Das Geschäft war verkauft, es gab keine Verträge, wenig Geld, manchmal eine kleine Nebenrolle – damit er sich über Wasser halten konnte, ein paar Diebstähle. Bis hin zu seinem großen Epos, dem fleischlichen Mord. Auf der Straße war er ihm begegnet, einem seiner Verführer, und er hatte ihn erstochen: hatte sich eines fleischlichen Mordes schuldig gemacht. Für dieses Verbrechen war er vor Gericht gekommen. Anwälte verweigerte er – die ganze Welt, jeder einzelne war gegen ihn, er wußte es. Dennoch hatte er sich so beredt verteidigt, so überzeugende Gründe angeführt, daß das Gericht sich erheben und ihn freisprechen mußte. Es hatte ihm eine große Ovation erwiesen, und alle hatten geweint.

Dieser legendäre Prozeß stand im Mittelpunkt von Trovatis verdunkeltem Gedächtnis; in seiner Erinnerung war er jeden Augenblick gegenwärtig, er sprach von nichts anderem, und oft mußten wir ihm nach dem Abendessen sekundieren und den Prozeß gleich einem alten Mysterienspiel wieder heraufbeschwören. Jeder erhielt seine Rolle zugeteilt: du, Präsident, du, Staatsanwalt, ihr, Geschworene, du, Gerichtsschreiber, ihr anderen, Publikum; und jedem diktierte er seine Rolle. Aber Angeklagter und zugleich Verteidiger war immer ausschließlich er, und wenn jeweils die Stunde seiner stürmischen Verteidigungsrede gekommen war, betonte er vorher kurz »beiseite«, daß es sich um einen fleischlichen Mord handle, wenn das Messer nicht in Brust oder Bauch gestoßen werde, sondern hierhin, zwischen Herz und Achseln ins Fleisch; und dies sei weniger schlimm.

Er sprach eine geschlagene Stunde lang, leidenschaftlich und ohne Unterbrechung, und wischte sich echten Schweiß von der Stirn; schließlich warf er sich mit großer Geste eine imaginäre Toga um die Schulter und schloß: »Geht, geht nun, ihr Schlangen, deponiert euer Gift!«

Der dritte aus San Vittore, Cravero aus Turin, war dagegen ein echter, hundertprozentiger, eindeutiger Krimineller, wie sie selten zu finden sind, einer von der Sorte, bei denen die abstrakten kriminologischen Hypothesen des Strafgesetzbuches Fleisch und Blut anzunehmen scheinen. Er kannte alle Zuchthäuser Italiens in- und auswendig und hatte in Italien (das gab er selbst ohne jegliches Zögern, vielmehr mit beträchtlichem Stolz zu) von Diebstählen, Raubüberfällen und Zuhälterei gelebt. Im Besitz dieser Künste war es ihm nicht schwergefallen, sich auch in Deutschland durchzuschlagen: bei der Organisation Todt hatte er nur einen Monat in Berlin gearbeitet, hatte sich dann weggestohlen und war geschickt in die Unterwelt der Stadt getaucht.

Nach zwei oder drei vergeblichen Versuchen hatte er eine brauchbare Witwe aufgetrieben. Er stellte ihr seine Erfahrungen zur Verfügung, vermittelte ihr Kunden und nahm in strittigen Fällen die finanzielle Seite der Sache – wenn nötig, mit Messerstichen – in die Hand. Sie beherbergte ihn, und er fühlte sich in ihrem Haus trotz Sprachschwierigkeiten und gewisser merkwürdiger Eigenheiten seines Schützlings äußerst wohl.

Als die Russen vor Berlin standen, hatte Cravero, dem Tumulte gar nicht lagen, den Anker gelichtet und seine tränenüberströmte Dame sitzenlassen. Trotzdem war er von dem raschen Vormarsch überholt worden, von einem Lager ins andere gekommen und schließlich hier in Kattowitz gelandet; aber er blieb nicht lange: er war der erste Italiener, der auf eigene Faust in die Heimat zurückzukehren versuchte; gewohnt, außerhalb der Gesetze zu leben, bereiteten ihm die vielen Grenzen, die er ohne Papiere zu überqueren hatte, und die anderthalbtausend ohne Geld zu überwindenden Kilometer kein großes Kopfzerbrechen.

Da er nach Turin wollte, bot er sich sehr höflich an, mir einen Brief für zu Hause zu befördern. Etwas leichtfertig, wie sich zeigen sollte, nahm ich an; ich tat es, weil ich krank war, weil ich ein angeborenes großes Vertrauen in meinen Nächsten habe, weil die polnische Post nicht funktionierte und weil Marja Fjodorovna, als ich ihr meine Bitte vorgetragen hatte, für mich einen Brief nach dem Westen zu schreiben, bleich geworden war und das Thema gewechselt hatte.

Cravero brach Mitte Mai von Kattowitz auf und hatte in der Rekordzeit von einem Monat Turin erreicht, indem er schlangengleich durch die zahllosen Grenzsperren geschlüpft war. Er machte meine Mutter ausfindig, übergab ihr den Brief (es war das einzige Lebenszeichen in neun Monaten, das seine Bestimmung erreicht hatte) und erzählte ihr vertraulich, daß ich mich in äußerst schlechtem Gesundheitszustand befände: natürlich hatte ich davon in meinem Brief nichts gesagt, aber ich war allein, krank, verlassen, ohne Geld und brauchte dringend Hilfe. Er setzte ihr auseinander, daß man sofort etwas unternehmen müsse; natürlich, einfach war das nicht, aber da er, Cravero, mein brüderlicher Freund sei, wolle er sie nach Kräften unterstützen. Wenn ihm meine Mutter zweihunderttausend Lire geben wolle, würde er mich heil und gesund in spätestens drei Wochen nach Hause bringen, versprach er. Und erst recht, wenn ihn das Fräulein (meine Schwester, die bei dem Gespräch zugegen war) begleiten wolle...

Lobenswerterweise haben weder meine Mutter noch meine Schwester dem Boten sofort Vertrauen geschenkt. Sie schickten ihn wieder weg mit der Bitte, in ein paar Tagen noch einmal wiederzukommen, da sie das Geld nicht im Hause hätten. Cravero stieg die Treppen hinunter, stahl sich das Fahrrad meiner Schwester vor der Haustür und verschwand. Nach zwei Jahren schrieb er mir zu Weihnachten eine liebenswürdige Glückwunschkarte aus dem Zuchthaus.

An den Abenden, an denen »Untergang« uns mit der Aufführung seines Prozesses verschonte, tat sich oft Herr

Unverdorben hervor. Auf diesen seltsamen und schönen Namen hörte ein sanftes, mißtrauisches ältliches Männlein aus Triest. Herr Unverdorben gab demjenigen, der ihn nicht »Herr« nannte, keine Antwort und legte Wert darauf, mit »Sie« angeredet zu werden. Er hatte ein langes, abenteuerliches Doppelleben hinter sich und war wie der Mohr und »Untergang« von einem Traum, einer fixen Idee besessen – oder vielleicht von zweien.

Auf unerklärliche Weise hatte er das Lager Birkenau überlebt, sich aber dort ein schreckliches Fußgeschwür zugezogen; er konnte deshalb nicht gehen und war unter denen, die mir während meiner Krankheit Gesellschaft und Beistand leisteten, der ausdauerndste und bereitwilligste. Er redete gern, und seine Erzählungen könnten einen Roman bilden, hätte er sich nicht nach Art alter Leute so häufig wiederholt. Er war Musiker, ein großer unverstandener Musiker, Komponist und Dirigent; hatte eine Oper komponiert, *Die Königin von Navarra,* die Toscanini gelobt hatte. Das Manuskript lag aber unveröffentlicht in der Schublade, da seine Feinde nicht geruht hatten, bis sie in der Partitur vier aufeinanderfolgende Takte ausfindig gemacht hatten, die sich identisch im *Bajazzo* finden. Seine Unschuld war offensichtlich, unbestreitbar, aber das Gesetz versteht in diesen Dingen keinen Spaß. Drei Takte, ja; vier nein. Vier Takte sind ein Plagiat. Herr Unverdorben war zu sehr Herr, als daß er sich die Hände mit Prozessen und Anwälten beschmutzt hätte; mannhaft hatte er darum der Kunst Valet gesagt und als Schiffskoch auf den Passagierdampfern der Überseelinien eine neue Existenz begonnen.

So war er viel herumgekommen und hatte Dinge gesehen, die noch keiner gesehen hatte: ungewöhnliche Tiere und Pflanzen vor allem und mancherlei Geheimnisse der Natur. Er hatte die berühmten Gangeskrokodile gesehen, die einen einzigen starren Knochen von der Nase bis zum Schwanz besitzen, wild wie die Teufel sind und schnell wie der Wind; aufgrund ihres merkwürdigen Körperbaus können sie sich nur vorwärts oder rückwärts bewegen, wie ein Zug auf den Gleisen. Es genügt deshalb, nur um ein weniges von der geraden Verlängerung ihres Rückens abzuweichen, um sich in Sicherheit zu bringen. Die Nilschakale hatte er gesehen, die im Laufen trinken, um nicht von Fischen angebissen zu werden; nachts leuchten ihre Augen wie Laternen, und sie singen mit rauhen, menschenähnlichen Stimmen. Auch die Kapuzen auf den Malaiischen Inseln hatte er gesehen. Sie gleichen unseren hiesigen Kohlköpfen, nur sind sie viel größer. Es genügt, eines ihrer Blätter mit dem Finger zu berühren, und schon kann man sich nicht mehr von ihnen befreien: langsam und unaufhaltsam werden Hand, Arm und schließlich der ganze Körper des Unvorsichtigen in das fürchterliche klebrige Innere der fleischfressenden Pflanze gesogen und verdaut. Das einzige Mittel dagegen, das kaum jemand kennt, ist das Feuer, aber nur, wenn man rasch handelt. Die kleine Flamme eines Streichholzes genügt; sie muß unter das Blatt, das die Beute ansaugt, gehalten werden, damit die Kraft der Pflanze erlischt. Auf diese Weise, dank seiner Schnelligkeit und seiner naturwissenschaftlichen Kenntnisse, hatte Herr Unverdorben den Kapitän seines Schiffes vor dem sicheren Tode bewahrt. Er erzählte von kleinen schwarzen Schlangen, die regungslos im öden australischen Sand liegen und die Menschen von fern angreifen – durch die Luft wie Gewehrkugeln: ein Biß genügt, um einen Stier zu Fall zu bringen. Alles in der Natur aber ist auf Ausgleich bedacht: es gibt keine Gefahr, vor der man sich nicht schützen könnte, kein Gift, das man nicht durch ein Gegengift neutralisieren könnte; man muß es nur kennen. Der Biß dieser Reptilien zum

Beispiel heilt unverzüglich, wenn er mit menschlicher Spucke behandelt wird, nicht aber der Spucke der verletzten Person, sondern der einer anderen. Deshalb reisen in diesen Gegenden die Menschen nie allein.

An den endlos langen polnischen Abenden füllte sich die Luft in unserem Raum, die schwer war von Rauch und menschlichen Ausdünstungen, mit den unerhörtesten Träumen. Das ist die unmittelbarste Folge des Exils, der Entwurzelung: das Übergewicht des Unwirklichen über das Wirkliche. Jeder träumte seinen Traum von Vergangenheit und Zukunft, Sklaverei und Befreiung; von unwahrscheinlichen Paradiesen, mythischen und unglaubhaften Feinden, bösartig und gewandt, überall gegenwärtig wie die Luft. Alle träumten, vielleicht mit Ausnahme von Cravero und D'Agata.

D'Agata hatte gar keine Zeit zu träumen, da er in dauernder Furcht vor den Wanzen lebte. Natürlich liebte niemand sie sonderlich, diese lästigen Genossen, aber jeder hatte sich schließlich an sie gewöhnt. Sie traten nicht etwa vereinzelt auf, sondern bildeten ein kompaktes Heer, das mit Frühlingsbeginn Einzug in unsere Betten gehalten hatte. Am Tage lebten sie verkrochen in den Ritzen der Wände und hölzernen Bettgestelle, am Abend, sobald sich der Lärm des Tages gelegt hatte, marschierten sie auf. Wir wären ja gern bereit gewesen, ihnen eine kleine Portion unseres Blutes zu überlassen; weniger leicht konnten wir uns daran gewöhnen, daß sie verstohlen über unsere Gesichter und unter den Kleidern am Körper entlangkrochen. Nur die Glücklichen, denen es gelang, in eine tiefe Bewußtlosigkeit zu versinken, noch ehe die Wanzen erwachten, konnten ruhig schlafen.

D'Agata war ein winziger, nüchterner, zurückhaltender und pedantisch sauberer Maurer aus Sizilien. Er hatte sich angewöhnen müssen, am Tag zu schlafen; nachts kauerte er mit schreckgeweiteten Augen auf seinem Bett und blickte mit krampfhafter Wachsamkeit um sich. Seine Finger umklammerten eine behelfsmäßige Waffe, die er sich aus einem Stöckchen und einem Stück Drahtnetz gebastelt hatte. Die Wand neben seinem Bett war mit einem ekelerregenden Muster aus Blutflecken bedeckt.

Anfänglich war er verspottet worden: bildete er sich ein, eine feinere Haut zu haben als die anderen? Allmählich aber gewannen Mitleid und ein leiser Neid die Oberhand, besaß doch D'Agata als einziger einen konkreten, greifbaren und gegenwärtigen Feind, den er bekämpfen, schlagen und an der Wand zermalmen konnte.

Nach Süden

Stundenlang war ich in der herrlichen Morgenluft spazierengegangen und hatte sie wie Medizin tief in meine matten Lungen gesogen. Ich fühlte mich noch schwach, spürte aber das gebieterische Bedürfnis, wieder Herr meines Körpers zu sein, wieder die seit beinahe zwei Jahren unterbrochene Beziehung zur Natur aufzunehmen, zu Bäumen und Gras, zur schweren braunen Erde, in der die Samen zitterten, zum Ozean der Luft, der den Blütenstaub der Tannen Welle auf Welle von den Karpaten bis in die schwarzen Straßen der Kohlenstadt wehte.

Seit einer Woche lebte ich so und lernte dabei die Umgebung von Kattowitz kennen. Noch wohnte die wohlige Schwäche der Rekonvaleszenz in meinen Adern, noch zirkulierten in meinem Blut starke Dosen von Insulin, die mir durch Leonardos und Gottliebs gemeinsame Fürsorge verschrieben, aufgetrieben, gekauft und injiziert worden waren. Während des Gehens erfüllte das Insulin im stillen sein Wunderwerk: es kreiste in meinem Blut auf der Suche nach Zucker, sorgte für dessen richtige Verbrennung und Umwandlung in Energie und entzog ihn einer anderen, weniger heilsamen Bestimmung. Aber der Zuckervorrat war begrenzt – plötzlich, fast immer zur gleichen Stunde, wurde er dramatisch weniger; die Beine wollten nicht mehr, mir wurde schwarz vor Augen, und ich mußte mich, wo ich gerade ging und stand, niedersetzen, fröstelnd und von einer rasenden Hungerattacke überwältigt. Die Fürsorge meiner dritten Beschützerin, Marja Fjodorovna, kam mir in solchen Fällen zugute; aus der Tasche zog ich ein Päckchen Traubenzucker, verschlang es gierig, und nach wenigen Minuten kehrte das Licht zurück, wärmte die Sonne mich wieder, und ich konnte meinen Weg fortsetzen.

Als ich an jenem Morgen ins Lager zurückkehrte, wurde ich Zeuge einer ungewöhnlichen Szene. Mitten auf dem Platz stand Hauptmann Egorov, eine dichte Menge von Italienern um sich; in der Hand schwenkte er einen großen Trommelrevolver, mit dem er in ausladender Gestik die wichtigsten Sätze seiner Rede begleitete. Die Rede blieb zum großen Teil unverständlich. Nur zwei Worte, die er häufig wiederholte, erhielten allmählich Sinn und klangen wie eine himmlische Botschaft in unseren Ohren: »ripatriatsija« und »Odjessa«.

Die Repatriierung über Odessa also, das bedeutete die Heimkehr. Das ganze Lager stand augenblicklich kopf; Hauptmann Egorov wurde mitsamt seinem Revolver im Triumph hochgehoben und schwankend herumgetragen. »Nach Hause, nach Hause«, hallte es in den Korridoren; man begann mit dem Packen, wobei möglichst viel Krach produziert wurde, und aus dem Fenster flogen Lumpen, altes Papier, kaputte Schuhe und sonstiges Gerümpel. Innerhalb weniger Stunden hatte sich das ganze Lager unter den Augen der in olympischer Ruhe dreinblickenden Russen geleert: alle zogen sie los – die einen, um sich in der Stadt von ihren Mädchen zu verabschieden, andere, um sich tüchtig auszuleben, wieder andere, um die letzten Zloty in Reiseproviant oder anderen, vergänglicheren Dingen anzulegen.

Mit diesem Vorhaben gingen auch Cesare und ich nach

Kattowitz, unsere Ersparnisse und die von fünf oder sechs anderen Kameraden in der Tasche. Schließlich wußte niemand, was uns an der Grenze erwartete. Nach allem, was wir bisher mit den Russen erlebt hatten, bestand keine große Hoffnung, daß wir dort Wechselstuben vorfinden würden. Wir folgten deshalb unserem gesunden Menschenverstand und zugleich unserer freudig erregten Stimmung und beschlossen, die kleine Summe, über die wir verfügten, restlos auszugeben und beispielsweise ein großes, echt italienisches Essen mit Butterspaghetti zuzubereiten, die wir seit undenklichen Zeiten nicht mehr gegessen hatten.

Wir gingen in ein Lebensmittelgeschäft, legten unsere ganze Habe auf den Ladentisch und erklärten so gut wie möglich der Ladeninhaberin unsere Wünsche. Ich fügte wie stets hinzu, daß ich Deutsch spräche, aber kein Deutscher sei, daß wir vielmehr Italiener vor der Abreise seien und Spaghetti, Butter, Salz, Eier, Erdbeeren und Zucker in entsprechendem Mengenverhältnis und für die Summe von dreiundsechzig Zloty, keinen mehr und keinen weniger, haben wollten.

Die Ladenbesitzerin war eine kleine runzlige Alte, die brummig und mißtrauisch wirkte. Sie sah uns aufmerksam durch ihre Schildpattbrille an und erklärte dann kurz und bündig in ausgezeichnetem Deutsch, daß wir ihrer Meinung nach alles andere seien als Italiener. Erstens könnten wir Deutsch, wenn auch herzlich schlecht, zweitens und vor allem aber hätten Italiener schwarze Haare und leidenschaftliche Augen, wir dagegen weder das eine noch das andere. Bestenfalls mochten wir ihretwegen Kroaten sein: ja, jetzt, wenn sie sich besinne, ihr seien wirklich Kroaten schon begegnet, und die hätten so ausgesehen wie wir. Wir waren Kroaten, ohne Frage.

Mich ärgerte das, und ich entgegnete ihr reichlich

brüsk, daß wir Italiener seien, ob es ihr nun recht sei oder nicht; italienische Juden, der eine aus Rom, der andere aus Turin, daß wir aus Auschwitz kämen und nach Hause führen, daß wir kaufen und dafür bezahlen wollten, nicht aber unsere Zeit mit unnützem Geschwätz vergeuden.

Juden aus Auschwitz? Der Blick der Alten verlor alle Härte, selbst die Runzeln schienen sich zu glätten. Das war natürlich etwas ganz anderes. Sie bat uns ins Hinterzimmer, hieß uns Platz nehmen, schenkte uns zwei Gläser echtes Bier ein und erzählte uns, ohne sich lange bitten zu lassen, voller Stolz ihre eigene unglaubliche Geschichte: ein noch junges Epos, aber schon weitgehend in ein Heldenlied verwandelt, verfeinert und poliert durch unzählige Wiederholungen.

Sie wußte von Auschwitz, und alles, was damit zusammenhing, interessierte sie, da sie selbst um ein Haar dorthin gekommen wäre. Sie war keine Polin, sondern Deutsche und hatte mit ihrem Mann in Berlin einen Laden betrieben. Hitler hatten sie nie gemocht, und vielleicht waren sie zu unvorsichtig gewesen, als sie ihre absonderliche Meinung auch den Nachbarn gegenüber vertraten. 1935 war ihr Mann von der Gestapo abgeholt worden, und sie hatte seitdem nie wieder etwas von ihm gehört. Ein großer Schmerz war es gewesen, ja, aber man muß doch schließlich weiterleben, und so hatte sie ihren Laden noch bis 1938 weitergeführt, bis Hitler, »der Lump«, im Radio die berühmte Rede gehalten hatte, in der er offen seine Absicht, einen Krieg zu beginnen, ausgesprochen hatte.

Da war sie böse geworden und hatte ihm geschrieben, persönlich geschrieben. »Herrn Adolf Hitler, Reichskanzler, Berlin«, einen langen Brief, und ihm entschieden vom Krieg abgeraten, weil zu viele Menschen dabei ums Leben kommen müßten, und außerdem hatte sie ihm klipp und klar vorgerechnet, daß er ihn verlieren würde, denn Deutschland könne unmöglich die ganze Welt besiegen, was ja ein Kind wissen müsse. Sie hatte mit Vornamen, Nachnamen und Adresse unterschrieben – und gewartet, was geschehen würde.

Fünf Tage später waren die Braunhemden gekommen und hatten unter dem Vorwand einer Haussuchung die Wohnung und den Laden geplündert und die Einrichtung zerschlagen. Was sie gefunden hatten? Nichts, sie war ja nicht politisch tätig gewesen – nur den Entwurf des Briefes. Zwei Wochen danach hatte man sie zur Gestapo gerufen. Sie dachte, man würde sie schlagen und in ein Lager deportieren, statt dessen hatten sie sie flegelhaft und mit Verachtung behandelt, ihr gesagt, daß man sie eigentlich aufhängen müßte, aber, da sie wüßten, daß sie nichts als eine »alte blöde Ziege sei«, sogar der Strick noch zu schade für sie sei. Aber die Lizenz für den Laden hatte man ihr entzogen und sie aus Berlin ausgewiesen.

Sie hatte sich in Schlesien mit Schwarzhandel und Kniffen durchgeschlagen, bis – sie hatte es ja vorausgesagt – die Deutschen den Krieg verloren. Dann, weil die ganze Nachbarschaft wußte, was sie getan hatte, war ihr von der polnischen Behörde anstandslos eine Lizenz für einen Lebensmittelladen erteilt worden. Sie lebte nun in Frieden, ausgesöhnt in dem Gedanken, daß es um die Welt sehr viel besser bestellt wäre, wenn die Großen der Erde ihren Rat befolgt hätten.

Am Abend vor der Reise gaben Leonardo und ich die Schlüssel zur Ambulanz zurück und verabschiedeten uns von Marja Fjodorovna und Doktor Dancenko. Marja war schweigsam und traurig; ich fragte sie, warum sie nicht mit uns nach Italien käme, worauf sie errötete, als hätte ich ihr einen unanständigen Antrag gemacht. Dancenko brachte eine Flasche Alkohol und zwei Bogen Papier. Wir glaubten zunächst, der Alkohol stelle seinen persönlichen Beitrag zur Reiseapotheke dar, aber nein – es war der Abschiedstrunk, den wir pflichtgemäß absolvierten.

Und die Bogen? Erstaunt erfuhren wir, daß das Kommando zwei Dankeserklärungen erwarte für die Menschlichkeit und die korrekte Behandlung, die uns in Kattowitz zuteil geworden sei; Dancenko bat uns, darüber hinaus ausdrücklich seinen Namen und seine uns erwiesenen Wohltaten zu erwähnen und unserer Unterschrift den Titel beizufügen: »Doktor der Medizin«. Leonardo konnte ihm den Gefallen tun, bei mir aber handelte es sich um eine Fälschung; ich zögerte deshalb und versuchte, es Dancenko begreiflich zu machen; er wunderte sich über meine Pedanterie und sagte, indem er ärgerlich mit dem Finger auf das Papier tippte, ich solle mich nicht so anstellen. Also unterschrieb ich – warum ihm die kleine Hilfe für seine Karriere versagen?

Die Zeremonie war damit noch nicht zu Ende. Dancenko zog nun seinerseits zwei Bescheinigungen hervor, in Schönschrift auf zwei linierte Blätter geschrieben, die offensichtlich aus einem Schulheft gerissen waren. Auf dem für mich bestimmten Bogen wurde mit lässiger Großzügigkeit erklärt, daß »der Arzt Primo Levi aus Turin in der Krankenstation des unterzeichneten Kommandos vier Monate lang ausgezeichneten und hingebungsvollen Dienst getan und sich hierdurch um die Arbeiterschaft der ganzen Welt verdient gemacht hat.«

Tags darauf wurde der lang ersehnte Traum Wirklichkeit. Am Bahnhof von Kattowitz erwartete uns ein Zug: eine lange Güterwagenreihe, die wir Italiener (ungefähr achthundert) mit lärmender Fröhlichkeit bestiegen. Odessa; danach eine herrliche Seereise durch die Tore des Orients und dann – Italien.

Die Aussicht, viele hundert Kilometer in den klapprigen Waggons durchgerüttelt zu werden und auf dem nackten Boden zu schlafen, bereitete uns keinerlei Unbehagen; nicht einmal der lächerliche Reiseproviant, den uns die Russen verabreicht hatten, machte uns Sorgen: etwas Brot und eine Büchse Sojamargarine für jeweils einen ganzen Waggon. Die Margarine war amerikanischer Herkunft, scharf gesalzen und hart wie Parmesan; offensichtlich war sie ursprünglich für die Tropen bestimmt gewesen und nun nach unvorstellbaren Irrfahrten in unsere Hände gelangt. Alles übrige, hatten die Russen mit gewohnter Sorglosigkeit versichert, würde uns während der Reise zugeteilt.

Mitte Juni 1945 setzte sich jener hoffnungsvolle Zug in Bewegung. Wir reisten ohne Begleitung, ohne einen einzigen Russen; verantwortlich für den Transport war Doktor Gottlieb, der sich uns spontan angeschlossen hatte und die Eigenschaften eines Dolmetschers, Arztes und Konsuls der fahrenden Gemeinschaft in einer Person vereinigte. Wir fühlten uns in guten Händen, waren ohne jedes Mißtrauen und unserer Bestimmung gewiß: in Odessa erwartete uns das Schiff.

Die Reise dauerte sechs Tage, und daß wir unterwegs vor Hunger nicht zu Bettlern oder Banditen geworden sind, sondern das Ziel in gutem Ernährungszustand erreichten, war ausschließlich das Verdienst des Doktor Gottlieb. Gleich nach der Abfahrt des Zuges stellte sich heraus, daß die Russen uns auf gut Glück auf die Reise geschickt hatten, ohne für irgend etwas gesorgt oder sich im mindesten mit ihren Kollegen in Odessa und den dazwischenliegenden Stationen verständigt zu haben. Hielt unser Zug an einem Bahnhof (und er hielt oft und lange, weil Linienverkehr und Militärtransporte den Vorzug hatten), wußte niemand, was er mit uns anfangen sollte.

Die Bahnhofsvorsteher und die militärischen Verantwortlichen waren erschrocken und verzweifelt, wenn wir eintraten, und ihrerseits nur bemüht, sich unserer lästigen Gegenwart so rasch wie möglich zu entledigen.

Aber Gottlieb war da und führte messerscharfe Argumente ins Feld; kein bürokratisches Hindernis, keine Gleichgültigkeit, keine Beamtensturheit, die er nicht in wenigen Minuten beiseitegeschoben hätte, jedesmal auf andere Weise. Vor seiner Unverfrorenheit, Erfindungsgabe und seinen blitzschnellen Argumentationen lösten sich alle Schwierigkeiten von selbst. Von jeder Begegnung mit dem tausendköpfigen Ungeheuer, das überall da lauert, wo Vorschriften und Formulare sich häufen, kehrte er strahlend als Sieger zurück, dem heiligen Georg nach dem Kampf mit dem Drachen gleich, und berichtete kurz über seine Taten, sich seiner Überlegenheit zu sehr bewußt, um sich ihrer zu rühmen.

Der Bahnhofsvorsteher zum Beispiel hatte nach unserem Begleitschreiben verlangt. Wir besaßen keines. Gottlieb tat, als wolle er es holen, verschwand in der benachbarten Telegraphenkabine und hatte in wenigen Augenblicken eines angefertigt, verfaßt in täuschend echtem Amtsjargon und niedergeschrieben auf irgendein Blatt Papier, das er so dicht mit Marken, Stempeln und unleserlichen Unterschriften ausgestattet hatte, daß es heilig und verehrungswürdig aussah, wie ein authentisches Dokument der Obrigkeit. Ein andermal war er im Lebensmittelmagazin einer Kommandantur erschienen und hatte gehorsam gemeldet, daß sich auf dem Bahnhof achthundert Italiener auf der Durchreise befänden, die zu essen haben müßten. Der Verantwortliche hatte erwidert: »nitschewó«, sein Magazin sei leer, ohne Befehl könne er überhaupt nichts tun, morgen werde er sich darum kümmern. Plump gedachte er so den lästigen Bittsteller zu verscheuchen; aber Gottlieb hatte gelächelt und gesagt: »Genosse, du hast nicht ganz verstanden. Diese Italiener *müssen* zu essen bekommen, und zwar noch heute: weil Stalin es will.« Im Handumdrehen waren die Lebensmittel gekommen.

Für mich war die Reise eine einzige Qual. Die Brustfellentzündung war allem Anschein nach ausgeheilt, aber mein übriger Körper rebellierte; er schien entschlossen, mit Ärzten und Medikamenten seinen Spott zu treiben. Jede Nacht überlistete mich im Schlaf das Fieber; ein heftiges Fieber unbekannten Ursprungs, das gegen Morgen am höchsten stieg. Ich erwachte völlig erschöpft, nur halb bei Bewußtsein und mit stechenden Schmerzen im Handgelenk, Ellenbogen oder Knie. So lag ich auf dem Boden des Waggons oder auf dem Zement des Bahnsteigs, von Fieberwahn und Schmerzen gepeinigt, bis gegen Mittag; dann trat im Laufe weniger Stunden Besserung ein, und am Abend war ich wieder in einem annähernd normalen Zustand. Leonardo und Gottlieb betrachteten mich unschlüssig und machtlos.

Der Zug ratterte durch bebautes Land, dunkle Städte und Dörfer, dichte urtümliche Wälder, wie ich sie seit Jahrtausenden aus dem Herzen Europas verschwunden glaubte. Nadelbäume und Birken wuchsen so dicht beieinander, daß sie, um zum Lichte zu gelangen, in erdrükkender Vertikalität nach oben strebten. Der Zug fuhr wie in einem Tunnel zwischen den nackten, glatten Stämmen hindurch, in einem grün-schwarzen Halbdunkel unter der hohen, gleichmäßigen Wölbung ineinandergreifender Äste. Rzeszów, Przemysl mit seinen drohenden Befestigungen, Lemberg.

In Lemberg, dem Skelett einer Stadt, schwer beschädigt von Bomben und Krieg, hielt der Zug eine ganze Nacht in strömendem Regen. Das Dach unseres Waggons war nicht dicht, so daß wir aussteigen und Schutz suchen mußten. Mit einigen anderen verkrochen wir uns in einer Dienstunterführung: Finsternis, zweifingerdicker Schlamm und heftiger Zugwind. Pünktlich um Mitternacht stellte sich das Fieber ein und stürzte mich in eine tiefe Bewußtlosigkeit, als habe man mir einen mitleidigen Schlag auf den Kopf gegeben.

Ternopol, Proskurov; in Proskurov kam der Zug bei Sonnenuntergang an, die Lokomotive wurde abgehängt, und Gottlieb sagte, daß wir erst am nächsten Morgen weiterfahren könnten. Wir suchten uns deshalb im Bahnhofsinnern einen Ort zum Übernachten und belegten eine Ecke des weiträumigen Wartesaals: Cesare, Leonardo, Daniele und ich. Cesare wurde als unser Furier ins Dorf beordert und kehrte bald darauf mit Eiern, Salat und einem Päckchen Tee zurück.

Wir machten auf dem Boden ein Feuer (wir waren nicht die ersten und auch nicht die einzigen; der Saal zeigte bereits Spuren von zahllosen Lagerstätten, Decke und Wände waren verrußt wie in einer alten Küche). Cesare kochte die Eier und brühte eine große Menge süßen Tee.

Der Tee muß entweder stärker gewesen sein als der unsrige, oder Cesare hatte sich in der Menge geirrt, auf jeden Fall waren binnen kurzem Müdigkeit und Erschöpfung von uns gewichen, und wir befanden uns in einem ungewohnten wachen, lebendigen, gespannten, hellen und sensiblen Seelenzustand. Jedes Ereignis und jedes Wort dieser Nacht haftet deshalb noch heute in meinem Gedächtnis, als handele es sich um gestern geschehene Dinge.

Unglaublich langsam wurde das Tageslicht schwächer und ging von Rosa über Violett in Grau über; bald verbreitete sich der silberne Glanz einer sanften Vollmondnacht. Neben uns – wir rauchten und unterhielten uns lebhaft –

saßen zwei sehr junge Mädchen in Schwarz auf einer Holzkiste. Sie sprachen nicht Russisch, sondern Jiddisch miteinander.

»Verstehst du, was sie sagen?« fragte Cesare.

»Ein bißchen.«

»Dann los! Nichts wie ran, vielleicht ist was zu machen.«

In dieser Nacht fiel mir alles leicht, auch, Jiddisch zu verstehen. Ungewohnt mutig wandte ich mich an die Mädchen, grüßte sie, fragte, indem ich ihre Aussprache nachzuahmen versuchte, auf deutsch, ob sie Jüdinnen seien, und sagte, wir vier seien ebenfalls Juden. Die Mädchen (sie waren vielleicht sechzehn oder achtzehn Jahre alt) begannen zu kichern: »Ihr sprecht keyn Jiddisch – Ihr seid ja keyne Jiden!« In ihrer Sprache klang das zweifellos überzeugend.

Dennoch seien wir Juden, erklärte ich ihnen. Italienische Juden: die Juden aus Italien und ganz Westeuropa sprächen kein Jiddisch.

Das war neu und komisch für sie, so, als ob jemand behaupten wolle, daß es Franzosen gäbe, die kein Französisch sprächen. Ich sagte ihnen zum Beweis den Anfang des *Schema*, des wichtigsten jüdischen Gebetes, auf. Sie waren daraufhin schon eher geneigt, uns zu glauben, ihre Heiterkeit aber nahm zu. Hat man je Hebräisch auf eine so lächerliche Weise aussprechen hören?

Die Ältere hieß Sore; sie hatte ein kleines, lebendiges, verschmitztes Gesicht voller Rundungen und asymmetrischer Grübchen; unser holpriges und mühsames Gespräch erheiterte sie offenbar außerordentlich und regte sie zum Lachen an, so, als würde sie gekitzelt.

Aber wenn wir Juden waren, waren es dann auch alle die anderen? Und sie deutete mit einer kreisförmigen Geste auf die etwa achthundert Italiener, die außer uns den

Raum bevölkerten. Worin lag der Unterschied? Wir sprachen doch dieselbe Sprache, hatten die gleichen Gesichter und trugen gleiche Kleidung. Nein, es seien Christen, erklärte ich ihr. Christen aus Genua, Neapel, Sizilien: vielleicht hatten einige von ihnen arabisches Blut in den Adern. Sore blickte sich erstaunt um – es verwirrte sie. In ihrem Land lagen die Dinge sehr viel einfacher: ein Jude war ein Jude und ein Russe ein Russe. Jeder Zweifel und jede Doppeldeutigkeit war ausgeschlossen.

Beide waren sie evakuiert worden, erzählte sie mir. Sie stammten aus Minsk in Weißrußland. Als die Deutschen näher gerückt waren, hatte ihre Familie den Antrag gestellt, ins Innere der Sowjetunion verschickt zu werden, um dem Gemetzel von Eichmanns Einsatzkommandos zu entgehen. Man war dem Gesuch wörtlich nachgekommen und hatte sie nach Samarkand in Usbekistan transportiert – viertausend Kilometer von ihrer Heimat entfernt – an die Schwelle zum Dach der Welt und mit siebentausend Meter hohen Bergen vor Augen. Sie und ihre Schwester waren noch Kinder gewesen; dann war die Mutter gestorben und der Vater zu irgendwelchem Dienst an der Grenze mobilisiert worden. Sie hatten beide Usbekisch gelernt und viele andere lebensnotwendige Dinge: jeden Tag neu zu leben, mit einem einzigen Köfferchen durch Kontinente zu reisen, wie die Vögel unter dem Himmel, die nicht säen, nicht ernten und sich um das Morgen nicht kümmern.

Sore und ihre schweigsame Schwester jetzt fuhren sie gleich uns wieder in die Heimat. Sie hatten sich von Samarkand aus im März auf den Weg gemacht, getrieben wie eine Feder vom Wind; teils in Lastwagen, teils zu Fuß hatten sie Karakum, die Wüste des schwarzen Sandes, durchquert; mit dem Zug waren sie nach Krasnovodsk am Kaspischen Meer gereist und hatten dort gewartet, bis ein

Fischkutter sie nach Baku mitnahm. Von Baku aus waren sie, immer mit solchen Verkehrsmitteln, die bereit waren, sie ohne Geld mitzunehmen, bis hierher gelangt. So hatten sie sich durchgeschlagen: erfüllt von grenzenlosem Vertrauen in die Zukunft und in ihren Nächsten, von einer echten, ungebrochenen Liebe zum Leben.

Alle ringsum schliefen: Cesare hatte unruhig das Gespräch verfolgt und immer wieder gefragt, wann denn nun endlich die Präliminarien abgeschlossen seien und man zum Eigentlichen kommen könne. Schließlich war er enttäuscht auf der Suche nach konkreteren Abenteuern nach draußen verschwunden.

Der Frieden im Wartesaal wurde, zugleich mit dem Bericht der beiden Schwestern, gegen Mitternacht jäh unterbrochen. Wie von einem Windstoß aufgerissen öffnete sich brutal die Tür, die den großen Saal durch einen kurzen Korridor mit einem anderen, kleineren verband. Er war für das durchreisende Militär reserviert. Auf der Schwelle stand ein sehr junger russischer Soldat, völlig betrunken: er sah sich mit leeren Blick um, dann stolperte er vorwärts, mit gesenktem Kopf und beängstigend stampfenden Schritten, als neige sich der Boden unter ihm. Im Gang standen drei sowjetische Offiziere im Gespräch. Der kleine Soldat blieb, als er bei ihnen angekommen war, mit einem Ruck stehen, verharrte unbeweglich in Habachtstellung, grüßte militärisch, und die drei erwiderten würdig den Gruß. Dann pendelte er in Halbkreisen wie ein Schlittschuhläufer bis zur Tür, traf sie genau, tastete sich ins Freie, und man hörte, wie er sich auf dem Bahnsteig laut schluchzend übergab. Weniger unsicher kehrte er zurück, entbot erneut den drei ungerührten Offizieren seinen Gruß und verschwand. Nach einer Viertelstunde wiederholte sich die gleiche Szene, wie in einem

Alptraum: dramatischer Auftritt, Pause, Gruß, eilig gewundener Weg zwischen den Beinen der Schlafenden hindurch ins Freie, Entladung, Rückweg, Gruß; und so immerfort, ungezählte Male in regelmäßigen Abständen, ohne daß die drei ihm mehr als einen zerstreuten Blick gegönnt, eine andere Bewegung als die mit der Hand zur Mütze vollführt hätten.

So verging diese denkwürdige Nacht, bis mich das Fieber übermannte; ich streckte mich auf dem Boden aus, zitternd vor Schüttelfrost. Gottlieb kam mit einem ungewöhnlichen Medikament: einem halben Liter starkem, heimlich gebranntem Wodka, von Bauern der Umgebung gekauft; er schmeckte nach Schimmel, Essig und Feuer. »Trink«, sagte er, »trink alles; es wird dir guttun und außerdem haben wir hier nichts anderes gegen deine Krankheit.«

Mit Überwindung goß ich das höllische Getränk hinunter, verbrannte mir Gaumen und Kehle und fiel alsbald ins Nichts. Als ich am Morgen erwachte, lastete ein großes Gewicht auf mir, aber es war nicht das Fieber und auch kein böser Traum. Ich lag unter einer Schicht von Schläfern begraben, wie in einem Brutkasten. Sie mußten in der Nacht gekommen sein und keinen anderen Platz mehr gefunden haben außer auf den Schlafenden.

Ich hatte Durst; dank der kombinierten Wirkung von Wodka und animalischer Wärme mußte ich große Mengen Schweiß verloren haben. Die einzigartige Kur hatte vollen Erfolg: Fieber und Schmerzen waren verschwunden und kamen nicht wieder.

Der Zug fuhr weiter, und in wenigen Stunden erreichten wir Shmerinka, einen Eisenbahnknotenpunkt, 350 Kilometer von Odessa entfernt. Eine große Überraschung und schmerzliche Enttäuschung standen uns bevor. Gottlieb, der mit dem Militärkommando verhandelt hatte, ging von Waggon zu Waggon und teilte uns mit, daß wir alle aussteigen müßten; der Zug fahre nicht weiter.

Und warum nicht? Und wie und wann würden wir nach Odessa kommen? »Ich weiß es nicht«, antwortete Gottlieb verlegen, »niemand weiß es. Ich weiß nur, daß wir aus dem Zug heraus müssen, irgendwo auf dem Bahnsteig bleiben und weitere Befehle abwarten müssen.« Er war totenblaß und offensichtlich völlig durcheinander.

Wir stiegen aus und übernachteten im Bahnhof; Gottliebs Niederlage, die erste, erschien uns ein düsteres Vorzeichen. Tags darauf war unser Führer mitsamt seinem unzertrennlichen Bruder und seinem Schwager spurlos verschwunden. Mit all ihrem auffälligen Gepäck waren sie lautlos untergetaucht. Irgend jemand behauptete, er habe sie in der Nacht mit russischen Eisenbahnern reden und einen Militärtransport besteigen sehen, der von Odessa zur polnischen Grenze zurückgefahren sei.

Drei Tage saßen wir in Shmerinka fest, gequält von Unruhe, ohnmächtiger Verzweiflung und Schrecken, je nach Temperament und nach dem Stand der den Russen entlockten Informationen. Die Russen wunderten sich nicht im geringsten über unseren erzwungenen Aufenthalt, beunruhigten sich auch keineswegs über unser Schicksal und gaben auf unsere Fragen die verwirrendsten Auskünfte. Einer von ihnen behauptete, daß verschiedene Schiffe mit englischem und amerikanischem Militär von Odessa in See gegangen seien und wir früher oder später auf die gleiche Weise nach Hause kommen würden; zu essen hätten wir, Hitler sei nicht mehr da – worüber beklagten wir uns also? Ein anderer sagte, in der vorigen Woche sei ein Zug mit Franzosen auf der Fahrt nach Odessa in Shmerinka aufgehalten und nach Norden umgeleitet worden, »weil die Gleise unterbrochen waren«. Wieder ein anderer erklärte uns, er habe mit eigenen Augen gesehen, wie ein Transport mit deutschen Gefangenen nach dem Fernen Osten abgegangen sei; für ihn war die Sache klar: waren wir etwa nicht Verbündete der Deutschen? Bitte sehr, man würde auch uns zum Grätenausheben an die japanische Front schicken.

Um alles noch zu komplizieren, traf am dritten Tag ein Zug mit Italienern aus Rumänien ein. Sie sahen völlig anders aus als wir: ungefähr sechshundert Männer und Frauen, gut angezogen, mit Taschen und Koffern, einige sogar mit umgehängtem Photoapparat, beinahe wie Touristen. Sie betrachteten uns von Kopf bis Fuß wie arme Verwandte; sie waren in einem regulären Zug gereist, mit Personenwagen und bezahlter Fahrkarte, im Besitz von ordnungsgemäß ausgestellten Pässen, Geld, Namenlisten und Begleitschreiben für den Weg über Odessa nach Italien. Wenn uns die Russen gestatten würden, mit ihnen zu fahren, würden auch wir nach Odessa kommen.

Sie gaben uns von oben herab zu verstehen, daß sie tatsächlich privilegierte Reisende seien: einmal Zivil- und Militärbeamte der italienischen Botschaft in Bukarest, zum anderen Personen, die nach Auflösung der ARMIR (der italienischen Armee an der Ostfront) in den verschiedensten Funktionen, oder, um im trüben zu fischen, in Rumänien geblieben waren; darunter ganze Familien, Männer mit echten Rumäninnen und zahlreichen Kindern.

Im Gegensatz zu den Deutschen haben die Russen jedoch nur ein sehr geringes Unterscheidungs- und Klassifizierungsvermögen. Wenige Tage später befanden wir uns alle zusammen auf der Reise nach Norden, einem unbekannten Ziel und jedenfalls einem neuen Exil entgegen. Rumänische Italiener und italienische Italiener, alle in den gleichen Güterwagen, alle mit bedrücktem Herzen, alle Spielball der rätselhaften sowjetischen Bürokratie, der dunklen und riesenhaften Macht, die sich nicht böswillig, aber argwöhnisch, nachlässig, ahnungslos und widersprüchlich gegen uns verhielt, in ihren Auswirkungen blind wie eine Naturgewalt.

Nach Norden

Die wenigen Tage in Shmerinka waren wir auf Bettelei angewiesen; es machte uns angesichts der drohend bevorstehenden Reise, deren Ziel wir nicht kannten, wenig aus. Ohne Gottliebs Improvisationstalent bekamen wir die wirtschaftliche Überlegenheit der »Rumänen« sofort zu spüren: sie konnten für jede Ware fünf- bis zehnmal mehr bezahlen als wir, und sie taten es auch, teils weil auch ihre Lebensmittelvorräte sich erschöpft hatten, teils weil sie gleichfalls ahnten, daß die Reise uns an einen Ort bringen könnte, an dem das Geld nicht viel wert und die Schwierigkeit, es zu bewahren, groß sein würde.

Wir kampierten im Bahnhof und machten häufig Ausflüge nach Shmerinka hinein: niedrige Häuser, unregelmäßig und unter seltsamer und belustigender Nichtachtung von Geometrie und jeglichen Normen erbaut; beinahe gerade Fassaden, beinahe senkrechte Mauern, beinahe rechte Winkel; dafür hier und dort Pilaster in Säulengestalt mit anspruchsvollem Volutenkapitell; stabile Strohdächer, verräucherte dunkle Räume mit dem gewaltigen Ofen in der Mitte, die Strohsäcke zum Schlafen darauf und schwarze Ikonen in einem Winkel. An einer Straßenkreuzung sang ein barfüßiger Bänkelsänger, riesengroß und weißhaarig; mit erloschenen Augen blickte er zum Himmel, senkte dann immer wieder den Kopf und bekreuzigte die Stirn mit dem Daumen. In der Hauptstraße war auf zwei in den schlammigen Boden gerammte Pfähle eine Holztafel genagelt; sie zeigte eine durch Sonne und Regen vieler Sommer verblaßte Landkarte Europas, die dazu gedient haben mußte, Kriegsnachrichten anschaulich zu machen; offenbar war sie frei nach dem Gedächtnis und wie aus großer Entfernung gezeichnet worden: Frankreich glich ausgesprochen einer Kaffeekanne, die Iberische Halbinsel einem Kopf im Profil, dessen Nase in Portugal hervorsprang, und Italien war ein wirklicher, fast senkrecht verlaufender Stiefel mit schön geradliniger Sohle und eckigem Absatz. Nur vier Städte waren eingezeichnet: Rom, Venedig, Neapel und Dronero, ein winziges Dorf in Piemont.

Shmerinka war ein stattliches Bauerndorf und in anderen Zeiten zugleich Marktflecken; in seiner Mitte gab es nämlich einen großen Platz aus gestampftem Lehm mit zahlreichen parallellaufenden Eisenstangen zum Festbinden des Viehs. Er lag jetzt völlig verlassen, nur ein Nomadenstamm lagerte unter einer schattigen Eiche in einem Winkel – eine Vision aus längst vergangenen Jahrtausenden.

Sie trugen, Männer und Frauen, Ziegenfelle, von Lederriemen gehalten; an den Füßen Schuhe aus Birkenrinde. Es waren mehrere Familien, insgesamt ungefähr zwanzig Menschen; sie hausten in einem imposanten Karren, massiv wie ein Kriegswagen, aus grob gehobelten Stämmen zusammengefügt. Er ruhte auf vier großen hölzernen Scheibenrädern; die vier zottigen Rosse, die nicht weitab grasten, mußten Mühe haben, ihn zu ziehen. Wer waren sie? Woher kamen sie und wohin gingen sie? Wir wußten es nicht; aber in jenen Tagen fühlten wir uns ihnen eigenartig nahe: auch sie wehte der Wind hin und her, wie wir waren sie den Launen eines fernen, unbekannten

Schicksals ausgeliefert, dessen Symbol die Räder schienen, die sie und uns trugen, in der sinnlosen Perfektion des Kreises, ohne Anfang und ohne Ende.

Wir gingen weiter, an den Eisenbahnschienen entlang, und hatten ein weiteres bedeutungsvolles Erlebnis: zwischen gefällten Baumstämmen, schwer und roh wie alles in diesem Land, in dem das Feine und Zarte keinen Platz hat, lagen bäuchlings, von der Sonne verbrannt, ein Dutzend deutscher Gefangener – frei. Niemand bewachte sie, niemand erteilte ihnen Befehle, niemand kümmerte sich um sie; man hatte sie ganz offensichtlich vergessen, einfach ihrem Schicksal überlassen.

Sie trugen ausgeblichene Lumpen, in denen man gleichwohl die stolzen Uniformen der Wehrmacht noch erkennen konnte. Ihre Gesichter spiegelten Erschöpfung, Verblendung und Wildheit; die Autorität, in deren eisernen Schemata sie gelebt, gearbeitet und gekämpft hatten, die ihnen Halt und Nahrung gewesen war, hatte ihnen ihren Stempel aufgeprägt. Nun, da sie erloschen war, waren auch sie macht- und seelenlos geworden. Diese braven Untertanen, die willigen Vollstrecker jedweder Befehle, gehorsame Instrumente der Macht, hatten von dieser Macht auch nicht das kleinste für sich behalten können. Sie waren leer und passiv, wie welkes Laub, das der Wind in abgelegene Ecken treibt: sie hatten ihr Heil nicht in der Flucht gesucht.

Als sie uns gewahr wurden, kamen einige von ihnen mit den unsicheren Schritten von Automaten heran und baten um Brot, nicht in ihrer Sprache, sondern auf russisch. Wir gaben ihnen nichts, da wir selbst zu wenig besaßen; nur Daniele: Daniele, dessen tapfere Frau, dessen Bruder und dessen Eltern von den Deutschen umgebracht worden waren, außerdem nicht weniger als dreißig seiner Verwandten, Daniele, der als einziger der Razzia im Getto von Venedig entkommen war, Daniele, der sich vom Tag der Befreiung an in Trauer verzehrte, zog ein Brot hervor, hielt es den Larven hin und legte es danach auf den Boden. Er verlangte aber, daß sie es selbst holen sollten, auf allen vieren auf dem Boden kriechend; und sie taten es ergeben.

Es mußte wahr sein, daß Gruppen von ehemaligen alliierten Gefangenen vor Monaten in Odessa eingeschifft worden waren, wie einige der Russen behauptet hatten. Der Bahnhof, unsere provisorische und nicht gerade anheimelnde Unterkunft, zeigte noch immer Spuren davon: einen Triumphbogen aus verwelktem Laub mit der Inschrift »Es leben die Vereinten Nationen!« und schreckliche monumentale Bilder von Stalin, Roosevelt und Churchill mit hymnischen Unterschriften, die den Sieg über den gemeinsamen Feind priesen. Aber die Harmonie zwischen den drei großen Alliierten mußte von kurzer Dauer gewesen sein, da die Bilder verblichen waren, verwaschen von Wind und Wetter, und noch während unseres Aufenthalts entfernt wurden. Ein Anstreicher erschien, errichtete die ganze Bahnhofsfassade entlang ein Gerüst, bewarf die Parole »Proletarier aller Länder, vereinigt euch« mit einer Schicht Kalk, und wir lasen mit leisem Frösteln die neue, die Buchstabe um Buchstabe über der alten entstand: »Vpered na Zapàd« – »Vorwärts nach Westen«.

Die Repatriierung der alliierten Soldaten war inzwischen abgeschlossen, aber immer noch trafen Züge ein, die vor unseren Augen nach Süden fuhren: zwar auch russische Transportzüge, aber gänzlich verschieden von den ruhmreichen und gemütlichen Militärtransporten, die wir durch Kattowitz hatten fahren sehen. Es waren ukrainische Frauen, die aus Deutschland zurückkehrten; nur Frauen, die Männer waren Soldaten oder Partisanen oder von den Deutschen umgebracht worden.

Sie hatten ein von unserem und dem der Kriegsgefangenen sehr verschiedenes Exil hinter sich. Zu einem großen Teil hatten sie ihre Heimat »freiwillig« verlassen; es war eine erzwungene Freiwilligkeit gewesen, sie waren erpreßt, von Lügen und subtiler und massiver nazistischer Propaganda verführt worden, die mit Erlassen, durch Zeitung und Rundfunk gedroht und geschmeichelt hatte – und doch war es eine Art von freiem Willen, ein Einverständnis gewesen. Zu Hunderttausenden – Frauen von sechzehn bis vierzig Jahren, Bäuerinnen, Studentinnen, Arbeiterinnen – hatten sie die verwüsteten Felder, die geschlossenen Schulen, die zerstörten Fabriken um des Brotes der Eroberer willen verlassen. Viele Mütter unter ihnen hatten des Brotes wegen ihre Kinder verlassen. In Deutschland hatten sie Brot gefunden, Stacheldraht, harte Arbeit, deutsche Ordnung, Knechtschaft und Erniedrigung: und unter der Last der Erniedrigung kehrten sie jetzt in ihre Heimat zurück, ohne Freude, ohne Hoffnung.

Das siegreiche Rußland kannte kein Erbarmen: in oftmals offenen Güterwagen, zur besseren Platzausnützung horizontal abgeteilt, reisten sie nach Hause: sechzig, achtzig Frauen in einem Waggon. Sie waren ohne Gepäck und hatten nur die abgetragenen, verschossenen Kleider, die sie am Leibe trugen; junge, noch gesunde und kräftige Körper, aber verschlossene und bittere Gesichter, unstete Augen, aus denen eine erschreckend animalische Erniedrigung und Abstumpfung sprach; keine Stimme kam aus diesem Gewirr von Leibern, die sich träge erhoben, wenn der Zug auf einem Bahnhof hielt. Niemand erwartete sie, niemand schien sie zu beachten; ihre Trägheit, die Art, wie sie sich voneinander abkapselten, der bedrückende Mangel an Schamgefühl erinnerte an gedemütigte gezähmte Tiere. Wir allein sahen ihrer Durchfahrt traurig und mitleidig zu, diesem neuerlichen Zeugnis, dieser neuen Erscheinungsform der Pest, die Europa niedergeworfen hatte.

Ende Juni fuhren wir von Shmerinka aus weiter, gequält von einer dunklen Furcht, erwachsen aus der Enttäuschung und der Ungewißheit unseres Schicksals, die eine düstere Entsprechung und Bestätigung gefunden hatte in dem, was wir in Shmerinka erlebt hatten.

Zusammen mit den »Rumänen« waren wir eintausendvierhundert Italiener, die man in dreißig Güterwagen eines nach Norden fahrenden Zuges verladen hatte. Niemand in Shmerinka wußte oder wollte sagen, wohin wir transportiert werden sollten; fest stand nur, daß es nach Norden ging, weg vom Meer, weg von Italien, der Gefangenschaft, der Einsamkeit, dem Dunkel, dem Winter zu. Trotz allem erschien uns die Tatsache, daß uns für die Reise keine Verpflegung zugeteilt worden war, als ein gutes Zeichen: vielleicht würde sie nicht lange dauern.

Wir fuhren tatsächlich nur zwei Tage und eine Nacht mit wenigen Aufenthalten durch die majestätische, monotone Kulisse von menschenleerer Steppe, Wäldern, abgelegenen Dörfern, trägen, breiten Flüssen. Unbequem zusammengedrängt hockten wir in den Waggons; am ersten Abend stiegen Cesare und ich bei einem Aufenthalt aus, um uns die Füße zu vertreten und vielleicht einen besseren Platz aufzutreiben. Wir entdeckten vorn am Zug mehrere Personen- und einen Lazarettwagen, der offenbar leer war. »Warum steigen wir nicht ein?« schlug Cesare vor. »Weil es verboten ist«, war meine alberne Antwort. Aber warum sollte es eigentlich verboten sein und von wem? Wir hatten ja schon bei anderen Gelegenheiten feststellen können, daß die westliche (und insbesondere deutsche) Religion der unterscheidenden Verbote in

Rußland nicht sonderlich tief verwurzelt ist. Der Lazarettwagen war nicht nur leer, sondern mit sybaritischem Luxus ausgestattet: intakte Waschbecken mit Wasser und Seife, eine angenehm weiche Federung, die den harten Stoß der Räder dämpfte, wunderbar komfortable Betten in einer weichen Aufhängung, mit blütenweißen Leintüchern und warmen Decken. Am Kopfende des Bettes, das ich mir ausgesucht hatte, entdeckte ich als zusätzliches Geschenk des Schicksals ein Buch, ausgerechnet auf italienisch: *Die Jungen von der Paalstraße,* das ich als Kind nie gelesen hatte. Während die Kameraden uns schon verloren glaubten, verbrachten wir eine traumhafte Nacht.

Der Zug überquerte gegen Ende des zweiten Tages die Beresina – die Sonne sank granatrot in verwunschener Langsamkeit schräg zwischen den Ästen hindurch und tauchte die Gewässer, die Wälder und weiten Ebenen, noch immer von Waffen- und Fahrzeugtrümmern übersät, in ein blutrotes Licht. Wenige Stunden später, mitten in der Nacht, endete die Fahrt während eines heftigen Gewitters. Wir mußten bei strömendem Regen aussteigen und in die schwarze Dunkelheit hinein, die nur ab und zu durch einen Blitz erleuchtet wurde. Eine halbe Stunde liefen wir so, einer hinter dem anderen, durch Gras und Schlamm, jeder wie ein Blinder an seinen Vordermann geklammert; ich weiß nicht, wer uns führte. Wir kamen schließlich, naß bis auf die Haut, zu einem riesigen und halb von Bomben zerstörten Gebäude. Es regnete noch immer, der Boden war schlammig und naß, und aus dem lecken Dach tropfte das Wasser; in einem zermürbenden und passiven Halbschlaf erwarteten wir den Tag.

Ein strahlender Morgen brach an; wir traten hinaus und merkten erst jetzt, daß wir in einem Theaterparkett übernachtet hatten und uns in einem ausgedehnten, beschädigten und verlassenen sowjetischen Kasernenkomplex befanden. Alle Gebäude waren einer zusätzlichen und auf deutsche Weise gründlichen Verwüstungs- und Plünderungsaktion anheimgefallen: die fliehenden deutschen Armeen hatten alles, was irgend möglich war, weggeschleppt: Türen und Fenster, Fenstergitter, Treppengeländer, die gesamten Beleuchtungs- und Heizungsanlagen, Wasserleitungen, sogar Zaunpfähle. Selbst den letzten Nagel hatten sie aus den Wänden gezogen. Von einer nahegelegenen Eisenbahnzuführung waren die Geleise und Bohlen weggerissen worden, wie die Russen behaupteten, mit einer Spezialmaschine.

Also keine reine Plünderung, sondern das Genie der Zerstörung, der Antischöpfung, war hier wie in Auschwitz am Werk gewesen: die Mystik des Leeren, über jedes Erfordernis des Krieges, jegliche Beutelust hinaus.

Aber die unvergeßlichen Fresken, die die Innenwände bedeckten, hatten sie nicht wegschleifen können – Werke irgendeines anonymen, künstlerisch begabten Soldaten, naiv, kräftig und primitiv. Drei Ritter von gewaltigen Ausmaßen, bewaffnet mit Schwertern, Helmen und Keulen, standen auf einer Erhöhung und blickten auf einen unendlichen Horizont unberührter Länder, die es zu erobern galt: Stalin, Lenin, Molotow; sie waren von der Absicht her ehrfurchtsvoll verehrend gemalt, in der Wirkung aber von der Kühnheit eines Sakrilegs, und unterschieden sich vor allem durch Schnurrbart, Bärtchen und Brille. Eine scheußliche Spinne in einem Netz, groß wie die Wand, eine schwarze Haarsträhne fällt ihr schräg über die Augen, auf dem Rücken trägt sie ein Hakenkreuz; darunter steht geschrieben: »Tod den nazistischen Eindringlingen.« Ein Sowjetsoldat in Ketten, hochgewachsen und blond, erhebt eine gefesselte Hand, um seine Richter zu richten: die Richter, Hunderte gegen einen, auf den Sitzen eines als Amphitheater gemalten Gerichts, sind abscheuliche Insektenmenschen mit gelbgrauen Gesichtern, gekrümmt, verzerrt, makaber wie Totenschädel; einer hinter den anderen ziehen sie sich zurück wie Lemuren auf der Flucht vor dem Licht, ins Nichts verscheucht von der prophetischen Geste des gefangenen Helden.

In dieser Geisterkaserne und zum Teil unter freiem Himmel, in weiten, grasbewachsenen Höfen, hausten Tausende von Ausländern. Sie kamen aus allen Nationen Europas und waren wie wir auf der Durchreise.

Die wärmende Sonne drang allmählich in die feuchte Erde ein; um uns her dampfte der Boden. Ich entfernte mich einige hundert Meter vom Theater und drang in eine dichte Wiese vor, wo ich mich ausziehen und von der Sonne trocknen lassen wollte: und mitten in der Wiese, so, als habe er mich erwartet, wen sehe ich? Mordo Nahum, meinen Griechen, kaum wiederzuerkennen, so prächtiges Fett hatte er angesetzt. Er steckte in einer fast korrekten sowjetischen Uniform und sah mich mit seinen bleichen Eulenaugen an, die verloren im rosigen und runden Gesicht mit dem roten Bart dreinblickten.

Er empfing mich mit brüderlicher Herzlichkeit und ließ meine spöttische Bemerkung über die Vereinten Nationen, die so schlecht für ihre Griechen gesorgt hatten, unbeachtet. Statt dessen erkundigte er sich nach mir, wie es mir gehe und ob ich irgend etwas brauchte: Essen? Kleidung? Ja, ich konnte es nicht leugnen, ich brauchte manches. »Dafür werde ich sorgen«, antwortete er geheimnisvoll und großzügig, »ich hab' hier was zu sagen.« Und nach einer kurzen Pause: »Brauchst du eine Frau?«

Ich sah ihn verblüfft an; ich glaubte nicht recht verstanden zu haben. Der Grieche aber umfaßte mit einer ausladenden Handbewegung dreiviertel des Horizonts: und da erst sah ich, daß mitten im hohen Gras verstreut vielleicht zwanzig dicke, schläfrige Mädchen in der Sonne lagen, blond und rosa, mit mächtigen Rücken, kompakten Knochen und friedlichen Kuhgesichtern, in bunt zusammengewürfelten Fetzen gekleidet. »Sie kommen aus Bessarabien«, erklärte der Grieche, »sie unterstehen mir alle. Die Russen mögen so was – weiß und fett. Vorher war hier eine große pagaille, aber seit ich mich darum kümmere, läuft alles wie am Schnürchen: Sortiment, Sauberkeit, Diskretion, kein Streit ums Geld. Und natürlich: ein gutes Geschäft; und manchmal, moi aussi, j'y prends mon plaisir.«

Die Episode mit dem rohen Ei fiel mir wieder ein, und seine verächtliche Herausforderung erschien mir in einem neuen Licht: »Los, nenn mir irgendeinen Artikel, mit dem ich nie gehandelt habe!« Nein, ich brauchte keine Frau, oder jedenfalls nicht auf diese Art. Wir trennten uns nach einem herzlichen Gespräch; und seither, seit sich der Wirbelsturm gelegt hat, der das ganze alte Europa durcheinandergebracht und in einen wilden Kontratanz von Trennungen und Wiederbegegnungen hineingerissen hatte, habe ich meinen griechischen Meister nicht wiedergesehen und nie mehr etwas von ihm gehört.

Ein Kuritsachen

Das Sammellager, in dem ich Mordo Nahum unter so außergewöhnlichen Umständen wiedergesehen hatte, hieß Sluzk. Auf einer guten Landkarte der Sowjetunion ließe sich das Dörfchen dieses Namens mit ein wenig Geduld vielleicht finden, in Weißrußland, ungefähr hundert Kilometer südlich von Minsk. Aber ich kenne keine Karte, auf der das Dorf Staryje Doroghi, unser letztes Ziel, verzeichnet wäre.

In Sluzk hielten sich im Juli 1945 zehntausend Personen auf; ich sage Personen, weil jede eingrenzendere Benennung unzutreffend wäre: Männer, eine große Zahl von Frauen und Kindern, Katholiken, Juden, Orthodoxe, Moslems; Weiße, Gelbe, verschiedene Neger in amerikanischer Uniform; Deutsche, Polen, Franzosen, Griechen, Holländer, Italiener und andere; außerdem Deutsche, die behaupteten, Österreicher zu sein, Österreicher, die sich als Schweizer ausgaben, Russen, die als Italiener auftraten; eine als Mann verkleidete Frau – und schließlich, auffällig inmitten der zerlumpten Menge, ein ungarischer General in voller Uniform, streitsüchtig, bunt und dumm wie ein Hahn.

In Sluzk ließ sich gut leben; es war heiß, zu heiß; man nächtigte auf der Erde, brauchte aber nicht zu arbeiten, und alle bekamen zu essen. Das Essen war überdies ausgezeichnet: die Russen ließen die im Lager am stärksten vertretenen Nationalitäten jeweils eine Woche kochen. Es gab einen großen, hellen und sauberen Eßsaal mit acht Gedecken an jedem Tisch. Man mußte nur zur rechten Stunde kommen, sich hinsetzen, ohne Kontrolle, ohne Gruppeneinteilung, ohne Schlange zu stehen, und schon eilte die Prozession der freiwilligen Köche mit überraschenden Gerichten, Brot und Tee herbei. Während unseres kurzen Aufenthaltes waren die Ungarn an der Macht; sie warteten mit feurigem Gulasch und ungeheuren Portionen übermäßig gezuckerter, petersiliengewürzter und zu weich gekochter Spaghetti auf und hielten außerdem, ihren nationalen Idolen getreu, ein kleines Zigeunerorchester bereit: sechs Bauernmusiker in Samthosen und kurzen bestickten Lederjacken, imposante, schwitzende Gestalten. Sie begannen mit der sowjetischen Nationalhymne, fuhren fort mit der ungarischen und der Hatikvà (den stark vertretenen ungarischen Juden zu Ehren) und jagten dann mit endlosen frivolen Csárdás weiter, bis auch der letzte Gast sein Besteck aus der Hand gelegt hatte.

Das Lager war nicht umzäunt; es setzte sich aus verfallenen, ein- bis zweistöckigen Gebäuden zusammen, die von vier Seiten eine weite, grasbewachsene Fläche – wohl den ehemaligen Exerzierplatz – umschlossen. Unter der sengenden Sonne des heißen russischen Sommers spielte sich das Leben hauptsächlich auf diesem Platz ab: man schlief, entlauste sich, stopfte seine Kleider, kochte auf primitiven Feuerstellen; manche aktivere Gruppen spielten Ball oder kegelten und belebten so das Bild. Die Mitte des Platzes wurde von einer großen, niedrigen und quadratischen Holzbaracke beherrscht, die auf ein und derselben Seite drei Eingänge aufwies. Auf jedem der drei Türbalken stand mit roter Farbe und unsicherer Schrift in kyrillischen Buchstaben ein Wort geschrieben: »Mužskaja«, »Ženskaja«, »Ofitserskaja«; das heißt »Männer«, »Frauen« und »Offiziere«. Es war die Lagerlatrine, die zugleich das hervorstechendste Merkmal des Lagers bildete. Der Boden im Innern war mit lockeren Brettern ausgelegt und wies hundert in Zehnerreihen angeordnete quadratische Löcher auf; das Ganze nahm sich wie eine riesige, von Rabelais ersonnene pythagoräische Tafel aus. Die für die drei Geschlechter bestimmten Räume waren nicht abgeteilt – oder wenn es Trennwände gegeben hatte, dann waren sie verschwunden.

Die russische Verwaltung kümmerte sich überhaupt nicht um das Lager, so daß man daran zweifeln konnte, ob es sie überhaupt gab; aber da wir jeden Tag zu essen bekamen, mußte sie doch wohl vorhanden sein; mit anderen Worten, es war eine gute Verwaltung.

In Sluzk lebten wir ungefähr zehn Tage, inhaltslose Tage, ohne eine Begegnung, ohne eine Begebenheit, die es wert gewesen wäre, im Gedächtnis behalten zu werden. Eines Tages verließen wir das Rechteck von Kasernen und gingen in die Ebene hinein, um eßbare Kräuter zu sammeln: aber nach einer halben Stunde Wegs befanden wir uns gleichsam mitten auf dem offenen Meer, im Mittelpunkt des Horizonts, ohne Baum, ohne Erhebung, ohne ein Haus als Richtungsweiser. Uns Italienern, die wir an Berg- und Hügelketten, an menschenübersäte Ebenen gewöhnt sind, bereitete die unendliche, großartige russische Weite Schwindelgefühle und belastete unser Herz mit schmerzlichen Erinnerungen. Wir versuchten dann, die Kräuter, die wir gefunden hatten, zu kochen, aber es war nicht viel mit ihnen anzufangen.

Ich hatte auf einem Dachboden ein deutsches Lehrbuch der Gynäkologie gefunden, zwei dicke Bände, mit schönen Farbtafeln illustriert, und da ich eine Leidenschaft für bedrucktes Papier habe und ihr seit mehr als einem Jahr kaum hatte frönen können, las ich planlos stundenlang darin herum; die übrige Zeit verbrachte ich schlafend in der Sonne mitten im wilden Gras.

Eines Morgens verbreitete sich unter uns mit geheimnisvoller und blitzartiger Geschwindigkeit die Kunde, daß wir zu Fuß von Sluzk abmarschieren und in Staryje Doroghi, einem siebzig Kilometer entfernten Ort, in einem Lager nur für Italiener untergebracht werden sollten. Die Deutschen hätten in einer ähnlichen Lage die Wände mit zweisprachigen, sauber gedruckten Anschlägen bedeckt, mit genauer Angabe der Aufbruchszeit, des vorgeschriebenen Gepäcks, der Marschroute und unter Androhung der Todesstrafe für jeden Versuch, Widerstand zu leisten. Die Russen dagegen rechneten damit, daß sich die Neuigkeit von selbst verbreiten, der Überführungsmarsch von selbst organisiert werde.

Die Nachricht löste leichte Unruhe aus. Wir hatten uns in den zehn Tagen in Sluzk mehr oder weniger gut eingelebt und fürchteten nun vor allem, die extravagante Üppigkeit der Küche von Sluzk gegen einen elenden Zustand vertauschen zu müssen. Außerdem waren siebzig Kilometer eine ganz hübsche Strecke; niemand war für einen solchen Gewaltmarsch ausreichend trainiert, und die wenigsten besaßen das dafür nötige Schuhwerk. Wir wollten das russische Kommando um Einzelheiten ersuchen, vergebens: alles, was wir in Erfahrung bringen konnten, war, daß wir am Morgen des 20. Juli aufbrechen sollten und daß es ein russisches Kommando im eigentlichen Sinne offenbar gar nicht gab.

Am Morgen des 20. Juli versammelten wir uns auf dem Platz wie eine riesige Zigeunerkarawane. Im letzten Augenblick erfuhren wir, daß zwischen Sluzk und Staryje Doroghi eine Eisenbahnverbindung bestand. Trotzdem durften nur Frauen und Kinder mit dem Zug fahren, und außerdem, wie üblich, die Privilegierten und, wie ebenfalls üblich, die Schlauen. Im übrigen bedurfte es keiner besonderen Schlauheit, um der lockeren Bürokratie, die über unser Schicksal befand, zu entgehen – aber dies wußten damals nur wenige.

Gegen zehn Uhr wurde Befehl zum Aufbruch erteilt, gleich darauf ein Gegenbefehl. Nach zahlreichen weiteren Fehlstarts setzten wir uns schließlich gegen Mittag in Bewegung, ohne gegessen zu haben.

Sluzk und Staryje Doroghi sind durch eine große Autobahn verbunden, die von Warschau nach Moskau führt. Damals war sie völlig verlassen: zu beiden Seiten gab es eine ungepflasterte Fahrbahn für Pferdefuhrwerke, in der Mitte eine asphaltierte, die aber durch Explosionen und Panzerketten so aufgerissen war, daß sie sich kaum noch von den beiden anderen unterschied. Sie führt durch eine endlose, fast unbewohnte Ebene und ist deshalb aus sehr langen, geraden Streckenstücken zusammengesetzt: zwischen Sluzk und Staryje Doroghi gab es nur eine einzige, kaum merkliche Biegung.

Wir waren eigentlich ganz munter aufgebrochen: das Wetter war herrlich, wir waren relativ wohlgenährt, und die Aussicht auf einen ausgedehnten Marsch inmitten dieses legendären Landes der Pripetsümpfe hatte einen gewissen Reiz. Aber schon bald wurden wir anderen Sinnes.

Es kann, glaube ich, in keinem anderen Teil Europas geschehen, daß man zehn Stunden lang läuft und nicht von der Stelle kommt, wie in einem Alptraum: ständig eine bis zum Horizont gerade Straße, ständig Steppe und Wald auf beiden Seiten, ständig die zurückgelegte und bis zum entgegengesetzten Horizont gerade Straße wie das Kielwasser eines Schiffes im Rücken, keine Dörfer, keine

Häuser, keine Rauchsäule, nicht einmal ein Meilenstein, der einem sagt, daß man doch ein Stückchen Weg zurückgelegt hat; und keine lebendige Seele, nur Krähen im Flug und hie und da ein träge im Wind kreisender Falke.

Nach einigen Stunden Marsch hatte sich unsere anfangs geschlossene Kolonne über zwei bis drei Kilometer auseinandergezogen; den Schluß bildete ein von zwei Pferden gezogener und von einem zornigen und monströsen Unteroffizier kutschierter russischer Militärwagen. Der Mann hatte im Krieg beide Lippen verloren, und sein Gesicht glich von der Nase bis zum Kinn erschreckend einem Totenschädel. Er sollte offenbar die Erschöpften aufsammeln, statt dessen aber las er mit großer Sorgfalt die Gepäckstücke auf, die nach und nach von ihren müden Besitzern auf der Straße abgelegt worden waren; wir glaubten zunächst, er werde sie uns nach unserer Ankunft zurückgeben, aber der erste, der den Versuch machte, wurde mit Gebrüll, Peitschenhieben und unartikulierten Drohungen davongejagt. Auf diese Weise kamen mir meine beiden Bände des gynäkologischen Lehrbuchs abhanden, die bei weitem den schwersten Teil meines Gepäcks ausgemacht hatten.

Bei Sonnenuntergang marschierte unsere Gruppe für sich; der freundliche, geduldige Leonardo neben mir; Daniele, hinkend und außer sich vor Durst und Erschöpfung; Herr Unverdorben mit einem Triester Freund und natürlich Cesare.

Wir machten an der einzigen Kurve Rast, die die unerbittliche Monotonie der Straße bisher unterbrochen hatte, bei einer Hütte ohne Dach, vielleicht dem einzigen Überbleibsel eines Dorfes, das der Krieg dem Erdboden gleichgemacht hatte; dahinter entdeckten wir einen Brunnen, an dem wir gierig unseren Durst stillten. Wir waren erschöpft und hatten geschwollene und wunde

Füße. Meine Bischofsschuhe waren mir schon vor einiger Zeit abhanden gekommen, statt dessen hatte ich ein paar federleichte Radfahrerschuhe geerbt, der Himmel weiß, von wem; aber sie waren mir zu eng, und ich mußte sie immer wieder ausziehen und barfuß laufen.

Wir beratschlagten kurz: wenn man uns nun die ganze Nacht hindurch marschieren ließ? Es war gut möglich; einmal, in Kattowitz, hatten die Russen uns vierundzwanzig Stunden hintereinander Stiefel von einem Zug laden lassen und hatten selbst mitgearbeitet. Warum sich nicht in die Büsche schlagen? Wir würden morgen gemächlich in Staryje Doroghi eintreffen; Namenslisten für einen Appell besaß der Russe ganz sicher nicht; die Nacht versprach lau zu werden, es gab Wasser und Essen, wenn auch wenig für sechs Menschen; die Hütte war zwar beschädigt, bot aber noch genügend Schutz vor der feuchten Nachtluft.

»In Ordnung«, sagte Cesare. »Einverstanden. Heute abend will ich mir ein gebratenes Hähnchen zu Gemüte führen.«

Wir versteckten uns also im Wald, bis der Karren mit dem Totenschädel vorüber war, warteten noch, bis sich auch die letzten Nachzügler vom Brunnen entfernt hatten, und nahmen dann von unserem Nachtquartier Besitz. Wir breiteten Decken aus, öffneten unsere Säcke, zündeten ein Feuer an und trafen Essensvorbereitungen: Brot, Kascha aus Hirse und eine Büchse Erbsen.

»Das ist mir ein schönes Essen«, sagte Cesare. »Und wer redet von Erbsen? Ihr habt wohl nicht recht verstanden. Ich will heute abend feiern und mir ein schönes gebratenes Hühnchen zu Gemüte führen.«

Cesare war eine unbezähmbare Natur, das war mir schon bei unseren Kattowitzer Marktausflügen klargeworden; ihm vorzuhalten, daß es eine Kateridee sei, in der

Nacht, noch dazu mitten in den Pripetsümpfen, ohne Russisch und ohne Geld ein Huhn auftreiben zu wollen, machte ihm keinerlei Eindruck. Auch die doppelte Portion Kascha, die wir ihm zur Besänftigung anboten, stimmte ihn nicht um. »Geht mir bloß mit eurer Kascha, ich kann mir mein Huhn auch allein holen, aber dann habt ihr mich zum letztenmal gesehen. Ihr und die Russen und der ganze Mist hier könnt mir gestohlen bleiben. Ich schlag' mich allein nach Italien durch, wenn's sein muß, über Japan.«

Da bot ich mich an, ihn zu begleiten. Nicht so sehr des Huhnes oder seiner Drohungen wegen, sondern weil ich Cesare gern mochte und ihm gern bei seinem Gewerbe zusah.

»Bravo, Lapé«, sagte er. Lapé hatte mich Cesare schon vor langer Zeit getauft, und so nennt er mich heute noch, und zwar aus folgendem Grund: wir hatten im Lager bekanntlich kahlgeschorene Köpfe, und nach der Befreiung, nach einem Jahr, waren uns allen die Haare seltsam weich und glatt nachgewachsen. Die meinen waren damals noch sehr kurz, und Cesare behauptete, daß sie ihn an das Fell von Kaninchen erinnerten. »Kaninchen«, genauer »Kaninchenfell«, heißt in dem von Cesare beherrschten Handelsjargon Lapé. Daniele dagegen, der bärtige, barsche und finstere Daniele, nach Rache und Gerechtigkeit dürstend wie ein alter Prophet, hieß Corallí: denn, meinte Cesare, wenn es kleine Korallenperlen regnete, würden sie sich alle auf seinen stoppeligen Haaren aufreihen.

»Bravo, Lapé«, sagte er und vertraute mir seinen Plan an. Cesare verfolgt die verrücktesten Absichten, führt sie dann aber mit großer Geschicklichkeit aus. Das Huhn war kein bloßer Wunschtraum: er hatte einen von der Hütte in Richtung Norden führenden Pfad entdeckt, der ziemlich begangen war, folglich aus neuester Zeit stammte. Er führte wahrscheinlich zu einem Dorf – wo es ein Dorf gab, da gab es auch Hühner. Wir gingen ins Freie; es war beinahe dunkel, aber Cesare hatte recht. Auf einer kaum wahrnehmbaren Anhöhe sah man, vielleicht zwei Kilometer entfernt, ein kleines Licht durch die Baumstämme blitzen. Wir machten uns auf den Weg, über Stock und Stein, von Schwärmen gieriger Schnaken verfolgt; die einzige Tauschware, von der sich unsere Gruppe hatte trennen können, trugen wir bei uns: sechs Teller, gewöhnliche irdene Teller, die die Russen seinerzeit als Ausrüstung verteilt hatten.

Wir tappten im Dunkeln, bemüht, den Weg nicht aus den Augen zu verlieren, und stießen in Abständen Rufe aus. Niemand antwortete. Als wir bis ungefähr hundert Meter an das Dorf herangekommen waren, blieb Cesare stehen, holte tief Luft und schrie: »Ahó, Russkis. Wir sind Freunde. Italianski. Habt ihr wohl ein Hühnchen zu verkaufen?« Diesmal kam die Antwort: ein Blitz im Dunkeln, ein trockener Knall, und eine Kugel pfiff wenige Meter über unsere Köpfe hinweg. Ich warf mich zu Boden, vorsichtig, um die Teller nicht zu zerbrechen, Cesare aber blieb wütend stehen. »Saubande, verfluchte! Hab' doch gesagt, wir sind Freunde, ehrlicher Frauen Kind; wir wollen mit euch reden. Ein Hühnchen wollen wir. Wir sind keine Banditen, keine Doitschke: Italianski sind wir!«

Es fielen keine weiteren Schüsse; über der Anhöhe konnte man menschliche Silhouetten erkennen. Vorsichtig schlichen wir näher, Cesare mit begütigenden Zurufen vorneweg, ich hinterdrein, bereit, mich ein zweites Mal zu Boden zu werfen.

So erreichten wir das Dorf: nicht mehr als fünf oder sechs Holzhäuser um einen winzigen Platz. Auf dem Platz aber erwartete uns die ganze Einwohnerschaft, ungefähr dreißig Menschen, in der Hauptsache Bäuerinnen, Kinder und Hunde, alle sichtlich erregt. Ein großer bärtiger Alter ragte aus der kleinen Gruppe hervor; er hatte geschossen, das Gewehr trug er noch im Arm.

Cesare sah seine strategische Aufgabe als beendet und rief jetzt mich ins Feld. »Jetzt bist du dran! Worauf wartest du noch? Los, erklär ihnen, daß wir Italiener sind, daß wir niemandem was zuleide tun wollen und daß wir ein Huhn zum Braten kaufen wollen.«

Die Leute musterten uns mit argwöhnischen und neugierigen Blicken. Sie mußten wohl gemerkt haben, daß wir keine Gefahr für sie bedeuteten, obwohl wir wie zwei entlaufene Sträflinge gekleidet waren. Die Alten hörten auf zu gackern, und selbst die Hunde beruhigten sich wieder. Der bewaffnete Alte stellte uns Fragen, die wir nicht verstanden: ich kann nicht mehr als vielleicht hundert Worte Russisch und darunter war keines, das in dieser Situation zu gebrauchen gewesen wäre, ausgenommen »Italianski« – und so wiederholte ich unablässig »Italianski«, bis der Alte seinerseits die Umstehenden aufklärte und sagte: »Italianski«.

Inzwischen hatte Cesare, weitaus konkreter als ich, die Teller aus dem Sack geholt und wie auf einem Markt fünf davon gut sichtbar auf der Erde aufgebaut, den sechsten hielt er in der Hand und klopfte mit dem Nagel daran, um zu zeigen, daß er den richtigen Klang habe. Die Bäuerinnen sahen amüsiert und neugierig zu. »Tarelki«, sagte eine. »Tarelki, da«, antwortete ich, froh, den Namen unserer Ware auf diese Weise erfahren zu haben, worauf eine zögernd die Hand nach dem Teller ausstreckte, den Cesare vorzeigte.

»Eh, was fällt dir ein?« fuhr er sie an und zog den Teller rasch zurück. »Verschenkt werden die nicht.« Und erbost wandte er sich an mich: Worauf wartete ich denn noch, ich sollte gefälligst das Huhn verlangen; wozu hatte ich schließlich studiert?

Ich war in großer Verlegenheit. Das Russische gehöre zu den indogermanischen Sprachen, sagt man; die Hühner wiederum müssen unseren gemeinsamen Vorfahren doch wohl in einer Zeit, in der ihre Aufspaltung in die verschiedenen modernen Völkerfamilien noch nicht vollzogen war, schon bekannt gewesen sein. »His fretus« – auf diesem schönen Fundament versuchte ich »Huhn« und »Vogel« zu sagen, auf jede erdenkliche Art, aber das Resultat war gleich Null.

Auch Cesare war ratlos; zutiefst in seinem Inneren hatte er noch immer nicht eingesehen, daß die Deutschen und die Russen nicht aus eingefleischter Böswilligkeit Deutsch und Russisch sprechen; im Grunde seines Herzens war er überzeugt, nur um diese Böswilligkeit auf die Spitze zu treiben, täten sie so, als verstünden sie kein Italienisch. Bösartigkeit oder äußerste, skandalöse Unwissenheit waren hier am Werk: offenkundige Barbarei. Eine andere Möglichkeit gab es nicht. Deshalb schlug seine Ratlosigkeit rasch in Wut um.

Er brummte und fluchte. War es denn wahrhaftig so schwer zu begreifen, was ein Huhn ist und daß wir ein solches gegen sechs Teller eintauschen wollte? Eines jener Hühner, die picken, scharren und »cocodé« sagen: und ohne große Zuversicht, finster blickend vor sich hin maulend, versuchte er sich in einer miserablen Nachahmung von Hühnergewohnheiten, kauerte sich zu Boden, scharrte mit einem Fuß, dann mit dem anderen, pickte hier und da mit spitzen Fingern etwas vom Boden auf und rief, zwischen zwei Flüchen, sogar »cocodé«. Aber bekanntlich ist diese Auslegung der Hühnersprache in hohem Maße von der Konvention abhängig; für Italien verbindlich, wird sie andernorts nicht verstanden. Folglich erzielte er ebensowenig ein Resultat. Erstaunt sahen sie uns an; sie mußten uns für verrückt halten. Waren wir deshalb vom Ende der Welt gekommen, um auf ihrem Platz geheimnisvolle Narreteien zu vollführen? Cesare ließ sich, nunmehr rasend vor Wut, sogar herbei, ein Ei zu legen, gleichzeitig aber beschimpfte er die Dorfbewohner so nachdrücklich, daß er die Bedeutung seiner Darbietung nur noch mehr verdunkelte. Die Bäuerinnen brachen angesichts des unschicklichen Schauspiels in erneutes Gegacker aus, diesmal um eine Oktave höher, und allmählich summte die ganze Gruppe wie ein aufgestörter Wespenschwarm.

Als ich merkte, daß eine der Alten sich dem Bärtigen näherte, nervös auf ihn einredete und dabei zu uns hinsah, wußte ich, daß die Situation bedrohlich zu werden begann. Ich veranlaßte Cesare, sich aus seiner unnatürlichen Positur zu erheben, redete begütigend auf ihn ein, und zusammen gingen wir auf den Alten zu. Ich sagte: »Bitte, darf ich?« und zog ihn in die Nähe eines Fensters, aus dem das Licht einer Laterne ein rechteckiges Stück Erde hinreichend erhellte. Mit einem unbehaglichen Gefühl wegen der vielen mißtrauischen Blicke im Rücken, zeichnete ich ein Huhn mit sämtlichen Attributen in das Rechteck; um die Anschaulichkeit des Dargestellten bis zum Äußersten zu treiben, zeichnete ich auch noch hinten ein Ei. Dann richtete ich mich auf und sagte: »Ihr Teller, wir essen.«

Sie ratschlagten eine Weile; da plötzlich sprang eine Alte mit schlauen, vor Freude funkelnden Augen aus der Menge, tat zwei Schritte nach vorn und verkündete mit schriller Stimme: »Kura! Kúritsa!«

Stolz und zufrieden, daß sie es war, die das Rätsel gelöst hatte, blickte sie um sich. Von allen Seiten explodierte Gelächter, Applaus und Geschrei: »Kúritsa, kúritsa!«

Auch wir klatschten in die Hände, hingerissen von der Szene und dem allgemeinen Enthusiasmus. Die Alte verneigte sich wie eine Schauspielerin nach beendetem Spiel, verschwand und erschien bald darauf mit einem schon gerupften Huhn. Als Gegenprobe schwenkte sie es burlesk vor Cesares Nase hin und her, und als sie sah, daß er positiv reagierte, übergab sie das Tier, sammelte die Teller zusammen und trug sie davon.

Cesare, der seinerzeit bei Porta Portese auf dem Markt gestanden hatte und also etwas davon versteht, versicherte mir, daß das Kúritsachen schön fett und unsere sechs Teller wert sei. Wir brachten es zur Hütte, weckten die schlafenden Kameraden, fachten das Feuer wieder an, brieten das Huhn und aßen es in Ermangelung von Tellern aus der Hand.

Alte Straßen

Das Huhn und die Nacht im Freien waren wie Medizin gewesen. Nach einem kräftigen Schlaf auf der bloßen Erde wachten wir am Morgen heiter und gesund auf. Wir freuten uns, daß die Sonne schien, daß wir frei waren, daß die Erde einen so frischen Geruch ausströmte, und auch, daß es zwei Kilometer weiter Leute gab, die uns nicht übelwollten, die scharfsinnig und zum Lachen aufgelegt waren, die zwar auf uns geschossen hatten, aber sich dann freundlich gezeigt und uns sogar ein Huhn verkauft hatten. Wir freuten uns, daß wir an diesem Tag (was morgen sein würde, wußten wir nicht, aber es ist nicht immer so wichtig, zu wissen, was der nächste Tag bringen wird) all das tun konnten, was wir seit Ewigkeiten nicht mehr getan hatten: Wasser aus einem Brunnen schöpfen, uns mitten im hohen, wilden Gras in die Sonne legen, die Sommerluft atmen, ein Feuer anzünden, kochen, im Wald Erdbeeren und Pilze suchen, eine Zigarette rauchen und dabei in den hohen, vom Wind freigefegten Himmel schauen.

All das konnten wir tun, und wir taten es – mit kindlicher Freude. Aber unsere Vorräte neigten sich dem Ende zu; von Erdbeeren und Pilzen allein kann man nicht leben, und niemand von uns (nicht einmal Cesare, Städter und römischer Bürger »seit Neros Zeiten«) war moralisch und technisch in der Lage, das gefährliche Leben eines Vagabunden zu führen und sich von Diebstahl auf den Äckern zu ernähren. Wir hatten die Wahl: entweder sofortige Rückkehr in die menschliche Gesellschaft oder Hunger. Von der menschlichen Gesellschaft, in diesem Fall dem geheimnisvollen Lager in Staryje Doroghi, trennten uns freilich dreißig Kilometer auf schwindelerregend gerader Straße: wir hätten sie in ununterbrochenem Marsch zurücklegen müssen, um womöglich noch rechtzeitig zum Abendessen anzukommen; oder aber noch einmal unterwegs übernachten, auf freien Füßen, jedoch mit knurrendem Magen.

Wir zählten unser Vermögen: acht Rubel insgesamt, das war nicht viel. Keiner wußte, wieviel ihre Kaufkraft in diesem Augenblick und an diesem Ort betrug; frühere mit den Russen gemachte pekuniäre Erfahrungen hatten nur Widersprüche und Absurditäten zutage gefördert: manche hatten ohne weiteres Geld aus aller Herren Länder entgegengenommen, auch deutsches und polnisches; andere waren mißtrauisch, witterten Betrug und willigten nur in Tauschgeschäfte mit Naturalien oder Hartgeld ein. Von letzterem waren die überraschendsten Sorten im Umlauf: Geldstücke aus der Zarenzeit, aus atavistischen Familienverstecken hervorgeholt; englische Sterling, skandinavische Kronen und sogar Münzen aus der Zeit der österreichisch-ungarischen Monarchie. In Shmerinka wiederum waren die Wände einer Bahnhofslatrine mit deutschen Markstücken übersät gewesen, kunstvoll mit einem unaussprechlichen Material einzeln an die Mauer geklebt.

Auf jeden Fall waren acht Rubel nicht viel: ungefähr der Gegenwert für ein oder zwei Eier. Gemeinsam wurde beschlossen, daß Cesare und ich, bereits als Botschafter akkreditiert, noch einmal in das Dorf gehen und feststellen sollten, was man am günstigsten für acht Rubel kaufen könnte.

Wir zogen los und hatten unterwegs einen Einfall: keine Ware, sondern Dienstleistungen. Die beste Investition wäre es, von unseren Freunden Pferd und Wagen zu mieten und uns nach Staryje Doroghi fahren zu lassen. Vielleicht reichte das Geld nicht, aber dann konnten wir ihnen ja irgendein Kleidungsstück anbieten – es war sowieso sehr heiß. Also betraten wir den Platz, freundschaftlich und mit verständnisinnigem Gekicher von seiten der Alten, mit wildem Gebell von seiten der Hunde empfangen. Als es ruhig geworden war, sagte ich in Erinnerung an Michael Strogoff und andere weit zurückliegende Lektüren: »Telega, Staryje Doroghi« und zeigte die acht Rubel vor.

Verwirrtes Gemurmel erhob sich; merkwürdigerweise hatte niemand verstanden. Dennoch sollte alles viel weniger schwierig werden als am Abend zuvor: in einer Ecke des Dorfplatzes entdeckte ich unter einem Vorsprung einen Bauernkarren, vierrädrig, lang und schmal, mit V-förmigen Seitenwänden, eben eine Telega. Ich berührte ihn, etwas ungeduldig, weil sie so schwer von Begriff waren: war das vielleicht keine Telega?

»Tjeljega!« korrigierte mich der Bärtige mit väterlicher Strenge, fassungslos über meine barbarische Aussprache.

»Da, Tjeljega na Staryje Doroghi. Wir bezahlen. Acht Rubel.«

Ein lachhaftes Angebot; den Gegenwert von zwei Eiern für zweimal dreißig Kilometer, eine zwölfstündige Fahrt. Aber der Bärtige steckte die Rubel ein, verschwand im Stall, kam mit einem Maulesel zurück, spannte ihn zwischen die Deichsel, hieß uns aufsteigen, lud ein paar Säcke auf – alles schweigend – und fuhr in Richtung Hauptstraße. Cesare ging die anderen holen, und wir ließen uns die Gelegenheit nicht entgehen, uns mächtig aufzuspielen: Wir würden herrlich bequem in der Telega, vielmehr Tjeljega, reisen und triumphalen Einzug in Staryje Doroghi halten, alles für acht Rubel; da sieht man, wozu Sprachkenntnisse und diplomatisches Geschick gut sind.

In Wirklichkeit wurde uns bald klar (und unseren Kameraden leider ebenso), daß die acht Rubel so gut wie verschwendet waren: der Bärtige hatte sowieso nach Staryje Doroghi fahren müssen, um Besorgungen zu machen, und hätte uns wahrscheinlich auch gratis mitgenommen.

Wir fuhren gegen Mittag los und streckten uns auf den harten Säcken des Alten aus: immer noch weit bequemer, als zu Fuß zu reisen, und sei es nur, um die Landschaft ungestört genießen zu können.

Sie war ungewohnt und überraschte uns. Die Ebene, deren feierliche Leere uns am Tag zuvor bedrückt hatte, war nicht mehr völlig eben; leichte, kaum wahrnehmbare Bodenwellen, vielleicht ursprünglich Dünen, nur wenige Meter hoch, reichten aus, die Monotonie zu unterbrechen, das Auge zu erholen und einen Rhythmus, ein Maß zu setzen. Zwischen zwei Wellen zogen sich Tümpel und Sümpfe hin, große und kleine. Das offene Gelände war sandig und zum Teil mit wildem Buschwerk bestanden; dann wieder ragten, selten und vereinzelt, hohe Bäume auf. Auf beiden Seiten der Straße häuften sich formlose verrostete Trümmer: Geschütze, Wagen, Stacheldraht, Stahlhelme, Kanister – die Überbleibsel der beiden Heere, die sich in dieser Gegend monatelang gegenübergestanden hatten. Wir waren im Gebiet der Pripetsümpfe angekommen.

Straße und Landschaft lagen verlassen da; kurz vor Sonnenuntergang aber merkten wir, daß jemand uns folgte: ein Mann, schwarz auf dem Weiß des Staubes, ging kraftvoll ausschreitend in unsere Richtung. Langsam aber stetig kam er uns näher; bald war er in Rufweite, und da erkannten wir den Mohren, Avesani aus Avesa, den großen Alten. Auch er hatte offenbar einen Unterschlupf gefunden und marschierte nun im Sturmschritt nach Staryje Doroghi, die weißen Haare im Wind, die blutunterlaufenen Augen starr geradeaus gerichtet. Er ging regelmäßig und kräftig wie eine Dampfmaschine; auf dem Rücken trug er das berühmte, ungeheuer schwere Bündel, das Beil, blitzend wie die Sichel des Kronos, darangehängt.

Er wollte an uns vorbei, als sehe und kenne er uns nicht, aber Cesare rief ihn an und lud ihn ein, aufzusteigen. »Verdammte Schande! Unmenschliche Schweine, ihr«, entgegnete prompt der Mohr und ließ die ganze blasphemische Litanei seines Zornes ertönen, der unausgesetzt in ihm kochte. Er überholte uns und setzte seinen mythischen Marsch von einem Horizont zum anderen fort.

Herr Unverdorben wußte besser Bescheid als wir. Er erzählte uns, daß der Mohr nicht (oder nicht nur) ein geisteskranker Greis sei. Für das Bündel sowie für sein herumirrendes Leben gab es eine Erklärung. Seit vielen Jahren war er Witwer und hatte eine einzige, fast fünfzigjährige Tochter, die unheilbar gelähmt zu Bett lag; für diese Tochter lebte der Mohr; er schrieb ihr jede Woche Briefe, die sie nie erreichen würden, hatte ein ganzes Leben nur für sie gearbeitet und war dabei dunkel wie Nußbaumholz und hart wie ein Stein geworden. Nur für sie steckte er, der als Heimatloser durch die ganze Welt zog, alles, was ihm unter die Finger kam, in seinen Sack; jedes Ding, das nur den Schimmer einer Brauchbarkeit aufwies, wurde mitgeschleppt.

Außer ihm begegnete uns bis Staryje Doroghi keine Menschenseele mehr.

Staryje Doroghi wurde zu einer Überraschung: es war kein Dorf, oder doch nur ein winziges mitten im Wald, unweit der Straße; das erfuhren wir aber erst später und ebenso, daß sein Name »Alte Straßen« bedeutet. Unsere Unterkunft dagegen, die insgesamt eintausendvierhundert Italiener beherbergen sollte, war ein einziges gewaltiges Gebäude und ragte am Waldrand, seitab der Straße, inmitten unbebauter Felder auf. Es trug den Namen »Krasnyj Dom«, Rotes Haus, und tatsächlich war es innen und außen von verschwenderischem Rot.

Das Bauwerk war wirklich einzigartig und wucherte ohne System in alle Richtungen, wie die Lavaströme eines Vulkans. Es konnte ebensogut das Werk vieler einander entgegenarbeitender Architekten wie das eines einzigen, aber wahnsinnigen Baumeisters sein. Der Gebäudekern, überwuchert und erstickt von Seitenflügeln und später planlos angefügten Bauten, bestand aus einem in kleine Räume unterteilten dreistöckigen Block, in dem einstmals wahrscheinlich Schreibstuben und Verwaltungsbüros untergebracht gewesen waren. Rings um den Gebäudekern gab es alles: einen Konferenz- oder Versammlungssaal, Schulzimmer, Küchen, Waschräume, ein Theater mit mindestens tausend Plätzen, eine Krankenstation, eine Turnhalle; neben dem Haupteingang war ein Verschlag mit absonderlichen Gestellen: wir deuteten ihn als einen Abstellraum für Skier. Aber wie in Sluzk war auch hier so gut wie nichts von der Einrichtung und Ausstattung übriggeblieben; nicht nur das Wasser fehlte, man hatte auch die Leitungen abmontiert, die Küchenherde, die Theatersitze, die Schulbänke, die Treppengeländer.

Die Treppen bildeten das auffälligste Element des Roten Hauses; es gab sie in unendlicher Zahl: großspurige und langgestreckte, die in absurde, mit Staub und Gerümpel angefüllte Kammern führten; schmale und unregelmäßige, in der Mitte durch einen flott hochgezogenen Stützbalken unterbrochen; Treppenfragmente, die, schief, gegabelt, unregelmäßig, die in verschiedener Höhe befindlichen Stockwerke der benachbarten Gebäudeteile miteinander verbanden. Am eindrucksvollsten aber die zyklopische Riesentreppe, die an einer Fassade entlang fünfzehn Meter hoch aus einem grasbewachsenen Hof aufragte; ihre drei Meter breiten Stufen führten nirgendwohin.

Das Rote Haus war von keiner Umzäunung, nicht einmal einer symbolischen wie in Kattowitz, umgeben. Es gab auch keine richtige Überwachung: vor dem Eingang hielten sich ab und zu meist junge russische Soldaten auf, die aber den Italienern gegenüber keinen präzisen Auftrag hatten. Sie waren nur dazu abgestellt, andere Russen daran zu hindern, nachts die italienischen Frauen in den Schlafsälen zu belästigen.

Die Russen, Offiziere und Soldaten, hausten in einer benachbarten Holzbaracke; sie diente auch anderen Durchreisenden gelegentlich als Nachtquartier. Selten kümmerte sich jemand von ihnen um uns. Das tat vielmehr eine kleine Gruppe italienischer Offiziere, ehemalige Kriegsgefangene, die sich durch hochmütiges und unhöfliches Benehmen auszeichneten. Sie waren sich ihres soldatischen Ranges über Gebühr bewußt und begegneten uns Zivilisten mit Verachtung und Gleichgültigkeit. Zu unserem Erstaunen unterhielten sie die besten Beziehungen zu den gleichrangigen sowjetischen Offizieren in der Baracke nebenan. Mehr noch, sie nahmen nicht nur uns, sondern sogar den sowjetischen Truppen gegenüber eine privilegierte Stellung ein: sie aßen in der russischen Offiziersmesse, trugen neue sowjetische Uniformen (ohne Rangabzeichen), gute Militärstiefel und schliefen in Feldbetten mit Leintüchern und Decken.

Aber wir konnten uns nicht beklagen. Man behandelte

uns hinsichtlich Unterkunft und Verpflegung genauso wie die russischen Soldaten, und wir waren keiner besonderen Gehorsamspflicht oder sonst einer Disziplin unterworfen. Nur wenige Italiener arbeiteten; sie hatten sich freiwillig zum Küchen- und Bäderdienst und zum Stromgenerator gemeldet; Leonardo arbeitete als Arzt und ich als Krankenpfleger; aber um diese Jahreszeit gab es kaum Kranke, und so war unser Amt eine Sinekure.

Wer wollte, konnte gehen. Etliche taten es, die einen aus reiner Langeweile oder Abenteuerlust, andere, um womöglich die Grenzen überschreiten und nach Italien zurückkehren zu können. Aber alle kamen sie nach einigen Wochen oder Monaten wieder: das Lager selbst war zwar weder eingezäunt noch bewacht, wohl aber waren es und zwar rigoros, die fernen Grenzen.

Die Russen zeigten keinerlei Neigung, ideologischen Druck auszuüben oder auch nur Unterscheidungen zu treffen. Es wäre auch zu kompliziert gewesen; unsere Gemeinschaft bestand aus ehemaligen Militärs von der Ostfront, ehemaligen Partisanen, Häftlingen aus Auschwitz, Arbeitern von der Organisation Todt, gewöhnlichen Kriminellen und Prostituierten aus San Vittore; mochten wir nun Kommunisten, Monarchisten oder Faschisten sein, die Russen bewahrten eine unparteiliche Gleichgültigkeit. Wir waren Italiener, das genügte; alles andere war »vsjò ravnò«, alles egal.

Wir schliefen auf Holzbrettern, die mit Strohsäcken belegt waren; sechzig Zentimeter für jeden. Anfangs protestierten wir, es schien uns zu eng; aber das russische Kommando belehrte uns höflich, daß unsere Klage ungerechtfertigt sei und man am Kopfende der Bretter noch die mit Bleistift gekritzelten Namen der sowjetischen Soldaten entziffern könne, die die Bretter vor uns besetzt hatten; wir könnten uns selbst davon überzeugen – und tatsächlich: alle fünfzig Zentimeter ein neuer Name. Das gleiche ließ sich über die Ernährung sagen – und es wurde uns auch gesagt; wir erhielten ein Kilo Brot pro Tag: Roggenbrot, leicht gesäuert, feucht und bitter; aber es war viel, und es war ihr Brot; und ebenso war die tägliche Kascha ihre Kascha: ein kompakter Block aus Speck, Hirse, Bohnen, Fleisch und Gewürzen, nahrhaft, aber so gut wie unverdaulich, erst nach tagelangem Experimentieren gelang es uns, ihn genießbar zu machen, indem wir ihn mehrere Stunden weichkochten.

Drei- oder viermal pro Woche gab es Fisch, »Ryba«: Flußfische von zweifelhafter Qualität, grätenreich und zäh, roh und ungesalzen. Was damit tun? Einige wenige gewöhnten sich daran, sie so, wie sie waren (und wie viele Russen es taten), zu essen; um sie zu kochen, fehlten die Gefäße, die Zutaten, das Salz und die nötigen Kochkenntnisse. So beschlossen wir, sie den Russen wieder zu verkaufen: an die Bauern aus dem Dorf oder an vorüberziehende Soldaten – eine neue Aufgabe für Cesare, der es darin in Kürze zu einer technischen Perfektion ohnegleichen brachte. An den Tagen, wenn Fisch ausgegeben wurde, machte Cesare, mit einem Stück Draht bewaffnet, morgens in allen Räumen die Runde und nahm die »Ribba« in Empfang. Er spießte sie durch beide Augen auf den Draht, hängte sich die übelriechende Girlande schräg über die Schulter und verschwand. Viele Stunden später, manchmal auch erst am Abend, kehrte er zurück und verteilte gerecht unter seine Auftraggeber: Rubel, Käse, Viertelhühner und Eier – zum Vorteil aller und insbesondere zu dem seinen.

Von seinem ersten Gewinn kaufte er sich eine Handwaage, woraufhin sein Berufsprestige beachtlich stieg. Er benötigte aber noch ein anderes Instrument, dessen Verwendungszweck allerdings nicht recht einzusehen war und mit dessen Hilfe er einen ganz bestimmten Plan realisieren wollte: eine Injektionsspritze. Da es aussichtlos war, eine solche im Dorf aufzutreiben, kam er zu mir in die Krankenstation, um sich eine zu leihen.

»Was willst du damit?« fragte ich.

»Das geht dich nichts an; ich will eine Spritze; ihr habt doch hier so viele.«

»Wie groß?«

»Die größte, die ihr habt. Es macht nichts, wenn sie ein bißchen beschädigt ist.« Es gab tatsächlich eine gesplitterte und eigentlich nicht mehr zu gebrauchende von zwanzig Kubikzentimetern; Cesare prüfte sie eingehend und erklärte, daß sie für seinen Zweck ausreiche.

»Wozu brauchst du sie denn?« fragte ich noch einmal. Cesare warf mir, verletzt durch mein mangelndes Taktgefühl, einen finsteren Blick zu und antwortete, das sei seine Sache, es handele sich um einen Einfall, ein Experiment, das genausogut schiefgehen könne, und ich sei jedenfalls ein schöner Freund, daß ich mich unbedingt in seine Angelegenheiten mischen wolle. Er wickelte die Spritze sorgfältig ein und ging davon wie ein beleidigter Prinz.

Das Geheimnis der Spritze konnte dennoch nicht lange verborgen bleiben: das Leben in Staryje Doroghi verlief so träge, daß genügend Zeit blieb für Klatsch und Anteilnahme an den Angelegenheiten anderer. In den nächsten Tagen wurde Cesare von Sora Letizia gesehen, wie er mit einem Eimer Wasser in den Wald ging; wenig später wurde er dort von Stellina aufgespürt, wie er mit dem gleichen Eimer am Boden saß, einen Schwarm Fische um sich, die er offenbar fütterte; und schließlich stieß Rovati, sein Konkurrent, im Dorf auf ihn, wie er Fische verkaufte: höchst seltsame Tiere, dick, hart und rund, völlig verschieden von den flachen und schlaffen, die uns zugeteilt worden waren.

Wie viele wissenschaftliche Entdeckungen beruhte auch der Einfall mit der Spritze auf einem Mißgeschick, war aus einer zufälligen Beobachtung erwachsen. Cesare hatte wenige Tage zuvor im Dorf Fische gegen ein lebendes Huhn getauscht. Er war in der Überzeugung, ein glänzendes Geschäft gemacht zu haben, ins Rote Haus zurückgekehrt: für nur zwei Fische hatte er ein wunderbares, nicht mehr ganz junges und melancholisch dreinblickendes, aber außerordentlich großes und fettes Huhn erstanden. Erst nachdem es tot und gerupft war, hatte er gemerkt, daß etwas nicht in Ordnung war; das Huhn war asymmetrisch, hatte einen einseitigen Bauch und, wenn man es befühlte, eine harte, bewegliche und elastische Stelle. Es war kein Ei, sondern eine große wässrige Zyste.

Cesare hatte sich natürlich beeilt, den Schaden wieder wettzumachen, und hatte das Tier sogleich niemand Geringerem als dem Buchhalter Rovi verkaufen und noch Gewinn dabei herausschlagen können. Dann aber hatte er, wie ein Held Stendhals, weitergegrübelt: warum nicht die Natur nachahmen? Warum nicht das gleiche mit den Fischen probieren?

Zuerst hatte er mit einem Schilfrohr versucht, sie durch das Maul mit Wasser zu füllen, aber es war jedesmal gleich wieder herausgelaufen. Dann war ihm die Idee mit der Spritze gekommen. Mit der Spritze war ihm in vielen Fällen ein gewisser Erfolg beschieden; es kam jedoch darauf an, an welcher Stelle man die Injektion vornahm: je nachdem, wo man einspritzte, kam das Wasser entweder sofort wieder heraus oder erst einige Zeit später oder blieb sogar unbegrenzte Zeit darin. Cesare hatte daraufhin einige Fische mit einem kleinen Messer seziert und herausgefunden, daß das Wasser, wollte man einen dauerhaften Erfolg erzielen, in die Schwimmblase gespritzt werden mußte.

Die auf diese Weise präparierten Fische brachten Cesare, der sie nach Gewicht verkaufte, einen 20 bis 30 Prozent höheren Erlös ein als die vormals normal verkauften. Sie sahen darüber hinaus weit attraktiver aus. Natürlich konnte man einen so behandelten »Ribba« nicht zweimal an denselben Kunden verkaufen, dafür aber an die demobilisierten russischen Soldaten, die auf der Straße in Richtung Osten vorbeizogen. Sie konnten die Sache mit dem Wasser frühestens nach etlichen Kilometern entdecken.

Eines Tages kehrte Cesare jedoch mit verdüsterter Miene zurück: ohne Fische, ohne Geld und ohne Ware. »Ich habe mich reinlegen lassen.« Zwei Tage lang blieb er unansprechbar, lag zusammengekauert auf seinem Strohsack und erschien nur zu den Mahlzeiten, widerborstig wie ein Stachelschwein. Er mußte ein Abenteuer hinter sich haben, das anders verlaufen war, als er erwartet hatte.

Später, an einem der langen milden Abende, erzählte er mir sein Mißgeschick, mit der Auflage, es für mich zu behalten, weil sonst sein Ansehen als Kaufmann gelitten hätte. Der Fisch war ihm nicht, wie er zunächst angedeutet hatte, durch den Gewaltakt eines wildgewordenen Russen entrissen worden. Die Wahrheit sah anders aus: er hatte ihn verschenkt, voller Scham gestand er es.

Er war ins Dorf gegangen, nicht auf der Hauptstraße, wo er fürchtete, einem schon einmal übers Ohr gehauenen Kunden zu begegnen, sondern einen Seitenweg durch den Wald. Nach wenigen hundert Metern war er an eine Hütte gekommen, oder besser, an eine Baracke aus unverputzten Backsteinen, mit Wellblech gedeckt. Davor stand eine magere, schwarzgekleidete Frau, und drei blasse Kinder saßen auf der Schwelle. Er war herangetreten und hatte der Frau den Fisch angeboten. Sie gab ihm zu verstehen, daß sie zwar den Fisch gern wolle, aber nichts zum Tauschen besitze, daß außerdem sie und die Kinder seit zwei Tagen nichts gegessen hätten. Sie führte ihn in die Hütte, in der nichts war außer einem Strohlager wie in einer Hundehütte.

Die Kinder aber hatten ihn mit solchen Augen angesehen, daß Cesare den Fisch hingeworfen und sich davongemacht hatte wie ein Dieb.

Wald und Weg

Wir blieben in Staryje Doroghi, im Roten Haus, einem Zauberschloß voller Geheimnisse und Fallgruben, zwei lange Monate: vom 15. Juli bis zum 15. September 1945.

Es waren Monate eines untätigen und verhältnismäßig angenehmen Lebens und gerade darum von durchdringendem Heimweh erfüllt. Das Heimweh ist ein feines und leises Leiden, intimer, menschlicher als die Schmerzen, die wir bis dahin erduldet hatten, und ganz verschieden davon: Schläge, Kälte, Hunger, Schrecken, Unglück, Krankheit; das Heimweh ist ein heller, sauberer und drängender Schmerz, er durchdringt jede Minute des Tages, läßt keinen anderen Gedanken zu und drängt zur Flucht.

Vielleicht übt deshalb der Wald rings um das Lager eine so große Anziehungskraft auf uns aus. Vielleicht weil er jedem, der danach verlangte, das unschätzbare Geschenk der Einsamkeit zuteil werden ließ; und wie lange hatten wir sie entbehrt! Vielleicht auch, weil er uns an andere Wälder, andere Einsamkeiten in unserem früheren Leben erinnert; oder aber weil er feierlich, still und unberührt war wie nichts sonst, was wir kannten.

Nördlich des Roten Hauses erstreckte sich jenseits der Straße ein Gelände, auf dem sich Gestrüpp, Lichtungen und Tannenwald mit Sümpfen und feinen weißen Sandzungen abwechselten; gewundene, kaum markierte Pfade führten zu entfernten Behausungen. Aber im Süden, nur wenige hundert Schritte vom Roten Haus entfernt, hörte jede Spur eines menschlichen und sogar tierischen Lebens auf – abgesehen von gelegentlich vorüberflitzenden fuchsroten Eichhörnchen oder dem düsteren starren Auge einer Wasserschlange, die sich um einen vermoderten Stamm gewunden hatte; kein Pfad, keine Holzfällerschneise, nichts: nur Schweigen, Verlassenheit und Stämme, wohin man sah, bleiche Birkenstämme, die rotbraunen Stämme von Nadelbäumen, alle dem unsichtbaren Himmel zugereckt. Auch die Erde war unsichtbar, bedeckt von einer dicken Laub- und Nadelschicht; wildes Unterholz reichte einem bis zum Gürtel.

Als ich zum erstenmal hier eindrang, mußte ich überrascht und entsetzt erleben, daß die Gefahr des sich im Walde Verirrens nicht bloß in Märchen existiert. Ich war ungefähr eine Stunde gegangen und hatte mich so gut es ging an der Sonne orientiert, die hier und da, wo die Äste weniger dicht standen, die Dämmerung durchbrach; aber dann verdüsterte sich der Himmel, es sah nach Regen aus, und als ich umkehren wollte, merkte ich, daß ich die Orientierung verloren hatte. Wo war Norden? Moos an den Stämmen? Es wucherte rings um den Baum; ich ging also auf gut Glück in die Richtung, die mir die beste erschien. Aber nach einem langen, mühsamen Weg durch Brombeerhecken und Gestrüpp fand ich mich an einer Stelle, die mir ebenso unbekannt war wie die, von der ich ausgegangen war.

Ich ging noch stundenlang mehr und mehr erschöpft und unruhig, bis gegen Sonnenuntergang; schon glaubte ich, daß die Kameraden, falls sie sich auf die Suche gemacht haben sollten, micht nicht mehr finden würden, oder erst nach Tagen, ohnmächtig vor Hunger oder bereits tot. Als das Tageslicht verblaßte, erhoben sich Schwärme von großen heißhungrigen Mücken und anderen, mir unbekannten Insekten, dick und hart wie Gewehrkugeln, die mir, blindlings zwischen einem Stamm und dem anderen hin- und herflitzend, ins Gesicht schlugen. Da beschloß ich, in ungefähr nördlicher Richtung vorwärtszugehen (das hieß, einen etwas helleren Himmelsstreif, der doch im Westen sein mußte, zur Linken zu lassen) und nicht eher zu rasten, als bis ich die große Straße oder zumindest einen Weg oder eine Spur gefunden hätte. So marschierte ich in der endlosen Dämmerung des nördlichen Sommers fast bis zum Einbruch der Dunkelheit dahin, mittlerweile ergriffen von einer panischen Angst, der uralten Furcht vor der Finsternis, dem Wald und der Leere. Trotz meiner Müdigkeit hatte ich das heftige Verlangen, weiterzustürzen, irgendwohin, solange Kraft und Atem reichten.

Da hörte ich plötzlich das Pfeifen eines Zuges: die Bahn mußte also zu meiner Rechten sein und nicht, wie ich geglaubt hatte, weit entfernt auf der Linken. Also ging ich verkehrt. Dem Geräusch des Zuges folgend, erreichte ich noch vor Einbruch der Nacht die Eisenbahnlinie, ging dann den schimmernden Geleisen entlang in Richtung des Kleinen Bären, der nun zwischen den Wolken aufgetaucht war, und kam endlich nach Staryje Doroghi und zum Roten Haus.

Es gab aber auch welche, die in den Wald übergesiedelt waren und dort lebten: Cantarella, ein »Rumäne«, hatte den Anfang gemacht; er hatte in sich die Berufung zum Eremiten entdeckt. Cantarella war ein Seemann aus Kalabrien, ellenlang und von asketischer Magerkeit, schweigsam und misanthropisch. Er hatte sich aus Stämmen und Laub eine Hütte errichtet und lebte dort, eine halbe Stunde vom Lager entfernt, in wilder Einsamkeit und nur mit einem Lendenschurz bekleidet. Er war eine kontemplative Natur, aber nicht träge, und hatte sich einem kuriosen Priestergewerbe ergeben.

Er besaß einen Hammer und einen primitiven Amboß, den er sich aus irgendeinem Überbleibsel des Krieges zurechtgeklopft und auf einem Baumstumpf festgeklemmt hatte; mit diesen beiden Instrumenten fabrizierte er aus alten Konservenbüchsen mit großem Geschick und religiösem Eifer Pfannen und Töpfe.

Er verfertigte sie auf Bestellung für die neugegründeten Lebensgemeinschaften. Wenn in unserer bunten Gruppe ein Mann und eine Frau beschlossen hatten, zusammenzuleben und ein Minimum an Gerätschaften für den gemeinsamen Haushalt erwerben wollten, gingen sie Hand in Hand zu Cantarella. Er machte sich schweigend an die Arbeit, und in wenig mehr als einer Stunde hatte er mit geübten Schlägen die Bleche so zurechtgehämmert und gebogen, wie die Paare es wünschten. Er verlangte keinen Lohn, nahm aber Geschenke in Naturalien entgegen: Brot, Käse, Eier, nun war die Ehe geschlossen, und Cantarella hatte zu leben.

Es gab auch noch andere Waldbewohner: eines Tages entdeckte ich zufällig einen geradlinigen, gut markierten Pfad, der nach Westen ging und den ich noch nie zuvor bemerkt hatte. Er führte durch einen besonders dichten Teil des Waldes zu einem alten Schützengraben und endete vor einem hölzernen Unterstand, fast ganz unter der Erde verborgen; nur Dach und Kamin ragten heraus. Ich drückte gegen die Tür; sie gab nach; drinnen war niemand, dennoch mußte der Ort bewohnt sein. Auf dem nackten, aber sauber gefegten Erdboden standen ein Öfchen, Teller, ein Kochgeschirr; in einer Ecke sah man ein Heulager; an den Wänden hingen Frauenkleider und Photographien von Männern.

Ich kehrte ins Lager zurück und stellte fest, daß ich der einzige war, der es nicht wußte: in dem Unterstand hausten zwei deutsche Frauen, Wehrmachtshelferinnen, denen es nicht gelungen war, den fliehenden deutschen Armeen zu folgen; allein waren sie in den russischen Weiten zurückgeblieben. Sie hatten sich den Russen nicht gestellt, weil sie Angst vor ihnen hatten. Monatelang hatten sie sich, immer gefährdet, von kleinen Diebstählen, Kräutern und gelegentlicher heimlicher Prostitution mit Engländern und Franzosen, die vor uns das Rote Haus bewohnt hatten, ernährt. Erst seitdem die Italiener dort eingezogen waren, führten sie ein Leben in Wohlstand und Sicherheit.

Es gab nur wenige Frauen in unserer Kolonie, höchstens zweihundert, die fast alle bald ein festes Verhältnis eingegangen und nicht mehr verfügbar waren. Viele Italiener hatten es sich deshalb zur Gewohnheit gemacht, »zu den Mädchen in den Wald zu gehen«, es war dies die einzige Alternative zum Zölibat. Eine Alternative von höchst komplizierter Anziehungskraft: denn die Sache mußte geheimgehalten werden und war auf unbestimmte Weise gefährlich (im Grunde mehr für die Frauen als für die Italiener); die Mädchen waren Ausländerinnen und halb verwildert; sie waren in Not, und man konnte sich das erhebende Gefühl vorspiegeln, man »beschütze« sie; hinzu kam die märchenhaft exotische Szenerie dieser Begegnungen.

Nicht nur Cantarella, auch Velletrano hatte im Walde zu sich selbst gefunden. Das Experiment, einen »wilden Mann« in die Zivilisation zu verpflanzen, um die Einheit der menschlichen Gattung zu demonstrieren, ist oft und häufig mit Erfolg durchgeführt worden; an Velletrano dagegen ließ sich der umgekehrte Fall studieren: er hatte sich, aus den übervölkerten Straßen von Trastevere stammend, mit erstaunlicher Leichtigkeit wieder in einen wilden Mann zurückverwandelt.

Sehr zivilisiert konnte er allerdings nie gewesen sein. Velletrano war ein Jude gegen Dreißig und hatte Auschwitz überlebt. Er mußte für den Lagerbeamten, der für die Tätowierungen zuständig war, ein Problem dargestellt haben, da seine beiden muskulösen Arme bereits dicht mit Tätowierungen übersät waren: die Namen seiner Frauen, hatte mir Cesare, der seit längerer Zeit mit ihm bekannt war, erzählt und mir außerdem erklärt, daß Velletrano gar nicht Velletrano hieß, auch nicht in Velletri geboren war, sondern dort seine Amme gehabt hatte.

Er übernachtete fast nie im Roten Haus, sondern hauste barfuß und halbnackt wie unsere frühen Ahnen im Wald: er stellte Hasen-und Fuchsfallen auf, kletterte nach Nestern auf die Bäume, erlegte die Wildtauben mit Steinen und suchte die Hühnerställe der weiter entfernten Höfe heim, er sammelte Pilze und Beeren, die im allgemeinen als ungenießbar gelten, und oft begegnete man ihm abends in Lagernähe, wie er vor einem großen Feuer hockte und mit rauhem Gesang die Beute des Tages briet. Danach legte er sich auf die nackte Erde neben die Glut; da er aber doch zur menschlichen Gattung gehörte, war er auf seine Weise bestrebt, Vollkommenheit und Wissen zu erlangen, und verbesserte von Tag zu Tag seine Fähigkeiten und Instrumente: er machte sich ein Messer, einen Wurfspieß und eine Axt, und wenn er noch lange so gelebt hätte, zweifle ich nicht, daß er Ackerbau und Viehzucht wiederentdeckt hätte.

War der Tag zufriedenstellend verlaufen, wurde er gesellig und gastlich: er lud uns dann alle durch Cesare, dem es Vergnügen machte, ihn vorzuführen wie ein Jahrmarktswunder, und der von seinen legendären Abenteuern zu berichten wußte, zu homerischen Festmählern mit

Unmengen verbrutzelten Fleisches ein; lehnte irgend jemand ab, wurde er böse und zog das Messer.

Nach einer Reihe von Tagen mit Regen, Sonne und Wind wuchsen im Wald Pilze und Heidelbeeren in solcher Fülle, daß sie auch, abgesehen von naturwissenschaftlichen und sportlichen Gesichtspunkten, aus Nützlichkeitserwägungen interessant wurden. Wir verbrachten ganze Tage mit Ernten, nachdem wir vorher ausreichende Sicherheitsmaßnahmen getroffen hatten, um den Heimweg nicht zu verfehlen. Die Heidelbeeren wachsen dort an viel höheren Sträuchern als bei uns und sind fast so groß wie Haselnüsse und sehr saftig: wir trugen sie kiloweise ins Lager und versuchten unter anderem, den Saft zu Wein zu vergären; vergebens. Es gab zwei Sorten Pilze: die einen waren gewöhnliche, wohlschmeckende und garantiert eßbare Steinpilze, die anderen glichen ihnen in Aussehen und Geruch, waren aber dicker und holziger und andersfarbig.

Niemand wußte, ob sie genießbar waren; durfte man sie aber einfach im Wald verfaulen lassen? Man durfte nicht: alle waren wir unterernährt, und die Erinnerung an den Hunger in Auschwitz war noch zu frisch, war ein zu starker seelischer Antrieb, als daß wir irgendeine Gelegenheit, zu essen oder etwas Eßbares aufzutreiben, vorübergehen lassen konnten. Cesare sammelte eine beträchtliche Menge von ihnen und kochte sie nach Rezepten und unter Einhaltung von Vorsichtsmaßregeln, die ich nicht kannte; der Soße fügte er im Dorf erhandelten Wodka und Knoblauch hinzu, da beides imstande sei, »alle Gifte zu töten«. Dann probierte er selbst davon, aber nur wenig, und gab verschiedenen anderen eine gleiche Kostprobe; auf diese Weise wollte er das Risiko eingrenzen und am nächsten Tag über eine reiche Kasuistik verfügen. Tags darauf machte er die Runde durch die Räume, so förmlich und fürsorglich wie noch nie: »Wie geht's, Sora Elvira? Wie geht's, Don Vincenzo? Gut geschlafen? Habt ihr eine gute Nacht verbracht?« Mit klinischem Blick sah er dabei jedem von ihnen ins Gesicht. Es ging ihnen allen ausgezeichnet, also waren die merkwürdigen Pilze eßbar.

Die Faulen und Reichen hatten es nicht nötig, sich im Wald eine Extramahlzeit zu beschaffen. Die Handelsbeziehungen zwischen Staryje Doroghi und den Insassen des Roten Hauses waren bald rege geworden. Jeden Morgen erschienen Bäuerinnen mit Körben und Eimern, setzten sich auf den Boden und warteten auf Kunden. Stundenlang saßen sie so; kam ein Regenschauer, rührten sie sich nicht von der Stelle, zogen nur den Rock über den Kopf. Die Russen hatten ein paarmal versucht, sie davonzujagen und auch ein paar zweisprachige Anschläge angebracht, auf denen unverhältnismäßig schwere Strafen für jede Art von Handel angedroht waren; bald aber hatten sie wie gewöhnlich das Interesse verloren, und die Tauschgeschäfte konnten ungestört fortgesetzt werden.

Es waren alte und junge Bäuerinnen; jene, in traditioneller Tracht mit gesteppten und gefütterten Jacken und Röcken und dem Tuch um den Kopf; diese in leichten Baumwollkleidern, größtenteils barfuß, freimütig, voller Temperament und immer bereit zu lachen, dabei keineswegs dreist. Außer Pilzen, Heidelbeeren und Himbeeren verkauften sie Milch, Käse, Eier, Hühner, Gemüse und Obst und nahmen zum Tausch Fische, Brot, Tabak und jedes beliebige Kleidungs- oder Stoffstück, auch das schadhafteste und abgetragenste an; und natürlich Rubel – von denen, die noch welche besaßen.

Cesare kannte sie bald alle, besonders die Jungen. Ich begleitete ihn oft, um die interessanten Verhandlungen zwischen ihm und den Russinnen mitzuerleben. Ich will nicht leugnen, daß es für geschäftliche Beziehungen von

Vorteil ist, die gleiche Sprache zu sprechen, aber ich kann aus Erfahrung versichern, daß es auch ohne diese Voraussetzung geht. Jeder der beiden Handelspartner weiß genau, was der andere will, nur, daß er die Stärke des Wunsches zunächst nicht kennt, bald aber erschließt er sie mit großer Sicherheit aus dem Gesichtsausdruck, den Gesten und der Zahl der Erwiderungen seines Gegenübers.

Cesare kommt also frühmorgens mit einem Fisch auf den Markt. Er sucht und findet Irina, seine Altersgenossin und Freundin, deren Sympathie er schon vor längerer Zeit gewonnen hat, indem er ihr einen Bleistift schenkte und sie »Greta Garbo« taufte. Irina hat eine Kuh und verkauft Milch, »molokó«; oft, wenn sie abends von der Weide zurückkommt, macht sie vor dem Roten Haus halt und melkt die Milch direkt in die Gefäße ihrer Kundschaft. An diesem Morgen geht es darum, festzulegen, wieviel Milch Cesares Fisch wert ist: Cesare zeigt ihr einen Zweilitertopf aus Cantarellas Werkstatt (er hat ihn von einer »ménage« erhalten, die sich infolge von Unstimmigkeiten aufgelöst hat) und hält die ausgestreckte Hand mit der Handfläche nach unten an den Rand, zum Zeichen, daß er ihn ganz gefüllt haben will. Irina lacht und antwortet mit lebhaften und melodischen Worten, wahrscheinlich Schmähungen; sie schlägt Cesares Hand beiseite und legt auf halber Höhe zwei Finger gegen die Wand des Topfes.

Jetzt ist es an Cesare, sich zu empören: er schwenkt den (nicht präparierten) Fisch, wiegt ihn unter Vortäuschung ungeheurer Anstrengung am Schwanz in der Luft, so als sei er mindestens zwanzig Kilo schwer, und sagt: »Das ist ein Riesenribba!« Daraufhin läßt er ihn in seiner ganzen Länge quer unter Irinas Nase entlanggleiten, schließt die Augen und zieht, wie betört von dem Duft des Fisches, tief die Luft ein. Diesen Augenblick nutzt Irina und entreißt ihm schnell wie eine Katze den Fisch, trennt diesem mit einem scharfen Biß ihrer weißen Zähne genau den Kopf ab und klatscht Cesare den schlaffen, verstümmelten Leib mit all ihrer beachtlichen Kraft ins Gesicht. Dann, um die Freundschaft und das Geschäft nicht zu ruinieren, bezeichnet sie die dreiviertel Höhe des Topfes: anderthalb Liter. Cesare, noch betäubt von dem Schlag, brummt mit Grabesstimme: »Wieso das denn?«, fügt noch einige obszöne Galanterien hinzu, um seine gekränkte Mannesehre wiederherzustellen, nimmt dann aber Irinas Angebot an; er überläßt ihr den Fisch, und sie verschlingt ihn an Ort und Stelle.

Wir sollten der gefräßigen Irina bei einer für uns Romanen eher peinlichen, für sie aber völlig normalen Gelegenheit noch öfter begegnen.

An einer Waldlichtung, auf halbem Wege zwischen Dorf und Lager, war das öffentliche Bad; es fehlt in keinem russischen Dorf und war in Staryje Doroghi abwechselnd für die Russen und uns geöffnet: eine große Holzhütte mit zwei langen Steinbänken und überall herumstehenden Zinkwannen von unterschiedlicher Größe; an den Wänden Hähne mit heißem und kaltem Wasser, soviel man wollte. Seife dagegen wurde mit großer Sparsamkeit im Auskleideraum zugeteilt; für die Seifenverteilung verantwortlich war Irina.

Sie saß an einem Tischchen, auf dem ein Block graue, übelriechende Seife lag, und hielt ein Messer in der Hand. Man zog sich aus, vertraute die Kleider der Desinfektion an und stellte sich völlig nackt ans Ende der Schlange vor Irinas Tischchen. In dieser offiziellen Funktion einer Beamtin war das Mädchen bitterernst und unbestechlich; mit aufmerksam gerunzelter Stirn, die Zunge kindlich zwischen die Zähne geschoben, schnitt sie für jeden eine kleine Scheibe Seife ab: ein wenig dünner für die Mageren, ein wenig dicker für die Fetten, ich weiß nicht, ob auf Befehl oder aus einem unbewußten Gerechtigkeitsgefühl heraus; sie verzog keine Miene bei den Frechheiten unverschämter Besucher.

Nach dem Bad mußte man seine Kleider im Desinfektionsraum abholen: eine weitere Überraschung von Staryje Doroghi. Die Kammer war bis auf 120 Grad erhitzt. Als man uns das erste Mal sagte, daß wir selbst hineingehen und sie herausholen müßten, sahen wir uns ratlos an; die Russen waren aus Eisen, wie wir bei mehreren Gelegenheiten hatten feststellen können – wir nicht; wir würden bei lebendigem Leibe geröstet. Schließlich wagte es einer, und die Sache erwies sich als gar nicht so schlimm, vorausgesetzt, daß man die folgenden Vorsichtsmaßnahmen beachtete: ganz naß hineingehen, schon vorher die Nummer des eigenen Kleiderhakens wissen; tief Luft holen, bevor man den Raum betrat und dann den Atem anhalten; keinen metallenen Gegenstand berühren; und, vor allen Dingen, sich beeilen.

Die desinfizierten Kleider wiesen interessante Phänomene auf: geplatzte, seltsam deformierte Läuse, Füllfederhalter aus Hartgummi, von irgendeinem Wohlhabenden in der Tasche vergessen, zusammengebogen und mit fest verlöteter Kappe; mit dem Gewebe verschmolzene Kerzenstummel, ein aus experimentellen Gründen in der Tasche belassenes Ei, gesprungen und zu einer hornähnlichen Masse vertrocknet, aber noch eßbar. Die beiden russischen Bademeister jedoch gingen in diesen Glutöfen so gleichgültig aus und ein wie die legendären Salamander.

So vergingen die Tage in Staryje Doroghi in endloser Trägheit, schläfrig und wohltuend wie lange Ferien, nur durch den schmerzlichen Gedanken an das ferne Zuhause und durch die Verzauberung, die von der wiederentdeckten Natur ausging, unterbrochen. Es war vergebens, das russische Kommando zu fragen, warum wir nicht nach Hause fuhren, wann und auf welchem Weg wir zurückkehren dürften und was man mit uns vorhatte; sie wußten ebensowenig wie wir; manche gaben uns höflich und treuherzig phantastische, erschreckende oder ganz unsinnige Antworten: daß es keine Züge gebe; daß der Krieg mit Amerika bevorstehe; daß wir zur Arbeit in eine Kolchose geschickt werden sollten oder daß man darauf warte, uns gegen russische Kriegsgefangene in Italien auszutauschen. Sie sagten derartige Ungeheuerlichkeiten ohne Haß und Spott, mit beinahe liebevoller Bereitwilligkeit, wie man Kinder, die zuviel fragen, begütigt. In Wirklichkeit konnten sie gar nicht begreifen, warum wir es so eilig hatten, nach Hause zu kommen: wir hatten doch zu essen und ein Bett. Was fehlte uns also in Staryje Doroghi? Nicht einmal arbeiten mußten wir; beklagten sich etwa die Soldaten der Roten Armee, die vier Jahre lang Kriege geführt hatten und nun, nachdem er gewonnen war, immer noch nicht nach Hause zurückkehren konnten?

Aber sie kehrten zurück, langsam, in kleinen Gruppen und offenbar ganz planlos. Das Schauspiel der russischen Demobilisierung, das wir schon im Bahnhof von Kattowitz bewundernd mitangesehen hatten, nahm hier in anderer Gestalt vor unseren Augen seinen Fortgang. Tag für Tag zogen Teile des siegreichen Heeres vorbei, diesmal nicht mit der Bahn, sondern auf der Straße vor dem Roten Haus, von Westen nach Osten. Sie zogen in geschlossenen Formationen oder in lockeren Gruppen, Tag und Nacht – viele zu Fuß, die Schuhe über die Schulter gehängt, um die Sohlen zu schonen, weil der Weg noch weit war; uniformiert oder nicht, bewaffnet oder unbewaffnet, fröhlich und singend oder bleich und erschöpft. Einige trugen Säcke und Koffer auf dem Rücken, andere die merkwürdigsten Gepäckstücke: einen Polstersessel, eine Stehlampe, Kupfergefäße, ein Radio, eine Standuhr.

Andere kamen auf Karren und zu Pferde; wieder andere mit dem Motorrad, in rasender Fahrt, berauscht von Geschwindigkeit, begleitet von Höllenlärm. Es folgten amerikanische Dodge-Lastwagen, überfüllt bis zu den Motorhauben und Kotflügeln; einige mit Anhängern, genauso vollgestopft mit Menschen. Einer dieser Anhänger fuhr auf drei Rädern: anstelle des vierten war notdürftig eine Tanne angebracht, schief, so daß das Ende, indem es auf dem Boden entlangschleifte, den Wagen stützte. In dem Maße, wie der Stamm sich durch Reibung abnutzte, wurde er weiter nach unten geschoben, um so das Fahrzeug im Gleichgewicht zu halten. Beinahe direkt vor dem Roten Haus platzte einer der drei verbliebenen Gummireifen; die zwei Dutzend Insassen sprangen herunter, kippten den Anhänger von der Straße und kletterten auf den schon überfüllten Lastwagen; er fuhr in einer Staubwolke wieder an, und alle schrien »Hurrà«.

Andere ungewöhnliche Fahrzeuge – alle überlastet – kamen vorbei: Traktoren, Paketwagen, deutsche Autobusse, einst zum Liniendienst eingesetzt, die Schilder mit den Namen der Berliner Endstationen noch daran; einige waren schadhaft und wurden von anderen Motorfahrzeugen oder von Pferden gezogen.

Während der ersten Augusttage begann der vielgestaltige Wanderzug unmerklich seinen Charakter zu verändern. Mehr und mehr überwogen die Pferde: nach Verlauf einer Woche beherrschten sie die Straße. Es mußten alle Pferde aus dem besetzten Deutschland sein, Zehntausende am Tag; endlos zogen sie vorbei, eingehüllt in eine Wolke von Fliegen, Bremsen und einen durchdringenden Geruch, erschöpft, schweißbedeckt und ausgehungert;

Mädchen, je eines für hundert und mehr Tiere, auch sie zu Pferde, mit nackten Beinen und ohne Sattel, erhitzt und zerzaust, hetzten sie mit Schreien und Peitschenschlägen voran. Am Abend trieben sie die Pferde in die Wiesen und Wälder seitab der Straße, damit sie weiden und sich bis zum nächsten Morgen erholen konnten. Es waren Kutschpferde, Rennpferde, Maultiere, Stuten mit ihren Füllen, alte, steife Klepper und Esel; wir merkten sehr bald, daß sie nicht gezählt wurden und daß die Treiberinnen sich nicht im geringsten um die Tiere kümmerten, die zurückblieben und von der Straße abkamen, erschöpft, krank oder lahm, oder die in der Nacht verschwanden. Es waren so viele, so unendlich viele Pferde: was machte es da aus, ob man mit einem mehr oder weniger am Bestimmungsort eintraf.

Aber für uns, die wir seit achtzehn Monaten so gut wie kein Fleisch genossen hatten, war ein Pferd mehr oder weniger von ungeheurer Bedeutung. Natürlich war es Velletrano, der die Jagd eröffnete; er weckte uns eines Morgens, blutbeschmiert von Kopf bis Fuß, die urtümliche Waffe noch in der Hand: ein Granatsplitter, mit Lederriemen an einem gegabelten Ast befestigt.

Am Tatort selbst (Velletrano hatte kein besonderes Talent, sich in Worten zu erklären) zeigte sich, daß er einem Pferd, das wahrscheinlich schon in Agonie verfallen war, den Gnadenstoß versetzt hatte: das arme Tier bot einen recht zweifelhaften Anblick, der geschwollene Bauch gab einen Klang wie eine Trommel, Schaum stand ihm vor dem Maul; es mußte sich die ganze Nacht unter heftigen Qualen gewälzt haben, denn auf einer Flanke liegend, hatte es zwei tiefe Halbkreise mit den Hufen in die Erde gescharrt; dennoch aßen wir es.

Bald bildeten sich verschiedene Paare von spezialisierten Jägern und Metzgern heraus; sie gaben sich nicht mehr damit zufrieden, kranken oder versprengten Pferden den Rest zu geben, sondern suchten die fettesten heraus, trieben sie vorsätzlich aus der Herde und töteten sie im Wald. Sie arbeiteten mit Vorliebe im Morgengrauen; während der eine die Augen des Pferdes mit einem Tuch verband, versetzte ihm der andere den tödlichen (nicht immer tödlichen) Schlag in den Nacken.

So brach eine Zeit absurder Fülle an: Pferdefleisch für alle ohne Ausnahme und ohne irgendeine Beschränkung einfach gratis; höchstens, daß die Jäger für ein totes Pferd zwei bis drei Rationen Tabak verlangten. Überall im Wald, bei Regen auch in den Gängen und unter den Treppen des Roten Hauses, waren Männer und Frauen damit beschäftigt, riesengroße Pferdesteaks mit Pilzen zuzubereiten; ohne sie hätten wir Überlebenden von Auschwitz noch Monate gebraucht, um wieder zu Kräften zu kommen.

Nicht einmal gegen diese Räubereien hatten die Russen vom Kommando etwas einzuwenden; ein einziges Mal kam es zu Intervention und Bestrafung: als die Transporte spärlicher, das Pferdefleisch rarer und die Preise immer höher wurden, beging einer aus der Bruderschaft von San Vittore die Frechheit, in einer der vielen Kammern des Roten Hauses eine veritable Metzgerei zu eröffnen. Diese Initiative mißfiel den Russen, ob aus hygienischen oder moralischen Gründen, war nicht ersichtlich; der Übeltäter wurde öffentlich als »čort« (Teufel), »parazit«, »spjekulant« angeprangert und eingesperrt.

Es war keine harte Strafe: in der Zelle erwarteten ihn aus unerfindlichen Gründen drei Essensrationen pro Tag; möglicherweise eine alte Verordnung noch aus der Zeit, als hier vielleicht öfter drei Gefangene gesessen hatten. Gleichgültig, ob man nun neun oder nur einen oder gar keinen Häftling hatte, es gab immer drei Rationen. So verließ der Schwarzschlächter nach verbüßter Strafe und nachdem er zehn Tage lang überreichlich ernährt worden war, fett wie ein Mastschwein und voller Lebensfreude die Zelle.

Ferien

Nachdem unser unmittelbarer Hunger gestillt war, wurde, wie es immer geschieht, ein viel tiefer gründender Hunger offenbar; es war nicht nur die Sehnsucht nach Hause, die ja in gewisser Weise hinausgeschoben, in die Zukunft verlegt war, es war das konkrete und dringliche Verlangen nach menschlichen Kontakten, nach geistiger und körperlicher Betätigung, nach Neuem, nach Abwechslung.

Das Leben in Staryje Doroghi wäre die nahezu ideale Ferienunterbrechung in einem arbeitsreichen Leben gewesen, so aber empfanden wir die völlige Untätigkeit als drückende Last und als Zwang; etliche von uns machten sich deswegen auf, um Leben und Abenteuer an anderen Orten zu suchen. Von Flucht im eigentlichen Sinn konnte man nicht sprechen, das Lager hatte ja weder eine Umzäunung, noch war es bewacht, und die Russen zählten uns nicht, oder jedenfalls nicht genau. Wer gehen wollte, sagte einfach seinen Freunden Lebewohl und verschwand in Richtung Felder. Sie fanden, was sie suchten, sahen Land und Leute, drangen in ferne Gegenden vor, einige bis Odessa und Moskau, manche erreichten die Grenze; sie lernten die Gefängniszellen abgelegener Dörfer kennen, die biblische Gastfreundschaft der Bauern, erlebten oberflächliche Liebesaffären, die üblichen stereotypen Polizeiverhöre, kämpften mit neuem Hunger und neuer Einsamkeit. Fast alle kehrten nach Staryje Doroghi zurück; wenn auch um das Rote Haus keine Spur von Stacheldraht zu sehen war, hatten sie doch die legendäre Grenze nach Westen eisern verschlossen gefunden und waren nicht imstande gewesen, sie zu überschreiten.

Sie kehrten zurück und nahmen gottergeben ihr früheres unwirkliches Leben wieder auf. Die nordischen Sommertage waren endlos; um drei Uhr morgens begann es zu dämmern, und der Sonnenuntergang zog sich lange Zeit, bis neun und zehn Uhr abends hin. Ausflüge in den Wald, Mahlzeiten, der Schlaf, das gefährliche Baden im Sumpf und die immer wiederholten Gespräche und Zukunftspläne reichten nicht aus, die Wartezeit zu verkürzen und das Gewicht von uns zu nehmen, das Tag für Tag schwerer wurde.

Wir versuchten ohne großen Erfolg, mit den Russen ins Gespräch zu kommen; die Gebildeteren unter ihnen (die Deutsch oder Englisch sprachen) begegneten uns höflich, aber mißtrauisch; es geschah häufig, daß sie ein Gespräch abbrachen, als täten sie etwas Verbotenes oder würden beobachtet. Mit den einfacheren Leuten, den siebzehnjährigen Soldaten vom Kommando und den Bäuerinnen der Umgebung, war der Kontakt aus Sprachgründen nur mühsam und bruchstückhaft.

Es ist sechs Uhr morgens, aber das Tageslicht hat schon vor einer ganzen Weile den Schlaf verscheucht. Ich bin mit einem von Cesare organisierten Topf Kartoffeln unterwegs zu einem Wäldchen, wo ein kleiner Bach fließt. Es ist unsere Lieblingsstelle, weil es Wasser und Holz gibt, sie eignet sich vorzüglich zum Kochen; heute bin ich an der Reihe mit Abwasch und Kochen. Ich mache zwischen drei Steinen ein Feuer: und da, nicht weit von mir, ein Russe, ein kleiner und muskulöser mit der undurchdringlichen asiatischen Maske; er ist mit ähnlichen Vorbereitungen beschäftigt wie ich. Er hat keine Streichhölzer: er spricht mich an und bittet offensichtlich um Feuer. Er hat den Oberkörper entblößt und trägt nur seine Militärhosen; er macht keinen sonderlich vertrauenerweckenden Eindruck. Das Bajonett hängt ihm am Gürtel.

Ich reiche ihm einen brennenden Ast: der Russe nimmt ihn und bleibt mißtrauisch und neugierig stehen. Glaubt er, daß meine Kartoffeln gestohlen sind? Oder überlegt er, wie er sie an sich bringen könnte? Oder hat er mich mit irgend jemandem, dem er nicht wohl will, verwechselt?

Nein – ihn verwirrt etwas anderes. Er hat gemerkt, daß ich kein Russisch spreche, und das verdrießt ihn. Die Tatsache, daß ein normaler erwachsener Mensch kein Russisch spricht, und das heißt, überhaupt nicht spricht, scheint ihm einer frechen Herausforderung gleichzukommen, so, als hätte ich ihm die Antwort verweigert. Er ist nicht bösartig – sogar bereit, mir zu helfen und mich aus dem schuldhaften Zustand der Unwissenheit zu erlösen: das Russische ist so leicht, alle sprechen es, sogar die kleinen Kinder, die noch nicht laufen können. Er setzt sich neben mich; ich zittere noch immer um meine Kartoffeln und lasse ihn nicht aus den Augen; aber er hat offenbar wirklich nichts anderes im Sinn, als mir beim Aufholen der versäumten Zeit behilflich zu sein. Er versteht nicht, er duldet meine abweisende Haltung nicht: er will mir doch seine Sprache beibringen.

Aber er ist leider kein guter Lehrer; es fehlt ihm an Methode und Geduld, und er geht zudem von der irrigen Voraussetzung aus, daß ich seinen Erklärungen und Kommentaren folgen könne; solange es sich um bloße Vokabeln handelt, geht es noch, und im Grunde macht mir das Ganze ja auch Spaß. Er zeigt auf eine Kartoffel und sagt »Kartòfel«, legt gleich darauf eine gewaltige

Pranke auf meine Schulter, hält mir den Zeigefinger unter die Nase, spitzt die Ohren und wartet. Ich wiederhole »Kartòfel«. Angewidert verzieht er das Gesicht: die Aussprache! Nicht einmal richtig nachsprechen kann der! Er versucht es noch ein-, zweimal, dann wird es ihm zu dumm, und er sucht nach einem anderen Wort. »Ogòn«, sagt er und weist auf das Feuer; diesmal geht es besser, meine Wiederholung scheint ihn zufriedenzustellen. Er späht auf der Suche nach anderen pädagogischen Objekten um sich; dann sieht er mich starr an, steht langsam auf, den Blick unverwandt auf mich geheftet, als wolle er mich hypnotisieren, zieht plötzlich blitzartig sein Bajonett aus der Scheide und schwingt es in der Luft.
Ich springe auf und renne davon, dem Roten Haus zu; mag er doch die Kartoffeln haben. Aber nur wenige Schritte, da erhebt sich ein höllisches Gelächter in meinem Rücken: der Spaß ist ihm gut gelungen.
»Britva«, sagt er und läßt die Klinge in der Sonne blitzen; ich wiederhole, ganz behaglich ist mir nicht zumute. Er trennt mit einem Hieb, eines mittelalterlichen Helden würdig, einen Ast glatt vom Stamm, hält ihn mir hin und sagt: »Dèrevo.« Ich wiederhole: »Dèrevo.«

»Ja rússkij soldàt.« Ich wiederhole, so gut ich kann: »Ja rússkij soldàt.« Erneutes Gelächter – verächtlich, wie mir scheint: *er* ist russischer Soldat, nicht ich, das ist doch ein gewaltiger Unterschied. Er versucht, es mir mit einer Flut wirrer Worte klarzumachen, deutet dabei mal auf meine, mal auf seine Brust, nickt und schüttelt den Kopf. In seinen Augen muß ich ein miserabler Schüler, ein hoffnungsloser Fall von Vernageltheit sein; zu meiner Erleichterung kehrt er wieder zu seinem Feuer zurück und überläßt mich meiner Barbarei.

Um die gleiche Stunde und am selben Ort, aber an einem anderen Tag, werde ich Zeuge eines ungewöhnlichen Schauspiels. Eine Gruppe Italiener umsteht einen jungen hochgewachsenen russischen Matrosen. Mit schnellen und sicheren Bewegungen begleitet er seine »Erzählung«, eine Episode aus dem Krieg. Er weiß, daß niemand ihn versteht, und also redet er, wie es ihm gerade einfällt und unter Zuhilfenahme seines ganzen Körpers in einer Weise, die ihm offensichtlich mindestens ebenso natürlich ist wie der Gebrauch der Worte: alle Muskeln, alle vorzeitigen Falten in seinem Gesicht sprechen mit, Augen und Zähne blitzen, er vollführt Sprünge und Gesten, und das Ganze gleicht einem einsamen, faszinierenden und schwungvollen Tanz.

Es ist Nacht, »noč«: ganz sachte dreht er die Handflächen nach unten. Alles ist still; er stößt ein langes »sst« aus und hält den Zeigefinger an die Nase. Er kneift die Augen zusammen und deutet auf den Horizont: dort unten, weit, weit weg sind die Deutschen, »niemtzy«. Wie viele? Fünf, zeigen seine Finger; »finef«, wiederholt er auf jiddisch zur Bekräftigung. Mit der Hand gräbt er ein kleines rundes Loch in den Sand und legt fünf Stöckchen hinein, die Deutschen; dazu ein sechstes, schräg gestelltes, die »mašina«, das Maschinengewehr. Was tun die Deutschen? Jetzt leuchten seine Augen in wilder Freude auf: »spats«, sie schlafen (er schnarcht); sie schlafen, die Narren und wissen nicht, was sie erwartet.

Was tut er? Er tut folgendes: lautlos wie ein Leopard schleicht er sich vorsichtig von hinten an – dann springt er mit einem Satz mit gezücktem Messer in das Nest: hingerissen von seiner eigenen Darstellung vollführt er in Erinnerung an das Geschehene die gleichen Bewegungen. Anschleichen, ein blitzartiges, furchtbares Handgemenge; das Gesicht des Mannes verzerrt sich in gespanntem und finsterem Lachen, sein Körper verwandelt sich in einen Wirbel – er springt vor und zurück, sticht nach vorne, oben, unten, seitlich zu: die Explosion einer todbringenden Energie; es ist aber keine blinde Raserei, seine Waffe (ein langes Messer, er hat es aus dem Stiefel gezogen) dringt ein, zerfetzt, zerfleischt brutal und erschreckend sicher, das alles einen Meter vor unseren Augen.

Plötzlich hält er inne; langsam richtet er sich auf, das Messer entfällt seiner Hand; er keucht, sein Blick ist erloschen. Er blickt zu Boden, als sei er erstaunt, keine Leichen und kein Blut zu sehen; verwirrt und leer sieht er sich um, erkennt uns, ein schüchternes kindliches Lächeln geht über sein Gesicht. »Konečno«, sagt er – zu Ende; langsam geht er weg.

Ganz anders, und damals wie heute gleich geheimnisvoll, war die Sache mit dem Leutnant. Der Leutnant (niemals haben wir – und das war vielleicht kein Zufall – seinen Namen erfahren) war ein magerer, gelbhäutiger junger Russe mit ewig gerunzelter Stirn. Er sprach perfekt und mit einem kaum merklichen russischen Akzent Italienisch, so daß man meinen konnte, es handle sich um eine italienische Dialektfärbung. Er brachte uns im Gegensatz zu allen anderen Russen des Kommandos wenig Herzlichkeit und Sympathie entgegen. Er war der einzige, an den wir Fragen richten konnten: Woher konnte er Italienisch? Weshalb war er hier? Warum hielten uns die Russen monatelang nach Beendigung des Krieges fest? Waren wir Geiseln? Hatte man uns vergessen? Warum durften wir nicht nach Italien schreiben? Wann würden wir nach Hause kommen? Auf all diese Fragen, deren jede uns auf der Seele brannte, gab der Leutnant schneidende und ausweichende Antworten – und zwar mit einer Sicherheit und einer Autorität, die sich schlecht mit seinem verhältnismäßig niederen Rang vereinbaren ließen. Wir merkten, daß ihm auch seine Vorgesetzten mit seltsamer Unterwürfigkeit begegneten, so als fürchteten sie ihn.

Er wahrte den Russen gegenüber die gleiche abweisende Distanz. Er lachte und trank nicht, nahm keine Einladungen und keine Zigaretten an; er sprach wenig, vorsichtig und überlegt. Wir hatten ihn anfänglich zu unserem Dolmetscher und Vertreter beim russischen Kommando erkoren, aber bald zeigte sich, daß seine Aufgaben (wenn er überhaupt welche besaß und sich nicht einfach durch sein vieldeutiges Verhalten wichtig machen wollte) andere sein mußten, und so zogen wir es vor, in seiner Gegenwart zu schweigen. Aus einigen widerstrebenden Äußerungen entnahmen wir, daß er sich in der Topographie von Turin und Mailand gut auskannte. War er je in Italien gewesen? »Nein«, antwortete er trocken, ohne weitere Erklärungen abzugeben.

Der allgemeine Gesundheitszustand war gut, und es kamen wenige und immer dieselben Patienten in die Krankenstation: einige mit Furunkeln, die üblichen eingebildeten Kranken, vereinzelte Krätzefälle, einige Darmentzündungen. Eines Tages erschien eine Frau, die über unbestimmte Beschwerden klagte: Übelkeit, Rückenschmerzen, Schwindel, fliegende Hitze; Leonardo untersuchte sie; sie hatte am ganzen Körper blaue Flecken, meinte aber, das sei nichts Schlimmes, sie sei die Treppe hinuntergestürzt. Mit unseren unzulänglichen Mitteln war eine zuverlässige Diagnose nicht durchführbar, aber nach Ausschließung anderer Möglichkeiten und in Anbetracht der zahlreichen Präzedenzfälle bei unseren Frauen erklärte Leonardo, daß es sich höchstwahrscheinlich um eine Schwangerschaft im dritten Monat handle. Die Frau zeigte weder Freude noch Angst, weder Überraschung noch Bestürzung; sie dankte, ging aber nicht, sondern setzte sich wieder auf die Bank im Flur und blieb dort still sitzen, so, als erwarte sie jemanden.

Sie war eine kleine braune junge Frau von vielleicht fünfundzwanzig Jahren, wirkte hausbacken, bescheiden und verträumt. Ihr Gesicht hatte nichts besonders Anziehendes oder Ausdrucksvolles an sich, aber es kam mir bekannt vor und ebenso ihre Sprache mit dem noblen toskanischen Akzent. Sie mußte mir irgendwo schon einmal begegnet sein, aber nicht in Staryje Doroghi. In mir vollzog sich eine seltsame Zeitverschiebung, eine Transposition, eine weitgehende Umkehrung der Beziehungen, die ich nicht definieren konnte. Ein undeutlicher, aber bedrängender Wust intensiver Empfindungen knüpfte sich an das Bild dieser Frau: demütige Bewunderung aus der Ferne, Dankbarkeit, Frustration, Angst, ein abstraktes Begehren sogar; vor allem aber eine tiefe, unbestimmte Beklemmung.

Da sie immer weiter ruhig, unbeweglich und ohne Zeichen von Ungeduld auf der Bank saß, fragte ich sie, ob ihr irgend etwas fehle, ob wir noch etwas für sie tun könnten; die Sprechstunde sei vorüber, kein Patient sonst mehr da, und wir müßten die Ambulanz schließen. »Nein, nein«, antwortete sie, »ich brauche nichts, ich werde jetzt gehen.«

Flora! Die vage Erinnerung nahm plötzlich Gestalt an, gerann zu einem klaren, deutlich umrissenen Bild. Ich erinnerte mich wieder an zahlreiche Einzelheiten, an die Zeit und den Ort, an meine damalige seelische Verfassung, an Farben, Gerüche, eine Atmosphäre. Es war Flora, die Italienerin aus den Kellern von Buna, die Frau aus dem Lager, von der Alberto und ich mehr als einen Monat lang geträumt hatten und die, ohne es zu wissen, zum Symbol der verlorenen und nicht mehr erhofften Freiheit geworden war. Flora. Ein Jahr war seitdem vergangen, und mir schien, als seien es hundert gewesen.

Flora war eine Provinzprostituierte, die in Deutschland

bei der Organisation Todt gelandet war. Sie konnte kein Deutsch und hatte keinen Beruf erlernt; man beauftragte sie deshalb mit Bodenputzen in der Fabrik Buna. Sie putzte den ganzen Tag mit Hingebung, ohne mit irgend jemandem ein Wort zu wechseln und ohne die Augen von ihrem Besen und ihrer niemals endenden Arbeit zu heben. Niemand schien sich um sie zu kümmern, und sie ging nur selten in die oberen Stockwerke, so, als fürchte sie das Tageslicht. Endlos fegte sie die Keller von vorn bis hinten, immer von neuem – wie eine Schlafwandlerin.

Sie war die einzige Frau, der wir seit Monaten begegnet waren, und sie sprach unsere Sprache; aber es war uns Häftlingen verboten, mit ihr zu reden. Alberto und mir schien sie wunderschön, geheimnisvoll, unkörperlich. Der Reiz des Verbotenen erhöhte den Zauber jeder Begegnung; verstohlen wechselten wir einige Sätze: wir gaben uns als Italiener zu erkennen und baten sie um Brot – eigentlich gegen unseren Willen, wir wollten uns nicht erniedrigen und die Schönheit dieser zarten menschlichen Beziehung verletzen; aber der gebieterische Hunger hieß uns, keine Gelegenheit vorübergehen zu lassen.

Flora brachte uns Brot; sie tat es mehrere Male, übergab es uns mit verwirrtem Gesicht in den dunklen Kellerekken, zog dabei die Tränen in der Nase hoch. Wir taten ihr leid, sie hätte uns gern auch sonst geholfen, wußte aber nicht wie, und dann hatte sie auch Angst, Angst vor allem und jedem, wie ein wehrloses Tier; vielleicht auch vor uns, unbewußt: kamen wir doch aus der gleichen unverständlichen und fremden Welt, die sie aus ihrem Land geschleppt, ihr einen Besen in die Hand gedrückt und sie unter die Erde verbannt hatte, damit sie schon hundertmal gekehrte Böden kehre.

Alberto und ich empfanden damals beide Verwirrung, Dankbarkeit und das gleiche Schamgefühl. Wir wurden uns plötzlich unseres elenden Aussehens bewußt und litten darunter. Alberto, der die merkwürdigsten Dinge fand, weil er immer mit auf den Boden gehefteten Blick herumlief, wie ein Jagdhund, las irgendwo einen Kamm auf, und wir schenkten ihn feierlich Flora, die ihre Haare behalten hatte. Seither fühlten wir uns ihr durch ein reines und zartes Band verbunden und träumten in der Nacht von ihr. Ein scharfer Schmerz und eine absurde und ohnmächtige Mischung aus Eifersucht und Enttäuschung erfüllte uns daher, als wir uns mit eigenen Augen überzeugen mußten, daß Flora Umgang mit anderen Männern hatte. Wo und wie und mit wem? Es geschah unter den primitivsten Umständen: im Heu, nicht weit von uns in einem geheimen Kaninchenstall, den eine Gruppe von deutschen und polnischen Kapos unter einer Treppe organisiert hatte. Ein Augenzwinkern, ein gebieterisches Zeichen mit dem Kopf, und Flora legte den Besen weg und folgte gehorsam dem jeweiligen Mann. Nach wenigen Minuten kam sie allein zurück, brachte ihre Kleider in Ordnung und begann wieder zu kehren, ohne uns anzusehen. Nach dieser häßlichen Entdeckung bekam Floras Brot einen bitteren Geschmack; dennoch nahmen wir es entgegen, dennoch aßen wir es.

Ich gab mich Flora nicht zu erkennen, mit Rücksicht auf sie und auf mich. Angesichts jener Phantasmen, meiner selbst in Buna, der Frau in meiner Erinnerung und ihrer jetzigen Reinkarnation merkte ich, wie sehr ich mich verändert hatte, wie völlig »anders« ich war, so wie der Schmetterling im Vergleich zur Raupe. In der Unwirklichkeit von Staryje Doroghi fühlte ich mich zwar schmutzig, zerlumpt, müde, schwer und vom Warten zermürbt, aber doch jung und voller Möglichkeiten, den Blick auf die Zukunft gerichtet. Flora dagegen hatte sich nicht verändert; sie lebte jetzt mit einem Schuhmacher aus der Gegend von Bergamo zusammen, nicht als seine Frau, sondern als seine Sklavin. Sie wusch und kochte für ihn und folgte ihm mit demütigem und ergebenem Hundeblick. Der Mann, halb Stier, halb Affe, überwachte jeden ihrer Schritte und schlug beim geringsten Verdacht wild auf sie ein: daher die blauen Flecken. Heimlich war sie in die Krankenstation gekommen und zögerte jetzt, hinauszugehen, dem Zorn ihres Herrn entgegen.

Niemand wollte etwas von uns in Staryje Doroghi, niemand übte einen Druck auf uns aus, keine Macht wirkte auf uns ein, es gab nichts, wogegen wir uns verteidigen mußten; wir waren wie träge, abgelagerte Reste einer Überschwemmung. In dieser Ereignislosigkeit bezeichnete das Eintreffen des Lastwagens mit dem sowjetischen Militärkino einen denkwürdigen Tag. Es war offenbar eine wandernde Einheit, die vorher bei den Truppen an der Front oder in der Etappe eingesetzt worden war und sich jetzt auch auf dem Weg nach Hause befand. Sie setzte sich aus einem Projektor, einem Stromgenerator, einer Anzahl von Filmen und dem Bedienungspersonal zusammen. Drei Tage blieben sie in Staryje Doroghi, und jeden Abend gab es eine Vorstellung.

Die Filme wurden im Theatersaal vorgeführt; er war sehr groß, und man hatte die Sitze, die von den Deutschen weggeschleppt worden waren, durch primitive Bänke ersetzt. Sie standen wackelig auf dem von der Leinwand bis zur Galerie ansteigenden Boden. Die ebenfalls ansteigende Galerie war nur ein schmaler Gang; ihr oberer Teil war infolge eines Wahnsinnsaktes der geheimnis- und phantasievollen Erbauer des Roten Hauses in viele kleine licht- und luftlose Kammern unterteilt worden, die ihren Eingang zur Bühne hin hatten. Jetzt lebten dort die alleinstehenden Frauen unserer Kolonie.

Am ersten Abend wurde ein alter österreichischer Film gezeigt, an sich mittelmäßig und für die Russen uninteressant, für uns Italiener aber reich an Emotionen. Es war ein Kriegs- und Spionagefilm, ein Stummfilm mit deutschen Untertiteln, genauer gesagt, schilderte er eine Episode aus dem Ersten Weltkrieg an der italienischen Front. Er war von der gleichen Naivität und rhetorischen Verbrämung wie die entsprechenden Produkte der Alliierten: kriegerische Ehre, geheiligte Grenzen, Kämpfer voller Heroismus, aber tränenreich wie Jungfrauen, Sturmangriffe, geführt mit unwahrscheinlichem Enthusiasmus. Nur war alles auf den Kopf gestellt; die Österreicher, Offiziere und Soldaten, waren edle und kraftvolle Menschen, tapfer und ritterlich; sie hatten die vergeistigten, sensiblen Züge stoischer Krieger oder die Gesichter einfacher und ehrlicher, von vornherein sympathischer Bauern. Dagegen waren die Italiener ausnahmslos ein Haufen vulgärer Idioten, alle mit auffälligen und lächerlichen körperlichen Defekten ausgestattet; schielend, fett, mit Hängeschultern, herkulischen Beinen und niedriger, fliehender Stirn. Sie waren feige und grausam, brutal und verschlagen; die Offiziere verweichlicht und lasterhaft, die Gesichter erdrückt von unverhältnismäßig großen topfförmigen Mützen (wie sie uns von den Bildern Cadornas und Diaz' vertraut sind); die Soldaten mit schweinischen oder affenähnlichen Visagen unter den Stahlhelmen unserer Väter, die, schief aufgesetzt oder über die Augen gezogen, finster den Blick verbargen.

Der Oberschurke war ein italienischer Spion in Wien, eine absonderliche Chimäre, halb D'Annunzio, halb Vittorio Emanuele, so grotesk klein, daß er gezwungen war, alle von unten her anzusehen; er trug Monokel und Fliege und bewegte sich auf der Leinwand wie ein arroganter Hahn. Hinter die italienischen Linien zurückgekehrt, befehligte er mit abscheulicher Kaltblütigkeit die Erschießung von zehn unschuldigen Tiroler Zivilisten.

Wir Italiener, so wenig gewohnt, uns selbst in der Rolle des per definitionem hassenswerten »Feindes« zu sehen, so überrascht bei dem Gedanken, es könne uns irgend jemand hassen, empfanden bei diesem Film ein komplexes Vergnügen, das uns durchaus auch beunruhigte und zu heilsamen Überlegungen Anlaß gab.

Für den zweiten Abend wurde ein sowjetischer Film angekündigt; die Gemüter gerieten in zunehmende Erregung: für uns war es der erste Film dieser Art, den Russen versprach der Titel eine bewegte kriegerische Episode mit viel Schießereien. Die Kunde davon verbreitete sich; ganz unerwartet trafen russische Soldaten aus nahen und fernen Garnisonen ein und drängten sich vor den Eingängen. Als die Türen geöffnet wurden, brachen sie sich Bahn wie ein Fluß bei Hochwasser, stiegen lärmend über die Bänke und sicherten sich ihren Platz mit Ellbogenstößen und Knüffen.

Die Handlung war naiv und geradlinig. Ein sowjetisches Militärflugzeug mußte in einer nicht näher bezeichneten Gebirgsgegend nahe der Grenze notlanden; es war ein kleiner Zweisitzer mit nur einem Piloten an Bord. Als der Schaden behoben und der Pilot im Begriff war, den Flug fortzusetzen, trat ein Würdenträger des Ortes heran, ein beturbanter Scheich von äußerst verdächtigem Aussehen, und bat den Mann mit honigsüßen Verbeugungen und türkisch anmutenden Kniefällen, ihn mitzunehmen. Auch ein Idiot konnte erkennen, daß es sich um einen gefährlichen Schurken, wahrscheinlich einen Schmuggler oder Bandenführer oder aber um einen ausländischen Agenten handelte. Nicht so der Pilot: mit törichtem Großmut kommt er dem weitschweifig vorgebrachten Ersuchen nach und bietet dem Mann den hinteren Platz an.

Sie fliegen los, und es folgen wunderbare Luftaufnahmen von Bergketten mit leuchtenden Gletschern (ich glaube, es muß der Kaukasus gewesen sein); plötzlich zieht der Scheich mit schlangenartigen Bewegungen verstohlen einen Trommelrevolver aus seinen Mantelfalten, drückt ihn dem Piloten in den Rücken und fordert ihn auf, den Kurs zu ändern; der Pilot reagiert blitzschnell und ohne sich auch nur umzusehen: er reißt das Flugzeug hoch und führt überraschend einen Todeslooping aus. Der Scheich klammert sich angstvoll an seinen Sitz, und es wird ihm schlecht; der Pilot, anstatt ihn außer Gefecht zu setzen, fliegt ruhig seinen Kurs. Nach wenigen Minuten und weiteren wunderbaren Luftaufnahmen hat sich der Bandit wieder gefaßt und beugt sich erneut zu dem Piloten; wieder hebt er seine Pistole, wieder fordert er eine Kursänderung. Diesmal reagiert der Pilot mit einem Sturzflug: Tausende von Metern fällt das Flugzeug einer Hölle von steilen Bergzacken und Abgründen zu; der Scheich sinkt in Ohnmacht, das Flugzeug nimmt seinen Kurs wieder auf. So zieht sich der Flug mit immer wiederholten Angriffen von seiten des Muselmanen und stets variierten Akrobatenstücken von seiten des Piloten über eine Stunde hin, bis nach einer letzten Drohung des Scheichs – der wie die Katzen neun Leben zu besitzen scheint – das Flugzeug Spiralen fliegt: Wolken, Berge, Gletscher taumeln ihm wild entgegen, bis er schließlich auf dem Zielflughafen landet; dem ohnmächtigen Scheich werden Handschellen angelegt, der taufrische Pilot wird nicht etwa verhört, sondern von seinen würdigen Vorgesetzten beglückwünscht, an Ort und Stelle befördert und erhält einen züchtigen Kuß von einem Mädchen, das ihn offenbar schon seit geraumer Zeit erwartet hat.

Die Russen hatten lärmend und mit leidenschaftlicher Anteilnahme die simple Begebenheit verfolgt; sie applaudierten dem Helden und beschimpften den Verräter. Verglichen mit dem, was sich am dritten Abend abspielen sollte, war dies jedoch gar nichts.

Am dritten Abend wurde *Hurricane* angekündigt, ein ganz ordentlicher amerikanischer Film aus den dreißiger Jahren. Ein Seemann aus Polynesien, moderne Version des »edlen Wilden«, ein einfacher, tapferer und gutherziger Mann, wird in einer Schenke von einer Gruppe betrunkener Weißer auf gemeine Weise provoziert und fügt daraufhin einem von ihnen eine leichte Verletzung zu. Das Recht ist offensichtlich auf seiner Seite, aber niemand macht eine Zeugenaussage zu seinen Gunsten; er wird verhaftet, vor Gericht gestellt und zu einem Monat Gefängnis verurteilt. Mit pathetischem Unverständnis läßt er alles über sich ergehen. Er erträgt das Gefängnis nur wenige Tage: nicht nur seines fast animalischen Freiheitsbedürfnisses wegen, sondern vor allem, weil er überzeugt ist, weil er weiß, daß nicht er, sondern die Weißen das Recht gebrochen haben; wenn aber so das Gesetz der Weißen ist, dann ist das Gesetz ungerecht. Er tötet einen Wärter und flieht unter einem Hagel von Schüssen.

Der sanftmütige Seemann ist damit zu einem wirklichen Verbrecher geworden. Man fahndet auf der ganzen Inselgruppe nach ihm, während man doch gar nicht weit nach ihm zu suchen brauchte: er ist friedlich in sein Dorf zurückgekehrt. Wieder wird er verhaftet; man bringt ihn auf eine abgelegene Insel in ein Zuchthaus, wo ihn Arbeit und Schläge erwarten. Er flieht nochmals, wirft sich aus schwindelnder Höhe von einem Felsen ins Meer, stiehlt ein Boot und segelt tagelang ohne zu essen und zu trinken seiner Heimat zu; erschöpft geht er an Land, während der im Titel angekündigte Orkan droht. Plötzlich bricht der Orkan mit rasender Gewalt los, und der Mann kämpft als guter amerikanischer Held allein gegen die Elemente; er rettet nicht nur seine Frau, sondern die Kirche, den Pfarrer und die Gläubigen, die geglaubt hatten, in der Kirche Zuflucht finden zu können. So hat er seine Schuld gebüßt und geht mit der jungen Frau einer glücklichen Zukunft entgegen, während die Sonne durch die letzten fliehenden Wolken bricht.

Diese ausgesprochen individualistische Geschichte, elementar und nicht schlecht erzählt, riß die Russen zu einem Begeisterungssturm hin. Schon eine Stunde vor Beginn drängte sich eine lärmende Menge vor den Türen (angelockt durch ein Plakat mit dem Bild des wunderschönen und äußerst spärlich bekleideten polynesischen Mädchens); fast alles blutjunge, bewaffnete Soldaten. Es war offensichtlich, daß selbst der große »ansteigende Saal« nicht für alle Platz bieten würde, auch dann nicht, wenn sie stehen würden. Sie kämpften deshalb erbittert und unter Zuhilfenahme ihrer Ellenbogen um einen günstigen Platz vor dem Eingang. Einer fiel hin, wurde niedergetrampelt und erschien am nächsten Tag in der Krankenstation; wir glaubten, er müsse ganz zerschmettert sein, aber er hatte nur einige leichte Prellungen davongetragen – sie besaßen stabile Knochen, diese Menschen. Es dauerte nicht lange, bis die Türen eingedrückt, in Stücke gehauen und die Trümmer als Knüppel verwendet wurden; die Menge, die sich gleich darauf Fuß an Fuß im Theater drängte, war bereits vor Beginn der Vorstellung in heller Erregung und äußerst kriegerischer Stimmung.

Für sie waren die Personen der Handlung keine Phantome, sondern in Freund und Feind geteilte Menschen aus Fleisch und Blut in greifbarer Nähe. Der Seemann erhielt für jede seiner Taten Beifall und wurde bei jedem Auftritt mit johlenden Hurrarufen und bedrohlich über den Köpfen geschwenkten Gewehren begrüßt. Die Polizeibeamten und Gefängniswärter dagegen wurden blutgierig beschimpft und mit Schreien wie »Hau ab«, »umbringen«, »zum Teufel mit dir«, »laß ihn in Ruh« empfangen. Als der erschöpfte und verwundete Flüchtling wieder in Ketten gelegt und überdies von der unverschämten und verzerrten Fratze des John Carradine beschimpft und verhöhnt wurde, brach im Saal die Hölle los. Das Publikum ergriff aufheulend die Partei des Unschuldigen; eine Welle von Rächern bewegte sich drohend auf die Leinwand zu; sie wurden ihrerseits beschimpft und aufgehalten von weniger erregbaren oder mehr auf den Ablauf der Handlung und ihren Ausgang gespannten Elementen. Steine, Erdklumpen und Holzstücke von den zertrümmerten Türen flogen gegen die Leinwand, ja sogar ein Soldatenstiefel, der mit wütender Präzision zwischen die beiden verhaßten – in Großaufnahme gezeigten – Augen des bösen Feindes geschleudert wurde.

Als der Orkan in einer Reihe kraftvoller Bilder vorübertoste, schlug der Tumult in einen Hexensabbat um. Die wenigen in der Menge eingekeilten Frauen stießen schrille Schreie aus; ein Pfahl und noch einer wurden von Mann zu Mann unter ohrenbetäubendem Geschrei über die Köpfe hinweggereicht. Niemand verstand zunächst, weshalb, bis man den Plan erkannte – einen Plan, der vermutlich von den Ausgeschlossenen, die vor dem Saal tobten, ausgeheckt worden war: man wollte die Frauengemächer in der Loge erstürmen.

Die Pfähle wurden aufgerichtet und an die Galerie gelehnt. Einige Besessene zogen sich die Stiefel von den Füßen und begannen hinaufzuklettern, so wie man bei Dorffesten den Maibaum erklimmt. Von diesem Augenblick an wandte sich die allgemeine Aufmerksamkeit gänzlich von den Vorgängen auf der Leinwand ab und den Hinaufkletternden zu. Gelang es einem, das Meer der Köpfe unter sich zu lassen, wurde er sogleich von vielen Händen an den Füßen wieder zu Boden gezerrt. Die Menge spaltete sich in Helfer und Gegner; ein Verwegener schaffte es dennoch, mit heftigen Armbewegungen zog er sich rasch höher; ein anderer am selben Pfahl ihm nach. Als sie fast die Galerie erreicht hatten, entspann sich zwischen ihnen ein minutenlanger Kampf: der untere klammerte sich an die Fersen des anderen, der sich seinerseits mit blindlings ausgeteilten Fußtritten zur Wehr setzte. Gleichzeitig tauchten oben auf der Galerie die Köpfe einer Gruppe von Italienern auf; sie waren eilig über die gewundenen Treppen des Roten Hauses hinaufgerannt, um die belagerten Frauen zu schützen; die Verteidiger stießen den Pfahl zurück – einen Augenblick blieb er senkrecht im Gleichgewicht, dann stürzte er mit beiden darangeklammerten Männern wie eine gefällte Tanne unter die Menge. In diesem Augenblick, ob nun aus Zufall oder aufgrund höherer Intervention, erlosch die Projektorlampe, und alles lag in schwarzer Finsternis; das Toben im Saal schwoll beängstigend an, und alle drängten sich im Mondlicht unter Geschrei, Fluchen und Beifallrufen ins Freie.

Zum allgemeinen Bedauern fuhr der Kinowagen am nächsten Morgen weiter. Am Abend darauf unternahmen die Russen erneut einen kühnen Invasionsversuch; diesmal wollten sie die Frauengemächer über die Dächer und Dachrinnen erreichen; italienische Freiwillige richteten daraufhin eine Nachtwache ein, und die Frauen zogen außerdem vorsichtshalber wieder zu den übrigen Frauen in einen gemeinsamen Schlafsaal: eine weniger intime, aber dafür sichere Unterkunft.

Theater

Mitte August fand sich dann doch ein Berührungspunkt mit den Russen. Trotz strenger Geheimhaltung wußte bald das ganze Lager, daß die »Rumänen« mit Zustimmung und Unterstützung der Kommandantur eine Revue vorbereiteten; die Proben wurden im »ansteigenden Saal« abgehalten, dessen Türen notdürftig wieder repariert worden waren. Eine davor postierte Wache verwehrte jedem Unbefugten den Zutritt. Unter den Programmnummern war auch ein Steptanz vorgesehen; der Spezialist, ein sehr gewissenhafter Matrose, probte jeden Abend in einem kleinen Kreis von Kennern und Beratern. Dieser Tanz ist von Natur aus geräuschvoll: eines Abends hörte der Leutnant im Vorbeigehen das rhythmische Stampfen; in eindeutigem Amtsmißbrauch schob er die Wachen beiseite und ging hinein. Er wohnte zum Unbehagen der Anwesenden zwei oder drei Proben bei, ohne seine gewohnte Reserve aufzugeben oder seine finstere, verschlossene Miene aufzuhellen; darauf verkündete er dem Organisationskomitee unvermittelt, daß er in seinen freien Stunden begeistert den Tanz pflege und es schon lange sein sehnlichster Wunsch sei, richtig steppen zu lernen; er lade deshalb den Tänzer ein, oder besser: fordere ihn auf, ihm eine Anzahl von Stunden zu geben.

Das Schauspiel dieser Tanzstunden interessierte mich

so sehr, daß ich Mittel und Wege fand, sie mitanzusehen: ich schlängelte mich durch die seltsamen Mäander des Roten Hauses und hockte mich in eine dunkle Ecke. Der Leutnant war der denkbar gelehrigste Schüler, ungeheuer ernsthaft, eifrig, zäh und körperlich talentiert. Er tanzte in Uniform und Stiefeln jeden Tag eine geschlagene Stunde, ohne seinem Lehrer oder sich selbst eine einzige Pause zu gönnen. Er machte rasch Fortschritte.

Als eine Woche später die Revue über die Bühne ging, wurde die Steptanznummer zu einer allgemeinen Überraschung: es tanzten Meister und Schüler, beide in makelloser Parallelität und Übereinstimmung, der Meister augenzwinkernd und lächelnd in einem von den Frauen zusammengestellten phantasievollen Zigeunerkostüm, der Leutnant, die Nase in der Luft, die Augen starr zu Boden gerichtet, mit düsterer Miene, als führe er einen Opfertanz aus, in Uniform natürlich: die Orden auf der Brust und die Pistolentasche an der Seite tanzten mit.

Sie bekamen Applaus, und Applaus bekamen auch andere, nicht sehr einfallsreiche Nummern (einige neapolitanische Lieder aus dem klassischen Repertoire; *Die Feuerwehrleute von Viggiú;* ein Sketch, in dem ein Verliebter das Herz seines Mädchens nicht mit einem Strauß Blumen, sondern mit einem Strauß »ryba«, unserem täglichen übelriechenden Fisch, gewinnt; die *Montanara*, im Chor gesungen, einstudiert von Herrn Unverdorben). Wirklich stürmischen und verdienten Beifall ernteten zwei weniger alltägliche Nummern.

Eine dicke, unförmige Gestalt stapfte schwerfällig und breitbeinig auf die Bühne, maskiert und vermummt wie der berühmte »Bibendum«, die Reklamefigur der Michelin-Reifen. Er begrüßte das Publikum in Athletenmanier mit über den Kopf zusammengelegten Händen; währenddessen rollten zwei Helfer unter großen Mühen ein riesiges Gerät neben ihn, bestehend aus einer Stange und zwei Rädern, wie die Gewichtheber es zu benutzen pflegen.

Der Dicke beugt sich herunter, umspannt die Hantel und strafft alle Muskeln: nichts, die Hantel rührt sich nicht. Er zieht den Mantel aus, legt ihn umständlich zusammen, breitet ihn auf den Boden und rüstet sich zu einem weiteren Versuch: nichts; er zieht einen zweiten Mantel aus und legt ihn neben den ersten – und so fort: Zivilmäntel und Uniformmäntel, Regenmäntel, Umhänge, dicke Wintermäntel; das Volumen des Athleten schrumpft vor unseren Augen, die Bühne füllt sich mit Kleidungsstücken, und das Gewicht scheint im Boden Wurzeln geschlagen zu haben.

Als er sich seiner sämtlichen Mäntel entledigt hat, beginnt er Jacken aller Art auszuziehen (unter ihnen eine gestreifte Häftlingsjacke zu Ehren unserer Minorität), danach eine Unzahl von Hemden, und jedesmal, nach jedem abgelegten Stück, unternimmt er mit gewissenhaftem gravitätischem Ernst einen neuerlichen Versuch, das Gerät vom Boden zu heben; jedesmal gibt er ohne das geringste Zeichen von Ungeduld oder Überraschung wieder auf. Nachdem er das vierte oder fünfte Hemd ausgezogen hat, stockt er plötzlich: aufmerksam besieht er sich das Hemd, hält es auf Armeslänge von sich, dann ganz nahe vor die Augen; untersucht Kragen und Nähte, und da – mit geschickten, affenartigen Bewegungen fördert er zwischen Daumen und Zeigefinger eine imaginäre Laus zutage. Er betrachtet sie mit schreckgeweiteten Augen, legt sie dann vorsichtig zu Boden, zieht ringsum einen Kreidestrich, beugt sich nach rückwärts, ergreift mit einer Hand das Gerät, das plötzlich leicht ist wie ein Schilfrohr, und schlägt damit die Laus mit einem kurzen und präzisen Hieb tot.

Nach dieser Unterbrechung zieht er sich weiter aus;

Hemden, Hosen, Strümpfe, Bauchbinden, ernst und würdig, und versucht immerfort vergeblich, das Gewicht zu heben. Schließlich steht er in Unterhosen da, inmitten eines Berges von Kleidungsstücken; er nimmt die Maske ab, und das Publikum erkennt den sympathischen und höchst populären Koch Gridacucco, klein, mager, drahtig und stets beschäftigt, von Cesare treffend Grillentöter genannt. Applaus brandet auf: Grillentöter sieht sich verwirrt um, packt wie in plötzlichem Schrecken vor dem Publikum sein Gewicht, klemmt es unter den Arm – wahrscheinlich ist es aus Pappe – und rennt so schnell er kann von der Bühne.

Der zweite Erfolg ist dem Lied »Mein Hut, der hat drei Ecken« vorbehalten, einem Lied, das gänzlich jeglicher Bedeutung entbehrt und aus einer einzigen, immer wiederkehrenden Strophe besteht (»Mein Hut, der hat drei Ecken – Drei Ecken hat mein Hut – Und hätt' er nicht drei Ecken – Dann wär es nicht mein Hut«); es wird nach einer so abgegriffenen und durch die Gewohnheit verstümmelten Melodie gesungen, daß niemand mehr seinen Ursprung kennt. Die Besonderheit des Liedes besteht darin, daß bei jeder Wiederholung ein Wort ausgelassen und durch eine Geste ersetzt wird: eine gewölbte Hand auf dem Kopf für »Hut«, ein Schlag mit der Faust gegen die eigene Brust für »mein«, zu einem Kegel gespitzte Finger für »Ecke« – und so weiter, bis der Vers schließlich zu einem Gestammel von Artikel und Konjunktionen verkümmert, die mit Zeichen nicht mehr wiederzugeben sind, oder aber in einer anderen Version zu völligem, nur noch durch rhythmische Gesten skandiertem Schweigen absinkt.

In der zusammengewürfelten Gruppe der »Rumänen« mußte es jemanden geben, der Theaterblut hatte: in ihrer Interpretation nämlich wurde die kindliche Spielerei zu einer unheimlichen Pantomime, voll von dunklen Allegorien, beunruhigenden, symbolischen Anklängen.

Ein kleines Orchester – die Instrumente hatten die Russen gestellt – setzt dumpf und tief mit der abgenutzten simplen Melodie ein. Langsam, rhythmisch schwankend, betreten drei Nachtgespenster, in schwarze Mäntel und Kapuzen gehüllt, die Bühne; aus der Vermummung blikken drei leichenfahle, hohlwangige und von tiefen bläulichen Runzeln durchfurchte Gesichter. Zögernd, im Tanzschritt, kommen sie herein, drei lange, erloschene Kerzen in Händen. Sie verneigen sich, in der Mitte der Rampe angelangt, immer im Rhythmus, greisenhaft tatterig, beugen sich ganz langsam mit kleinen mühsamen Rucken aus den steifen Hüften; für das Verbeugen und sich Aufrichten brauchen sie gut zwei Minuten – eine beklemmende Zeit für die Zuschauer. Nachdem sie mühsam wieder eine aufrechte Haltung eingenommen haben, verstummt das Orchester, und die drei Larven fangen an, mit zittriger, gebrochener Stimme das abgedroschene Lied zu singen. Sie singen; und mit jeder Wiederholung, mit jeder neuen Lücke im Text, die sie durch unsichere Gesten ersetzen, scheinen das Leben und ihre Stimmen immer mehr aus ihnen zu entweichen. Nur eine Trommel schlägt dumpf den hypnotischen Takt; stetig und unaufhaltsam schreitet die Lähmung fort. Die letzte Wiederholung, während Orchester, Sänger und Publikum schweigen, ist eine qualvolle Agonie, ein letzter Versuch Sterbender.

Nach dem Lied setzt düster das Orchester wieder ein: die drei Gestalten vollführen mit äußerster Anstrengung, an allen Gliedern zitternd, ihre Verbeugung. Wider Erwarten gelingt es ihnen, sich aufzurichten, und mit schwankender Kerze und fürchterlichem, makabrem Zögern, aber immer noch im Rhythmus, taumeln sie endgültig hinter die Kulissen.

Die Nummer »Mein Hut, der hat drei Ecken« war atemberaubend und wurde jeden Abend mit einem Schweigen empfangen, das mehr besagte als der stärkste Applaus. Warum? Vielleicht, weil unter der grotesken Vermummung der schwere Atem eines kollektiven Traums spürbar wurde, des Traums, der aus dem Exil und dem Nichtstun aufsteigt, wenn Arbeit und Schmerz aufhören und sich nichts mehr als Schutz zwischen den Menschen und sein eigenes Ich stellt; vielleicht, weil die Ohnmacht und Nichtigkeit unseres Lebens, des Lebens überhaupt, sichtbar wurden und das bucklige und verzerrte Profil der aus dem Schlaf der Vernunft geborenen Ungeheuer.

Harmloser, kindlich und possenhaft dagegen war das allegorische Schauspiel, das an einem weiteren Abend aufgeführt wurde: »Der Schiffbruch der Willenlosen«. Die Willenlosen, wie schon aus dem Titel zu ersehen, waren wir, die auf dem Weg in die Heimat verirrten Italiener, gewöhnt an Untätigkeit und Langeweile; die einsame Insel war Staryje Doroghi; und die Kannibalen unverkennbar sie, die guten Russen des Kommandos. Kannibalen, wie sie im Buche stehen: nackt und tätowiert traten sie auf die Bühne, plapperten ein primitives, unverständliches Kauderwelsch und ernährten sich von rohem, blutigem Menschenfleisch. Ihr Häuptling hauste in einer Laubhütte, ein weißer Sklave – ständig auf allen vieren – diente ihm als Fußschemel, und ein dicker Wecker baumelte ihm um den Hals, den er nicht etwa konsultierte, um die Zeit zu erfahren, sondern um mit seiner Hilfe Regierungsentscheidungen zu fällen. Der Genosse Oberst, dem das Lager unterstand, mußte ein Mann von Geist, ausgesprochen langmütig oder aber dumm sein, um eine so beißende Karikatur seiner selbst und seines Amtes zuzulassen; vielleicht war aber auch hier die wohltuende, jahrhundertealte russische Gleichgültigkeit wirksam, die Oblomowsche Nachlässigkeit, die in diesem glücklichen Augenblick ihrer Geschichte sich auf allen Ebenen breitmachte.

Einmal zumindest kamen uns Bedenken, ob das Kommando die Satire wirklich geschluckt oder sich nicht doch eines anderen besonnen habe. In der Nacht nach der Premiere des »Schiffbruchs« ging plötzlich im Roten Haus ein Höllenspektakel los: Gebrüll in den Räumen, Fußtritte gegen die Türen, Befehle auf russisch, italienisch und in schlechtem Deutsch. Diejenigen unter uns, die aus Kattowitz kamen und einen ähnlichen Tanz schon einmal erlebt hatten, waren nur halb so erschrocken wie die übrigen (besonders die für das Stück verantwortlichen »Rumänen«); sie gerieten völlig außer sich, und im Nu verbreitete sich das Gerücht, es handle sich um eine Repressalie der Russen; die Ängstlichsten sahen sich schon auf dem Weg nach Sibirien.

Durch den Leutnant, der sich noch grämlicher und herablassender gab als sonst, erteilten die Russen den Befehl, daß alle sich in rasender Schnelligkeit anziehen und sich in einem der gewundenen Gänge des Gebäudes hintereinander aufstellen sollten. Eine halbe Stunde verging, eine Stunde – nichts geschah; ich hatte meinen Platz am Ende der Schlange, und niemand dort wußte, wo sie begann; es ging keinen Schritt vorwärts. Neben der Ansicht, daß es sich um eine Repressalie wegen der »Willenlosen« handle, waren die kühnsten Hypothesen im Umlauf: daß die Russen beschlossen hätten, nach Faschisten zu suchen; daß sie nach den beiden Mädchen im Wald fahndeten; daß man uns alle auf Tripper untersuchen wolle; daß sie Leute zur Arbeit in den Kolchosen sammelten; daß sie Spezialisten ausfindig machen wollten wie die Deutschen. Dann kam ein Italiener vorbei, der freudestrahlend ein Päckchen Rubel in der Hand schwenkte. »Sie verteilen Geld!« Niemand glaubte ihm; ein zweiter kam, ein dritter – jeder bestätigte die Nachricht. Das Ganze hat sich nie recht aufgeklärt (aber wurde denn je geklärt, weshalb wir überhaupt in Staryje Doroghi waren und was wir dort sollten?); am vernünftigsten ist vielleicht jene Deutung, derzufolge irgendwelche sowjetischen Behörden uns mit Kriegsgefangenen gleichgesetzt hatten und uns einen Lohn nach Arbeitstagen auszahlten. Aufgrund welcher Anhaltspunkte man aber diese Tage berechnete (kaum einer von uns hatte überhaupt jemals für die Russen gearbeitet, weder in Staryje Doroghi noch vorher), weshalb man auch die Kinder entlohnte, und vor allem, warum das unbedingt zwischen zwei und sechs Uhr morgens und noch dazu mit einem solchen Aufruhr stattfinden mußte, all das wird immer im dunkeln bleiben.

Die Russen verteilten aus unerforschlichen Gründen, vielleicht aber auch rein zufällig, unterschiedliche Summen von dreißig bis zu achtzig Rubel pro Kopf; es war nicht viel, aber jeder freute sich, erlaubte es doch immerhin einen gewissen Komfort für mehrere Tage. Erst bei Morgengrauen kamen wir wieder in unsere Betten; wir suchten nach den verschiedensten Erklärungen für das Vorgefallene, aber keiner begriff, daß es sich um ein glückliches Vorzeichen, um das Vorspiel zum Heimtransport handelte.

Von diesem Tag an aber mehrten sich die Zeichen, auch wenn die offizielle Bestätigung noch ausblieb; kleine, vage und schüchterne Andeutungen, aber hinreichend, um den Eindruck zu verbreiten, daß endlich etwas in Gang gekommen sei, etwas geschehen werde. Ein Trupp desorientierter, blutjunger russischer Soldaten traf ein; sie erzählten uns, daß sie aus Österreich kämen und demnächst wieder aufbrechen müßten, um einen Ausländertransport zu begleiten, wohin, wußten sie nicht. Das Kommando gab nach monatelangen fruchtlosen Eingaben endlich Schuhe an die Bedürftigen aus; und plötzlich war der Leutnant verschwunden, so als ob er gen Himmel gefahren sei.

Alles undeutliche, weil vieldeutige Zeichen; und selbst wenn die Abreise bevorstand: wer garantierte uns, daß es die Heimfahrt und nicht eine neue Verlegung nach irgendeinem anderen Ort bedeutete? Da wir mittlerweile eine gewisse Vertrautheit mit den Verfahrensweisen der Russen erlangt hatten, schien es uns angebracht, unsere Hoffnung durch einen heilsamen Schuß Zweifel zu mäßigen. Auch die Jahreszeit trug zu unserer Unruhe bei: in den ersten zehn Septembertagen hatten sich Himmel und Sonne verdüstert, die Luft war kalt und feucht geworden, die ersten herbstlichen Regengüsse fielen und erinnerten uns an die Unsicherheit unserer Situation.

Straße, Wiesen und Felder verwandelten sich in einen trostlosen Sumpf. Durch die Dächer und scheibenlosen Fenster des Roten Hauses drang reichlich Wasser und tröpfelte erbarmungslos in unsere Betten. Niemand war mit warmer Kleidung versehen. Im Dorf sah man die Bauern mit Karren voll Reisig und Brennholz aus dem Wald zurückkehren; alle, Männer wie Frauen, trugen Stiefel. Der Wind trieb einen neuen, beunruhigenden Geruch von den Häusern herüber: den herben Rauch des feuchten brennenden Holzes, den Geruch des nahenden Winters. Ein neuer Winter, der dritte: und was für ein Winter!

Aber dann kam endlich die Nachricht, die uns die Heimkehr verhieß, die Rettung, das Ende unserer langen Irrfahrten. Sie erreichte uns von zwei verschiedenen Seiten, beide Male auf eine neuartige und unerhörte Weise, jedesmal aber überzeugend, unverhüllt und alle Gedanken zerstreuend. Sie wurde uns im Theater und durch das

Theater zuteil, und sie kam die schlammige Straße entlang, in Gestalt eines berühmten und seltsamen Boten.

Nacht war es, es regnete, und in dem überfüllten »ansteigenden Saal« (was sollte man sonst am Abend tun, bevor man unter die feuchten Decken kroch?) wurde zum neunten oder zehnten Male der »Schiffbruch der Willenlosen« gegeben, ein formloses, aber beschwingtes Machwerk, das seinen Witz aus gut getroffenen humorvollen Anspielungen auf unseren Alltag bezog. Alle hatten wir es gesehen, wir waren bei jeder Wiederholung zugegen und kannten es mittlerweile auswendig. Wir lachten jedesmal weniger bei der Szene, wenn ein Cantarella, der noch wilder war als das Vorbild, im Auftrag der russischen Kannibalen ein ungeheures Blechgefäß verfertigte, in dem die wichtigsten Persönlichkeiten der Willenlosen gekocht werden sollten; und wir sahen jedesmal mit zunehmender Beklemmung, wie in der Schlußszene das Schiff auftauchte.

In dieser Szene, die es ja logischerweise geben mußte, erschien nämlich ein Segel am Horizont, und alle Schiffbrüchigen eilen lachend und weinend zum ungastlichen Strand. Dieses Mal nun, gerade als der Älteste, weißhaarig und gebeugt vom vielen Warten, mit dem Finger auf das Meer weist und ruft »ein Schiff« und wir alle mit einem Kloß im Hals auf den heiteren und konventionellen Schluß warten, um uns danach wieder einmal auf unser Lager zu verkriechen, gibt es einen unvermittelten Krach, und der Oberkannibale, ein wahrer Deus ex machina, stürzt wie vom Himmel gefallen senkrecht auf die Bühne. Er reißt sich den Wecker vom Hals, den Ring aus der Nase, den Federbusch vom Kopf und ruft mit Donnerstimme: »Morgen fahren wir!«

Wir sind überrumpelt und begreifen zunächst einmal gar nichts. Soll es ein Scherz sein? Aber der Wilde beharrt: »Ich meine es ernst, es ist kein Spiel mehr, diesmal ist es wirklich soweit! Das Telegramm ist gekommen, morgen fahren wir alle nach Hause!« Diesmal waren es wir Italiener, Schauspieler, Zuschauer und Komparsen, die die erschrockenen Russen, die mit dieser im Text nicht vorgesehenen Szene nicht das geringste anzufangen wußten, über den Haufen rannten. Im wüsten Durcheinander drängten wir ins Freie; Fragen über Fragen, keiner, der eine Antwort wußte; bis wir plötzlich, eingekreist von Italienern, den Oberst entdeckten: bestätigend nickte er mit dem Kopf; also stimmte es, es war wirklich soweit, die Stunde war gekommen. Wir zündeten im Walde ein Feuer an und verbrachten – keiner konnte jetzt schlafen – die Nacht unter Singen und Tanzen; wir erzählten uns gegenseitig die vergangenen Abenteuer und gedachten der verlorenen Gefährten, denn es ist dem Menschen nicht gegeben, sich ungetrübt zu freuen.

Am Morgen – im Roten Haus summte und brodelte es wie in einem schwärmenden Bienenstock – sahen wir ein kleines Auto die Straße entlangfahren. Es waren so wenige in der letzten Zeit vorbeigekommen, daß wir aufmerksam wurden, noch dazu, weil es kein Militärwagen war. Vor dem Lager bremste es, bog ein und fuhr holpernd auf den Grasplatz vor der bizarren Fassade. Es war ein uns allen wohlvertrautes Fahrzeug, ein Fiat 500 A, ein verrosteter und zerbeulter »Topolino« mit erbärmlich gequetschter Federung.

Er hielt vor dem Eingang, und sofort war er von einer Schar Neugieriger umringt. Unter großen Mühen wand sich eine außerordentliche Gestalt hervor. Sie schien kein Ende zu nehmen, bis sie sich schließlich zu einem ungewöhnlich großen, korpulenten rotgesichtigen Mann auswuchs, der eine Uniform trug, wie wir sie noch niemals gesehen hatten: ein sowjetischer General, ein Generalissimus, ein Feldmarschall. Als er sich ganz zur Tür hinausgezwängt hatte, hob sich die winzige Karosserie um ein Beträchtliches, und es war, als atmeten die gequälten Federn auf. Der Mann war buchstäblich größer als das Auto, und man mußte sich fragen, wie er überhaupt hineingepaßt haben konnte. Seine an sich schon stattlichen Dimensionen wurden zusätzlich vergrößert und unterstrichen: er zog einen schwarzen Gegenstand aus dem Wagen und entfaltete ihn; es war ein bodenlanger Mantel mit zwei langen, starren Schulterstücken aus Holz; mit einer schwungvollen Geste, die von langer Vertrautheit mit dem Kleidungsstück zeugte, warf er ihn sich um: sein rundlicher Umriß wurde hierdurch eckig. Von hinten gesehen glich der Mann einem monumentalen schwarzen Rechteck von einem auf zwei Meter, das nun mit majestätischer Symmetrie auf das Rote Haus zuschritt, durch ein Spalier verwunderter Leute hindurch, die er um Hauptеslänge überragte. Wie wollte er durch die Tür kommen, breit, wie er war? Aber siehe da, er klappte die beiden Schulterstücke flügelgleich zusammen und war drinnen.

Dieser himmlische Bote, mitten im Schlamm allein in einem klapprigen, betagten Kleinwagen unterwegs, war der Marschall Timoschenko persönlich, Semjòn Konstantínovič Timoschenko, der Held der bolschewistischen Revolution, der Held von Karelien und Stalingrad. Nach dem Empfang durch unsere Russen, der übrigens erstaunlich nüchtern verlief und sich nur auf wenige Minuten beschränkte, kam er wieder heraus und unterhielt sich, dem einfachen Kutusov aus *Krieg und Frieden* ähnlich, leutselig mit uns, mitten auf der Wiese zwischen den Töpfen, in denen der Fisch kochte und wo die Wäsche baumelte. Mit den »Rumänen« sprach er fließend rumänisch (er stammte oder besser stammt aus Bessarabien), und sogar ein wenig Italienisch konnte er. Der feuchte

Wind spielte in seiner grauen Mähne, die mit dem rötlichen, gegerbten Gesicht kontrastierte, das den Soldaten, Esser und Trinker verriet. Er bestätigte uns alles; ja, wir würden bald, sehr bald fahren. »Krieg zu Ende, alle nach Hause«, die Begleitmannschaften seien schon bereit, desgleichen Reiseproviant und Papiere. In wenigen Tagen werde uns der Zug auf dem Bahnhof von Staryje Doroghi erwarten.

Von Staryje Doroghi nach Jasy

Daß die Abreise nicht buchstäblich »morgen« stattfinden würde, wie der Wilde im Theater verkündet hatte, überraschte im Grunde niemanden. Wir hatten schon verschiedentlich die Erfahrung gemacht, daß das russische Wort für »morgen« infolge semantischer Verschiebungen, die nie ohne Grund vor sich gehen, etwas weit Unpräziseres und weniger Definitives besagt als unser »morgen« und daß es in Übereinstimmung mit den russischen Gewohnheiten soviel wie »in den nächsten Tagen«, »früher oder später«, »in absehbarer Zeit« bedeutet: auf jeden Fall ist die korrekte zeitliche Bestimmung leicht verwischt. Infolgedessen erstaunte und betrübte uns die verschobene Abreise nicht übermäßig; nachdem sie aber feststand, merkten wir zu unserer eigenen Verwunderung, daß dieses unendliche Land, die Felder und Wälder, wo die Schlachten stattgefunden hatten, denen wir unsere Rettung verdankten, daß diese unberührten und urtümlichen Horizonte, die kräftigen und lebensfrohen Menschen uns ans Herz gewachsen waren und sich einen Platz darin erobert hatten, den sie noch lange behaupten sollten, glorreiche und lebendige Bilder einer einzigartigen Phase unseres Lebens.

Also nicht »morgen«, aber doch einige Tage darauf, am 15. September 1945, zog die Karawane vom Roten Haus in festlichem Zug zum Bahnhof von Staryje Doroghi. Es war keine Sinnestäuschung, ein leibhaftiger Zug erwartete uns, Kohle war da, Wasser auch, und eine riesenhafte und majestätische Lokomotive stand wie ihr eigenes Denkmal in der richtigen Fahrtrichtung. Wir berührten hastig ihren Leib, aber ach, er war kalt. Sechzig reichlich klapprige Güterwagen warteten auf dem Abstellgleis. Jubelnd und ohne Streitereien nahmen wir sie in Besitz: wir waren tausendvierhundert, das bedeutete zwanzig bis fünfundzwanzig Mann pro Waggon, verglichen mit den vielen vorangegangenen Eisenbahnfahrten versprach dies eine bequeme und erholsame Reise zu werden.

Der Zug setzte sich nicht gleich, sondern erst tags darauf in Bewegung; den Stationsvorsteher des winzigen Bahnhofs zu befragen erwies sich als zwecklos: er wußte selbst nichts. Nur zwei oder drei Züge, die weder hielten noch ihre Fahrt verlangsamten, kamen unterdessen vorbei. Wenn einer von ihnen heranbrauste, erwartete ihn der Stationsvorsteher auf dem Bahnsteig, einen Laubkranz, an dem ein Säckchen befestigt war, in der erhobenen Hand; der Maschinist lehnte sich, den rechten Arm abgewinkelt, aus der fahrenden Lokomotive und fing im Fluge das Säckchen ein; fast gleichzeitig warf er einen anderen, mit einem ebensolchen Säckchen versehenen Kranz hinaus: die Post, die einzige Verbindung zwischen Staryje Doroghi und der übrigen Welt.

Sonst herrschte regungslose Stille. Rund um den Bahnhof, der auf einer kleinen Anhöhe erbaut war, dehnte sich Wiesengelände, nur im Westen vom schwarzen Saum des Waldes begrenzt und vom schwindelerregenden Band der Gleise durchschnitten. Vereinzelte Viehherden, die in weiter Entfernung voneinander weideten, unterbrachen einzig die Gleichförmigkeit der Ebene. An dem langen Abend vor der Abreise konnte man die leisen, melodischen Hirtenweisen hören: einer begann, ein anderer antwortete, Kilometer entfernt, dann wieder einer und noch einer und so über den ganzen Horizont hin; es war, als habe die Erde selber zu singen begonnen.

Wir richteten uns für die Nacht ein; nach so vielen Monaten und Transporten waren wir allmählich zu einer organisierten Gemeinschaft zusammengewachsen; wir hatten uns deshalb auch nicht willkürlich auf die Waggons verteilt, sondern nach Gruppen, wie sie sich spontan aus dem Zusammenleben ergeben hatten. Etwa zehn Wagen waren von den »Rumänen« besetzt; drei von den Dieben aus San Vittore, die niemanden unter sich und die die anderen nicht bei sich haben wollten; drei wurden für die alleinstehenden Frauen reserviert; vier oder fünf beherbergten die legitimen und sonstigen Paare; zwei, mittels einer horizontalen Bretterwand in zwei Stockwerke unterteilt, zeichneten sich durch aufgehängte Wäsche aus: sie waren von den Familien mit Kindern bewohnt. Von allen der auffälligste war der Orchesterwaggon; dort residierte vollzählig die Theatertruppe vom »ansteigenden Saal« mit sämtlichen Instrumenten (darunter einem Klavier), die ihnen die Russen liebenswürdigerweise zum Abschied geschenkt hatten. Der unsere war auf Leonardos Veranlassung zum Lazarettwagen erklärt worden, eine anspruchsvolle und willkürliche Bezeichnung, da Leonardo nur über ein Stethoskop und eine Spritze verfügte und der Boden aus dem gleichen harten Holz bestand wie in den anderen Waggons auch; es gab andererseits keinen einzigen Kranken in unserem Transport, und auch im Verlauf der Reise stellte sich kein Patient ein. Wir hausten dort zu etwa zwanzig, selbstverständlich Cesare und Daniele unter ihnen, weniger selbstverständlich dagegen der Mohr, Herr Unverdorben, Giacomantonio und Velletrano, zudem fünfzehn ehemalige Kriegsgefangene.

Wir verbrachten eine unruhige Nacht auf dem nackten Holzboden. Endlich brach der Tag an: die Lokomotive rauchte, der Maschinist war zur Stelle und wartete mit olympischer Ruhe darauf, daß Druck in den Kessel komme. Am späten Morgen stöhnte die Maschine mit tiefer, wunderbarer metallener Stimme auf, tat einen Ruck, spie schwarzen Rauch, die Verbindungsseile zwischen den Waggons spannten sich, und die Räder begannen sich zu drehen. Geradezu perplex sahen wir uns an. Wir hatten es schließlich doch geschafft, wir hatten gesiegt. Nach einem Jahr Lager, Schmerzen und Ausharren, der Todeswelle nach der Befreiung; nach Kälte, Hunger, der Geringschätzung und schroffen Gesellschaft des Griechen; nach Krankheit und Elend in Kattowitz; nach sinnlosen Transporten, die das Gefühl in uns hatten aufkommen lassen, wir seien verurteilt, ewig durch die russischen Weiten zu ziehen, erloschenen Sternen gleich; nach der Untätigkeit und dem bitteren Heimweh in Staryje Doroghi ging es nun endlich wieder aufwärts, waren wir auf dem Weg nach Hause. Die Zeit hatte nach zwei Jahren der Lähmung wieder Macht und Wert, arbeitete wieder für uns; das Ende der langen Erstarrung des Sommers, der Drohung eines nächsten Winters war gekommen; wir wurden ungeduldig und begierig auf Tage und Kilometer.

Aber schon bald, schon nach den ersten Stunden der Reise, wurde uns klar, daß die Stunde der Ungeduld noch nicht angebrochen war; dieser so glücklich begonnene Weg drohte lang und mühsam und reich an Überraschungen zu werden: eine kleine Eisenbahnodyssee innerhalb unserer großen Odyssee. Wir mußten uns immer noch in Geduld üben, für eine nicht vorhersehbare Zeit: noch einmal Geduld.

Unser Zug war über einen halben Kilometer lang; die Wagen und ebenso die Gleise befanden sich in schlechtem Zustand; wir reisten mit einer lächerlichen Geschwindigkeit von vierzig bis fünfzig Kilometern in der Stunde. Die Strecke lief eingleisig; Bahnhöfe, die über ein ausreichend langes Ausweichgleis verfügten, so daß der Zug abgestellt werden konnte, waren selten; oft mußte der Transport in zwei oder drei Teile zerlegt und unter komplizierten und langwierigen Manövern auf Abstellgleise geschoben werden, damit andere Züge vorbeifahren konnten.

Außer dem Maschinisten und der Eskorte, den sieben achtzehnjährigen Soldaten, die man aus Österreich herbeordert hatte, damit sie uns das Geleit gaben, hatten wir keine Amtsperson bei uns. Obwohl bis an die Zähne bewaffnet, waren diese jungen Soldaten sanfte und gesittete Geschöpfe, naiv, zutraulich, vergnügt, sorglos wie Schüler in den Ferien und ohne eine Spur von Autorität oder gesundem Menschenverstand. Sie stolzierten bei jedem Halt mit umgehängter Maschinenpistole, schroffer und offizieller Miene auf dem Bahnsteig auf und ab, ungeheuer wichtigtuerisch, so als hätten sie einen Transport gefährlicher Banditen zu bewachen; aber sie taten nur so: schnell fanden wir heraus, daß sich ihre Inspektionen immer mehr auf die beiden Familienwaggons in der Mitte des Zuges beschränkten. Es waren nicht etwa die jungen Frauen, die eine solche Anziehungskraft auf sie ausübten, sondern die irgendwie häusliche Atmosphäre, die in den zigeunermäßigen fahrenden Wohnstätten herrschte und die sie vielleicht an das ferne Zuhause und an die gerade beendete Kindheit erinnerte; vor allem die Kinder fesselten sie. Nach den ersten Etappen der Reise schlugen sie tagsüber ihren Wohnsitz ganz in den Familienwaggons auf und zogen sich nur noch für die Nacht in den für sie reservierten Wagen zurück. Sie waren höflich und hilfsbereit, gingen bereitwillig den Müttern zur Hand, holten Wasser und hackten Holz für die Öfen. Mit den kleinen italienischen Jungen verband sie eine kuriose und ungleiche Freundschaft. Sie lernten von ihnen verschiedene Spiele, darunter das Rundfahrtspiel, ein Spiel mit Kugeln, die man eine lange, gewundene Bahn entlangstößt. In Italien wird es als allegorisch dargestellter Giro d'Italia verstanden; wir wunderten uns daher über den Enthusiasmus, mit dem sich die jungen Russen, in deren Land Fahrräder selten sind und Fahrradrennen nicht existieren, das Spiel zu eigen machten; aber gleichviel, es war für sie eine Entdeckung: beim ersten morgendlichen Halt konnte man nicht selten die sieben Russen aus dem Waggon springen sehen, in dem sie geschlafen hatten; sie eilten zu den Familienwagen, schoben herrisch die Türen auf und setzten die noch ganz verschlafenen Kinder auf die Erde. In aller Eile gruben sie darauf mit ihren Bajonetten die Bahn in den Boden und begannen mit Feuereifer zu spielen, auf allen vieren, die Maschinenpistole auf den Rükken geschoben, ängstlich darauf bedacht, nicht eine Minute zu versäumen, ehe die Lokomotive zur Weiterfahrt pfiff.

Am Abend des 16. kamen wir nach Bobruisk, am Abend des 17. nach Ovruč; wir durchliefen demnach in umgekehrter Reihenfolge die Etappen unserer letzten Reise, die uns immer höher nach Norden von Shmerinka nach Sluzk und weiter nach Staryje Doroghi geführt hatte. Wir verbrachten die langen Tage schlafend, schwatzend und mit der Betrachtung der majestätisch und menschenleer vorübergleitenden Steppe. Schon nach den ersten Tagen hatte sich unser überschäumender Optimismus etwas gelegt; die Russen hatten die Reise, von der wir hofften, sie werde unsere letzte derartige Fahrt sein, auf die denkbar schlampigste und fahrlässigste Weise, vielmehr eigentlich überhaupt nicht organisiert; sie war wohl von irgendwem und irgendwo mit einem einfachen Federstrich beschlossen worden. Im ganzen Zug gab es nur zwei oder drei Landkarten, um die man sich ununterbrochen stritt und auf denen wir mühsam den problematischen Fortgang der Reise zu verfolgen suchten: daß es nach Süden ging, war offensichtlich, aber mit welcher Langsamkeit und nervenzerrüttenden Unregelmäßigkeit, welchen unverständlichen Umwegen und Aufenthalten! Manchmal kamen wir in vierundzwanzig Stunden nur ein paar Dutzend Kilometer voran. Immer wieder gingen wir den Maschinisten befragen (von der Eskorte erübrigt es sich zu sprechen, die jungen Soldaten schienen glücklich über die bloße Tatsache, mit der Eisenbahn zu fahren, und es war ihnen ganz gleichgültig, wo man sich befand und wohin es ging), aber der tauchte wie ein Gott der Unterwelt aus seiner feurigen Behausung auf, breitete die Arme aus, zuckte die Achseln, beschrieb einen Halbkreis mit der Hand von Ost nach West und antwortete regelmäßig: »Wo wir morgen hinfahren? Ich weiß es nicht, meine Lieben, ich weiß es nicht. Wir fahren dorthin, wo wir Gleise finden.«

Am schlechtesten ertrug Cesare die Ungewißheit und Untätigkeit. Er saß in einer Ecke, hypochondrisch und struppig wie ein krankes Tier, und würdigte die Landschaft draußen und uns drinnen keines Blickes. Aber der Schein trog: wer Betätigung sucht, findet sie überall. Während wir zwischen Ovruč und Shitomir durch eine Gegend mit vielen verstreuten kleinen Dörfern kamen, interessierte er sich plötzlich für einen dünnen Messingring am Finger von Giacomantonio, seinem wenig empfehlenswerten ehemaligen Geschäftspartner auf dem Marktplatz in Kattowitz.

»Verkaufst du ihn mir?« fragte er.

»Nein«, antwortete Giacomantonio trocken, für alle Fälle.

»Ich geb' dir zwei Rubel.«

»Ich will acht.«

Die Verhandlung zog sich in die Länge; scheinbar fanden sie beide eine Abwechslung und wohltuende geistige Gymnastik darin, und der kleine Ring diente nur als Auftakt zu einer Art freundschaftlicher Partie, als Vorwand für ein Probefeilschen, um nicht aus der Übung zu kommen. Aber dem war nicht so; Cesare hatte wie stets seine genauen Pläne.

Zu unser aller Überraschung gab er schon bald nach und erwarb den Ring, an dem ihm außerordentlich gelegen sein mußte, für vier Rubel, am Wert des Gegenstandes gemessen eine viel zu hohe Summe. Daraufhin zog er sich in seine Ecke zurück und verbrachte den Rest des Nachmittags mit geheimnisvollen Praktiken; jeden, der ihm neugierige Fragen stellte (und der aufdringlichste war Giacomantonio), vertrieb er mit wütendem Knurren. Er hatte aus seinen Hosentaschen verschiedene Stoffetzen gezogen, polierte damit sorgfältig den Ring an der Innen- und Außenseite und hauchte ihn hin und wieder an; dann holte er ein Päckchen Zigarettenpapier hervor und setzte seine minuziöse Arbeit mit äußerster Delikatesse fort, ohne das Metall nochmals mit den Fingern zu berühren. Ab und zu hob er den Ring ins Licht, das durch das Fensterchen fiel, und betrachtete ihn, indem er ihn langsam drehte, so als handele es sich um einen Diamanten.

Schließlich geschah, worauf Cesare gewartet hatte: der Zug wurde langsamer und hielt im Bahnhof eines Dorfes, nicht zu klein und nicht zu groß. Es versprach ein kurzer Aufenthalt zu werden, da der Zug ungeteilt auf dem Durchfahrtsgleis stehengeblieben war. Cesare stieg aus und schlenderte, den Ring halb verborgen unter der Jacke auf der Brust, den Bahnsteig auf und ab; mit Verschwörermiene näherte er sich nacheinander jedem der russischen Bauern, die dort warteten, zog den Ring halb hervor und murmelte: »Towarischtsch, zòloto, zòloto (Gold)!«

Zunächst beachtete ihn niemand so recht, bis ein kleiner Alter sich den Ring aus der Nähe besah und nach dem Preis fragte. Cesare sagte ohne Zögern »sto« (hundert); ein recht bescheidener Preis für einen Goldring, verbrecherisch dagegen für einen messingnen. Der Alte bot vierzig; Cesare spielte den Entrüsteten und wandte sich an einen anderen. Er spielte das gleiche Spiel mit verschiedenen anderen Kunden, dehnte das Ganze in die Länge und suchte denjenigen, der am meisten bieten würde; dabei wartete er gespannt auf das Pfeifen der Lokomotive, um dann das Geschäft abzuschließen und sofort auf den anfahrenden Zug zu springen. Während Cesare bald dem einen, bald dem anderen den Ring zeigte, debattierten die übrigen mißtrauisch und aufgeregt in kleinen Grüppchen; da pfiff die Lokomotive; Cesare überließ dem zuletzt Bietenden den Ring, kassierte fünfzig Rubel und sprang behende auf den anfahrenden Zug: ein Meter, zwei, zehn; dann wurde der Zug wieder langsamer und blieb mit quietschenden Bremsen stehen.

Cesare hatte die Schiebetüren zugezogen und spähte, anfangs triumphierend, dann beunruhigt, schließlich entsetzt durch den Spalt. Der Mann mit dem Ring zeigte seine Erwerbung seinen Landsleuten: sie reichten ihn von Hand zu Hand, drehten ihn nach allen Seiten und wiegten die Köpfe – zweifelnd, mißbilligend. Dann sah man, wie der voreilige Käufer, der den Handel offensichtlich bereute, mit einem Ruck den Kopf hob und sich entschlossen den Zug entlang auf Cesares Fährte setzte: er hatte leichtes Spiel, denn unser Waggon war der einzige mit zugezogenen Türen.

Die Sache ließ sich entschieden schlecht an; der Russe, ganz sicher keine Geistesgröße, hätte den Waggon womöglich noch nicht einmal gefunden, wenn nicht bereits zwei oder drei seiner Kollegen ihm energisch die Richtung gewiesen hätten. Cesare wich jäh von seinem Ausguck zurück und nahm zum allerletzten Mittel Zuflucht: er verkroch sich in eine Ecke des Wagens und ließ sich in rasender Eile mit allen verfügbaren Decken zudecken. Binnen kurzem war er unter einem ungeheuren Haufen von Decken, Steppdecken, Säcken und Jacken verschwunden; wenn ich die Ohren spitzte, meinte ich, leise, erstickt und in diesem Zusammenhang blasphemisch, Gebetsgemurmel zu hören.

Schon hörte man die Russen vor unserem Waggon schreien und mit den Fäusten gegen die Wand hämmern, als sich mit einem heftigen Ruck der Zug in Bewegung setzte. Cesare tauchte, bleich wie ein Toter, auf, zeigte sich aber sofort wieder couragiert: »Jetzt können sie mich meinetwegen suchen!«

Der Zug hielt am nächsten Morgen bei strahlendem Wetter in Kazàtin. Der Name kam mir bekannt vor: wo hatte ich ihn gelesen oder gehört? In den Kriegsberichten? Aber meiner Erinnerung nach mußte es später und in einem anderen Zusammenhang gwesen sein, so, als habe ihn erst kürzlich jemand öfter erwähnt: nicht vor Auschwitz, danach; die Kette meiner Erinnerung war durch die Zäsur von Auschwitz entzweigerissen.

Und da, auf dem Bahnsteig, genau unter unserem Waggon, da stand sie, gestaltgewordene Erinnerung: Galina, das Mädchen aus Kattowitz, Übersetzerin, Tänzerin, Schreibmaschinenschreiberin auf der Kommandantur, Galina aus Kazàtin. Ich stieg aus und begrüßte sie voller Freude und Verwunderung über diese unwahrscheinliche Begegnung: die einzige russische Freundin in diesem grenzenlosen Land wiederzufinden!

Sie hatte sich kaum verändert: etwas besser angezogen und mit einem prätentiösen Sonnenschirmchen. Auch ich hatte mich zumindest äußerlich kaum verändert: etwas weniger elend und mager und noch ebenso zerlumpt wie damals, aber im Genusse eines neuen Reichtums, des Zuges in meinem Rücken, der langsamen, aber zuverlässigen Lokomotive, des jeden Tag um ein Stückchen näher gerückten Italiens. Sie wünschte mir eine gute Heimfahrt, wir wechselten nur wenige hastige und verlegene Worte, in einer Sprache, die nicht die ihre und nicht die meine war, der kalten Sprache des Eindringlings, dann mußten wir uns plötzlich verabschieden, da der Zug anfuhr. Im Waggon, der langsam der Grenze entgegenholperte, saß ich noch lange und roch an meiner Hand das billige Parfüm, das vom letzten Händedruck des Mädchens daran haftengeblieben war, froh, sie wiedergesehen zu haben, traurig in der Erinnerung an die gemeinsam verbrachten Stunden und an alle unausgesprochenen Dinge und die nicht genutzten Gelegenheiten.

Wir fuhren voller Mißtrauen durch Shmerinka, eingedenk der Tage, die wir hier wenige Monate zuvor in beklommener Erwartung verlebt hatten; aber der Zug fuhr ungehindert weiter, durcheilte Bessarabien, und am Abend des 19. September waren wir am Prut, an der Grenzlinie. In tiefer Nacht nahm die sowjetische Grenzpolizei noch einmal, zum Abschied, eine tumultuarische und planlose Zuginspektion vor, auf der Suche nach Rubeln (sagten sie), die man nicht exportieren durfte; wir hatten sie ohnehin alle ausgegeben. Nachdem der Zug die Brücke überquert hatte, hielt er auf der anderen Seite, und in Erwartung des kommenden Tages, an dem wir die rumänische Erde erblicken würden, schliefen wir ein.

Es war in der Tat ein überwältigender Anblick. Als wir im ersten Frühlicht die Türen zurückschoben, bot sich unseren Augen ein überraschend vertrautes Bild: keine verlassene geologische Steppe mehr, sondern die grünenden Hügel der Moldau mit Bauernhäusern, Strohhaufen und Weinreben; keine rätselhaften kyrillischen Aufschriften mehr, sondern, unmittelbar vor unserem Waggon, auf einer mit bläulichem Grünspan überzogenen windschiefen Hütte ganz deutlich zu lesen: »Paine. Lapte, Vin, Carnaciuri de Purcel«. Und tatsächlich, vor der Hütte stand eine Frau, die aus einem Korb zu ihren Füßen eine ellenlange Wurst zog und sie wie Schnur, nach Armeslängen, abmaß.

Man sah Bauern wie in Italien, braungebrannt mit bleicher Stirn, schwarzgekleidet, in Jacke und Weste, die Uhrkette auf dem Bauch; Mädchen zu Fuß oder auf dem Fahrrad, die man mit Mädchen aus den Abruzzen oder Venetien hätte verwechseln können, mit ähnlichen Kleidern, wie man sie auch bei uns zu tragen pflegt; Ziegen, Schafe, Kühe, Schweine, Hühner – aber, um jede voreilige Illusion zunichte zu machen und uns wieder in die Fremde zurückzutreiben, an einer Eisenbahnschranke ein Kamel, ein mageres, graues, wolliges, mit Säcken bepacktes Kamel, das Überheblichkeit und dumme Feierlichkeit aus seinem prähistorischen hasenschartigen Maul atmete. Ebenso doppeldeutig klang die Sprache in unseren Ohren: bekannte Wurzeln und Endungen, aber in jahrtausendealtem Zusammenwachsen mit anderen, fremden und wilden Lauten durchsetzt und vermischt: vertraut der Klang, verschlossen die Bedeutung.

An der Grenze mußten wir aus den klapprigen Waggons mit der breiten sowjetischen Spurweite in ebenso klapprige mit westlicher Spurweite umsiedeln: eine komplizierte und mühsame Zeremonie; wenig später fuhren wir in den Bahnhof von Jasy ein, wo der Zug umständlich in drei Teile zerlegt wurde, ein Zeichen, daß der Aufenthalt sich viele Stunden hinziehen würde. Jasy brachte zwei bemerkenswerte Ereignisse: aus dem Nichts tauchten plötzlich die beiden deutschen Mädchen vom Walde auf und alle verheirateten »Rumänen« verschwanden. Die beiden Deutschen mußten mit großem Geschick und außerordentlicher Kühnheit von einer Gruppe italienischer Soldaten über die sowjetische Grenze geschmuggelt worden sein; Einzelheiten wurden nie bekannt, aber es hieß, die Mädchen hätten die kritische Nacht an der Grenze unter den Waggons versteckt zugebracht, angeklammert zwischen Verbindungsseilen und Federung. Wir sahen sie am nächsten Morgen, in russische Militärstoffe gekleidet, verdreckt von Schlamm und Wagenschmiere, lässig und frech auf dem Bahnsteig spazierengehen: jetzt fühlten sie sich in Sicherheit.

In den »rumänischen« Waggons konnte man zur gleichen Zeit heftige Familienstreitigkeiten beobachten. Viele der »Rumänen«, einst dem diplomatischen Korps zugehörig oder von der Armee an der Ostfront oder aus eigener Initiative demobilisiert, hatten sich in Rumänien niedergelassen und einheimische Frauen geheiratet. Bei Kriegsende hatten sie sich fast alle für die Repatriierung entschieden, und von den Russen war ihnen daraufhin ein Sonderzug zur Verfügung gestellt worden, der sie nach Odessa zum Schiff bringen sollte; in Shmerinka waren sie dann aber unserem elenden Transport angeschlossen worden, keiner konnte sagen, ob mit Absicht oder aufgrund des allgemeinen Durcheinanders, und hatten das gleiche Schicksal erlitten wie wir. Die rumänischen Frauen erbosten sich über ihre italienischen Männer: sie waren die Überraschungen, Abenteuer, Transporte und Notunterkünfte leid. Nun, da sie wieder rumänischen Boden unter den Füßen hatten, zu Hause waren, wollten sie da auch bleiben. Sie ließen sich nicht begütigen, einige stritten und weinten, andere versuchten ihre Männer aus dem Waggon zu ziehen, die Hemmungslosesten warfen Gepäckstücke und Mobiliar heraus, während die erschrockenen Kinder schreiend hin und her liefen. Die Russen von der Eskorte kamen herbeigelaufen, begriffen aber nichts und standen tatenlos und unentschlossen daneben.

Da sich der Aufenthalt in Jasy über einen ganzen Tag auszudehnen drohte, verließen wir den Bahnhof und gingen auf gut Glück durch die verlassenen Straßen zwischen niedrigen lehmfarbenen Häuserreihen hindurch. Eine einzige vorsintflutliche kleine Straßenbahn fuhr von einem Ende der Stadt zum anderen hin und her; an einer der beiden Endstationen stand der Schaffner, er sprach Jiddisch, war Jude. Mit einiger Mühe konnten wir uns verständigen. Er sagte uns, daß schon mehrere Transporte mit Heimkehrern aller Art, Franzosen, Engländern, Griechen, Italienern, Holländern und Amerikanern, durch Jasy gekommen seien; es hätten sich oft hilfsbedürftige Juden darunter befunden, weshalb die örtliche jüdische Gemeinde ein Hilfswerk eingerichtet habe; wenn wir eine oder zwei Stunden Zeit hätten, sollten wir doch eine Abordnung dorthin entsenden, sicher würde man uns mit Rat und Tat zur Seite stehen. Oder, noch besser, da seine Tram gerade abfahre, sollten wir gleich selbst mitkommen, er werde uns schon an der richtigen Haltestelle absetzen und auch für das Fahrgeld aufkommen.

Leonardo, Herr Unverdorben und ich stiegen ein; durch die menschenleere Stadt fuhren wir bis zu einem schmutzigen, verfallenen Gebäude, dessen Türen und Fenster provisorisch durch Bretter ersetzt waren. In einem dunklen, staubigen Büro wurden wir von zwei Patriarchen empfangen, die nicht viel wohlhabender und blühender aussahen als wir, aber liebevoll um uns besorgt und voll der guten Absichten waren. Sie boten uns die drei einzigen Stühle an, überhäuften uns mit Aufmerksamkeiten und berichteten uns auf jiddisch und französisch überstürzt von den entsetzlichen Prüfungen, die außer ihnen nur wenige überlebt hatten. Sie lachten und weinten, bestanden darauf, daß wir zum Abschied schrecklichen destillierten Alkohol tranken, und sie gaben uns für die Juden unseres Transports einen Korb Trauben mit. Aus allen Schubladen und aus ihren eigenen Taschen kratzten sie eine in unseren Augen astronomische Summe von Lei zusammen, die aber, nachdem sie unter uns verteilt war, und gemessen an der Inflation, im wesentlichen einen symbolischen Wert darstellte.

Von Jasy an die Demarkationslinie

Durch spätsommerliche Felder, durch Städtchen und Dörfer mit klingenden barbarischen Namen (Ciruea, Scantea, Vaslui, Piscu, Braila, Pogoanele) fuhren wir in winzigen Etappen mehrere Tage hindurch immer weiter nach Süden: in der Nacht des 23. September sahen wir die Feuer auf den Erdöltürmen von Ploieşti züngeln; danach wandte sich unser geheimnisvoller Führer nach Westen, und tags darauf schlossen wir aus dem Stand der Sonne, daß wir jetzt in entgegengesetzter Richtung fuhren – wieder nach Norden. Wir bestaunten die Burg von Sinaia, der königlichen Residenz, ohne zu wissen, was es war.

In unserem Waggon hatte mittlerweile niemand mehr Geld, und alles, was auch nur den kleinsten Handelswert besitzen konnte, war verkauft oder umgetauscht worden. Deshalb lebten wir, von gelegentlichen Glücksfällen und Raubzügen abgesehen, nur von dem, was die Russen uns zukommen ließen; die Situation war nicht bedrohlich, aber wirr und zermürbend.

Wir haben nie erfahren, wer eigentlich für die Versorgung verantwortlich war; höchstwahrscheinlich die Russen der Eskorte selbst, da sie, wie es gerade kam, aus jedem zufällig erreichbaren Militär- oder Zivildepot die verschiedensten Lebensmittel, vielleicht die einzigen jeweils vorhandenen, entnahmen. Wenn der Zug hielt und geteilt wurde, schickte jeder Waggon zwei Abgesandte zum Wagen der Russen, der sich nach und nach in einen chaotischen wandernden Basar verwandelt hatte, und dort händigten ihnen die Russen wahllos die Lebensmittel für die einzelnen Waggons aus: ein tägliches Hasardspiel, da die Quantitäten manchmal spärlich, manchmal gigantisch, dann wieder minimal waren, während die Qualität überhaupt nicht vorherzusehen war, wie alles in Rußland. Manchmal bekamen wir tagelang Karotten, Karotten und nochmals Karotten; dann verschwanden diese, und es traten Bohnen an ihre Stelle, trockene, steinharte Bohnen, die man erst stundenlang in irgendwelchen Gefäßen einweichen mußte, ehe sie überhaupt genießbar wurden. Kochgeschirre, Blechbüchsen, Töpfe hingen zu diesem Zweck von der Decke des Waggons, und wenn der Zug nachts mit einem Ruck bremste, geriet das Gehänge in heftiges Schwanken, Wasser und Bohnen schwappten herunter auf die Schlafenden, und Streit, Gelächter und ein Durcheinander im Dunkeln waren die Folge. Nach den Bohnen kamen Kartoffeln an die Reihe, dann Kascha, dann Gurken, aber ohne Öl; als die Gurken zu Ende waren, folgte das Öl, pro Kopf ein halbes Kochgeschirr voll; danach wurden Sonnenblumenkerne verteilt, eine Geduldsprobe. Eines Tages erhielten wir Brot und Wurst in Hülle und Fülle, und alle atmeten auf; aber dann gab es eine geschlagene Woche lang nichts als Körner, als seien wir ein Hühnertransport.

Nur die Familien hatten Öfen in ihren Wagen, alle anderen kochten im Freien an Lagerfeuern, die man, kaum hielt der Zug, in aller Eile anzündete und schleunigst unter Streiten und Fluchen mitten im Kochen wieder demobilisieren mußte, sobald es weiterging. Man kochte mit gesenktem Kopf, hastig, die Ohren spitzend, damit man das Pfeifen der Lokomotive hörte, das Auge auf die ausgehungerten Vagabunden geheftet, die plötzlich in Horden aus den Feldern herbeiströmten, das Feuer witternd wie Jagdhunde die Fährte. Wie unsere Väter kochten wir auf drei Steinen, die, da sie oftmals nicht greifbar waren, bald in jedem Waggon vorrätig waren. Bratspieße und kunstvolle Gestelle tauchten auf, und ebenso kamen die Töpfe von Cantarella wieder zu Ehren.

Das Hauptproblem bildete die Holz- und Wasserversorgung, aber Not macht alles einfach: in Windeseile wurden private Holzschuppen geplündert, wurden die Schutzzäune gegen Schneeverwehungen, die in diesen Gegenden in den Sommermonaten neben den Gleisen gestapelt werden, geraubt, Zäune, Eisenbahnschwellen, einmal sogar (mangels anderer Gegenstände) ein ganzer beschädigter Güterwagen demoliert; der Mohr mitsamt seinem berühmten Beil erwies sich in unserem Waggon als ein Geschenk des Himmels. Für das Wasser waren in erster Linie geeignete Behälter vonnöten; jeder Waggon mußte sich durch Tausch, Diebstahl oder regelrechten Kauf einen Eimer erwerben. Unser regulär gekaufter Eimer erwies sich, als wir ihn zum erstenmal in Gebrauch nehmen wollten, als leck: wir reparierten ihn mit Pflaster aus der Reiseapotheke, und so hielt er wunderbarerweise bis zum Brenner dem Feuer stand; dort erst fiel er auseinander.

Im allgemeinen war es unmöglich, sich auf den Bahnhöfen mit Wasser zu versorgen. Vor dem Wasserhahn (wenn es überhaupt einen gab) staute sich in wenigen Minuten eine endlose Schlange, und nur eine kleine Zahl von Eimern konnte gefüllt werden. Manche von uns schlichen sich daher zum Tender, der den Wasservorrat der Lokomotive enthielt; aber wehe, wenn der Maschinist es bemerkte: voller Zorn bombardierte er die Unverfrorenen mit Flüchen und glühenden Kohlen. Es gelang uns dennoch manchmal, dem Bauch der Lokomotive warmes Wasser abzuzapfen, schmieriges, rostbraunes Wasser, unbrauchbar zum Kochen, aber ausreichend zum Waschen.

Die beste Quelle waren die Brunnen auf den Feldern. Oft hielt der Zug vor einem roten Signal mitten im freien Land – Sekunden, Stunden, niemand wußte es im voraus. Rasch zogen sich in einem solchen Fall alle die Gürtel aus den Hosen, die, miteinander verknüpft, ein langes Seil ergaben; der Schnellste eines jeden Waggons mußte mit Gürteln und Eimer losrennen und nach einem Brunnen suchen. In unserem Waggon war ich der Schnellste, und oft glückte mir das Unternehmen; einmal aber war ich ernsthaft in Gefahr, den Zug zu versäumen: ich hatte gerade den Eimer hinabgelassen und wollte ihn eben wieder hochwinden, als ich den Pfiff der Lokomotive hörte. Hätte ich Eimer und Gürtel, kostbares Allgemeingut, zurückgelassen, wäre ich für immer entehrt gewesen; also zog ich mit aller Kraft, packte den Eimer, goß das Wasser aus und rannte, während die Gürtel sich in meinen Beinen verfingen, zum Zug, der sich bereits in Bewegung gesetzt hatte. Eine Sekunde Verspätung konnte einen ganzen Monat Verzögerung bedeuten; ich lief Hals über Kopf um mein Leben, übersprang zwei Zäune, eine Hecke und stürzte mich auf den rutschenden Bahndammschotter, während der Zug an mir vorbeifuhr. Mein Waggon war schon vorüber, da streckten sich mitleidige Hände aus den anderen Wagen, faßten Gürtel und Eimer, andere Hände packten mich an Haaren, Schultern, Kleidern und hievten mich mühsam auf den Boden des letzten Waggons, wo ich betäubt wohl eine halbe Stunde liegenblieb.

Der Zug fuhr weiter nach Norden, in ein immer enger werdendes Tal hinein, überquerte am 24. September bei eisiger Kälte über den Predeal-Paß die Transsilvanischen

Alpen, eine strenge, nackte Berglandschaft, und fuhr auf der anderen Seite nach Brasov hinunter. Hier wurde die Lokomotive abgehängt, was einen längeren Aufenthalt bedeutete, und es begann die gewohnte Zeremonie: verwilderte Männer, die mit Äxten verstohlen den Bahnhof umkreisten, andere, mit Eimern bewaffnete, die sich gegenseitig das kostbare Wasser streitig machten; wieder andere, die Stroh aus den Schobern stahlen und mit den Dorfbewohnern Handel trieben; streunende Kinder, auf Streiche und kleine Diebstähle aus; Frauen, die vor aller Augen sich selbst oder ihre Wäsche wuschen und von Waggon zu Waggon Besuche und Nachrichten austauschten, den während der Fahrt ausgebrüteten Streit fortsetzten oder einen neuen vom Zaun brachen; Feuer wurden angezündet, das Kochen begann.

Neben unserem Zug hielt ein sowjetischer Militärtransport, der Lastwagen, Panzer und Brennstoffbehälter geladen hatte. Zwei robuste weibliche Soldaten mit Stiefeln und Stahlhelm, geschultertem Gewehr und aufgepflanztem Bajonett bewachten ihn; sie waren von unbestimmbarem Alter und trugen eine hölzerne, abweisende Miene zur Schau. Als sie sahen, daß wir ausgerechnet unter den Benzinbehältern unser Feuer anzündeten, erbosten sie sich zu Recht über einen solchen Leichtsinn, schrien »nelzjà« und zwangen uns, das Feuer sofort zu löschen.

Alle gehorchten fluchend; nur einige Gebirgsjäger, abgebrühte Leute und Heimkehrer aus dem Rußlandfeldzug, weigerten sich: sie hatten eine Gans aufgetrieben und waren dabei, sie zu braten. Während die beiden Frauen in ihrem Rücken immer mehr in Wut gerieten, beratschlagten sie kurz und nüchtern untereinander, worauf sich zwei von ihnen, von der Mehrheit auserkoren, mit den entschlossenen Gesichtern von Männern, die dem Allgemeinwohl bewußt ein Opfer bringen, erhoben; sie näherten sich den beiden weiblichen Soldaten und redeten halblaut auf sie ein; nach einem überraschend kurzen Palaver legten die Frauen Helm und Waffen ab, und alle vier entfernten sie sich ernst und gefaßt vom Bahnhof und bogen in einen kleinen Fußweg ein; bald waren sie unseren Blicken entschwunden. Nach einer Viertelstunde kehrten sie zurück, die Frauen etwas weniger hölzern und mit leicht geröteten Gesichtern voran, die Männer stolz und heiter hinterdrein. Das Essen war in der Zwischenzeit gar geworden, die vier hockten sich zu den anderen, und man tranchierte und verteilte die Gans in bestem Einvernehmen; dann, nach dieser kurzen Unterbrechung, ergriffen die Russinnen ihre Waffen und kehrten auf ihren Posten zurück.

Von Brasov aus ging es neuerlich westwärts, der ungarischen Grenze zu. Es regnete, und wir kamen in eine heikle Lage; ein Feuer ließ sich nur schwer anzünden, die Kleider, die einzigen, die wir besaßen, klebten uns feucht am Leibe, überall versank man im Morast. Das Waggondach war undicht, und nur wenige Quadratmeter Boden blieben bewohnbar; unbarmherzig tropfte überall sonst das Wasser, was zu endlosen Reibereien vor dem Schlafengehen Anlaß gab.

Es entspricht einer alten Beobachtung, daß jede Gruppe ihr prädestiniertes Opfer hat: einen Sündenbock, den alle verspotten, über den alberne und böswillige Gerüchte verbreitet werden, auf den alle in geheimnisvoller Übereinkunft ihre schlechte Laune und Schadenfreude abwälzen. In unserem Waggon war der Carabiniere das Opfer; der Grund hierfür, wenn es überhaupt einen gab, ließ sich schwer angeben. Der Carabiniere war ein junger Polizeisoldat aus den Abruzzen, sanft, feundlich, hilfsbereit, gutaussehend und nicht einmal besonders dumm, eher sensibel und empfindlich; er litt deshalb besonders unter den Nachstellungen durch die anderen Soldaten des Waggons. Aber das war es ja gerade, er war ein Carabiniere, und jedermann weiß, daß zwischen den Polizeitruppen und der übrigen Armee kein besonders herzliches Verhältnis besteht. Man wirft den Carabinieri perverserweise ihre eiserne Disziplin, ihre Zuverlässigkeit, Keuschheit, Ehrlichkeit, ihre Humorlosigkeit und ihren unbedingten Gehorsam, ihre Gebräuche und ihre Uniform vor. Phantastische, groteske und dumme Legenden werden über Generationen hinweg in den Kasernen weitererzählt: die Hammerlegende, die Schwurlegende. Von ersterer, zu bekannt und widerwärtig, werde ich schweigen; der zweiten zufolge muß, wie ich gehört habe, der junge Rekrut seiner Polizeitruppe gegenüber einen geheimen, fürchterlichen und teuflischen Schwur leisten, der ihn unter anderem feierlich dazu verpflichtet, »Vater und Mutter zu töten«: jeder Carabiniere hat sie getötet oder wird sie töten, will er befördert werden. Dieser unglückliche Junge nun brauchte nur den Mund aufzutun, um sogleich zu hören: »Sei still, du, du hast Vater und Mutter umgebracht!« Er widersprach nie und ertrug diese und hundert andere Schmähungen mit der ehernen Geduld eines Heiligen; einmal aber nahm er mich, der ich mich neutral verhielt, beiseite und versicherte mir: »Das mit dem Schwur ist nicht wahr.«

Unter dauerndem Regen, der uns grimmig und mißmutig stimmte, reisten wir drei weitere Tage fast ohne Aufenthalt. Nur ein einziges Mal machten wir für wenige Stunden in einem völlig verschlammten Ort mit dem glorreichen Namen Alba Julia Station. Am Abend des 26. September, nachdem wir über 800 Kilometer auf rumänischem Gebiet zurückgelegt hatten, kamen wir in der Nähe von Arad in einem Dorf namens Curtici an die ungarische Grenze.

Die Einwohner werden sicher noch bis zum heutigen Tag an die Geißel unserer Durchfahrt denken, und möglicherweise ist das Ereignis sogar in die örtliche Überlieferung eingegangen, so daß man, rund um das Feuer sitzend, noch Generationen davon berichten wird, wie andernorts von Attila und Tamerlan. Auch der Anlaß zu dieser Begebenheit unserer Reise wird immer im Dunkeln bleiben: es hatte den Anschein, als ob die rumänische Eisenbahn- oder Militärverwaltung nichts mehr mit uns zu tun haben wollte oder uns bereits »übergeben« hatte, die ungarische Verwaltung dagegen nichts von uns wissen wollte oder uns einfach noch nicht »übernommen« hatte – auf jeden Fall saßen wir sieben zermürbende Tage in Curtici fest, wir, die Eskorte und der Zug, und verwüsteten den Ort.

Curtici war ein Bauerndorf mit vielleicht tausend Einwohnern und verfügte über nicht viel; wir waren tausendvierhundert und hatten alles nötig. In den sieben Tagen erschöpften wir alle Brunnen und brauchten die Holzvorräte auf und beraubten den Bahnhof jedes brennbaren Gegenstandes; von den Bahnhofslatrinen schweigt man besser. Wir verursachten eine beängstigende Preiserhöhung für Milch, Brot, Mais und Geflügel, und nachdem unsere Kaufkraft auf Null gesunken war, mehrten sich die Diebstähle des Nachts und schließlich auch bei Tage. Die Gänse, offensichtlich das Haupterzeugnis des Ortes, die anfangs frei und in wohlgeordneten feierlichen Schwadronen auf den schlammigen Wegen herumgelaufen waren, verschwanden völlig; teils hatte man sie gefangen, teils waren sie in die Ställe gesperrt worden.

Jeden Morgen schoben wir die Türen auseinander, in der absurden Hoffnung, der Zug könne sich doch über Nacht, während wir schliefen, unbemerkt weiterbewegt haben; aber alles war beim alten: noch immer der schwarze und regenverhangene Himmel, noch immer die Lehmhäuser vor unseren Augen und der Zug noch genauso regungslos und ohnmächtig wie ein gestrandetes Schiff; und die Räder, diese Räder, die uns doch nach Hause bringen sollten, zu denen wir uns hinunterbeugten, um sie zu betrachten: nein, wir waren keinen Millimeter weitergerollt, schienen vielmehr an die Gleise gelötet und rosteten vom vielen Regen. Wir froren und hatten Hunger, wir fühlten uns verlassen und vergessen.

Cesare war nervöser und verbitterter als alle anderen zusammen, und am sechsten Tag ließ er uns im Stich mit der Begründung, daß er von Curtici, von den Russen, von dem Zug und von uns die Schnauze voll habe; er wolle nicht verrückt werden und auch nicht Hungers sterben und genausowenig wolle er von den Einwohnern des Dorfes totgeschlagen werden; wenn man nicht ganz auf den Kopf gefallen sei, komme man besser auf eigene Faust voran. Wenn wir Lust hätten, könnten wir ihn begleiten; aber damit von vornherein alles klar sei: er habe das Elend satt und scheue auch vor einem Risiko nicht zurück, er wolle jetzt kurzen Prozeß machen, so schnell wie möglich zu Geld kommen und mit dem Flugzeug nach Rom zurückkehren. Niemand hatte Lust, ihn zu begleiten, und Cesare verschwand. Er nahm einen Zug nach Bukarest, erlebte die abenteuerlichsten Dinge und führte seinen Plan, mit dem Flugzeug nach Rom zu fliegen, tatsächlich durch, nur daß er später dort eintraf als wir; aber das ist eine andere Geschiche, eine Geschichte »de haulte graisse«, und ich werde sie nicht oder an anderer Stelle und nur dann erzählen, wenn Cesare mir die ausdrückliche Erlaubnis dazu erteilt.

Wenn ich in Rumänien noch einen feinen philologischen Genuß an Namen wie Galaţi, Alba Julia, Turnu Severin hatte finden können, so stießen wir in Ungarn gleich nach der Einfahrt auf Békéscsaba; danach auf Hódmezövásárhely und Kiskunfélegyháza. Die ungarische Ebene war im Wasser versunken, überwölbt von einem bleiernen Himmel; vor allem aber machte uns Cesares Abwesenheit melancholisch. Sein Verschwinden hatte eine schmerzliche Lücke in unsere Gemeinschaft gerissen. Niemand wußte mehr so recht, wovon er sprechen sollte, niemand konnte die Langeweile und den Überdruß angesichts dieser nicht enden wollenden Reise von inzwischen neunzehn Tagen überwinden. Wir sahen uns mit einem leisen Schuldgefühl an: Warum hatten wir ihn gehen lassen? Aber trotz der unmöglichen Namen fühlten wir uns in Ungarn nunmehr in Europa, unter den Fittichen einer Zivilisation, die die unsrige war, und sicher vor beunruhigenden Erscheinungen wie der des Kamels an der Moldau. Der Zug hielt auf Budapest zu, fuhr aber nicht in die Stadt hinein. Am 6. Oktober hielt er mehrere Male, in Ujpest und anderen Vorstädten, und wie gespenstische Visionen glitten Ruinen, provisorische Baracken und verlassene Straßen an uns vorbei; dann ging es wieder in die von Regenschauern und Herbstnebeln verschleierte Ebene hinaus.

In Szób hielt der Zug; es war Markttag; wir stiegen alle aus, um uns die Beine zu vertreten und unser letztes Geld auszugeben. Ich hatte nichts mehr, aber ich war völlig ausgehungert, und so tauschte ich meine Auschwitzjacke, bis dahin eifersüchtig gehütet, gegen ein nobles Gericht aus gegorenem Käse und Zwiebeln, dessen scharfem Aroma ich nicht hatte widerstehen können. Als die Lokomotive pfiff und wir wieder in den Waggon geklettert waren, zählten wir nach und stellten fest, daß wir zwei mehr waren.

Vincenzo war der eine, und niemanden verwunderte es. Vincenzo war ein schwieriger Junge, ein sechzehnjähriger Hirte aus Kalabrien, der auf irgendeine Weise nach Deutschland geraten war. Er war ebenso wild wie Velletrano, aber auf andere Art: schüchtern, verschlossen und kontemplativ, während jener gewalttätig und blutrünstig war. Er hatte wunderbare himmelblaue, fast mädchenhafte Augen und ein feines, ausdrucksvolles, fast durchsichtiges Gesicht; er sprach kaum. Er hatte die Seele eines Nomaden, war ewig unruhig und wurde in Staryje Doroghi vom Wald wie von unsichtbaren Dämonen angezogen; auch im Zug hatte er keinen festen Platz, sondern wanderte ruhelos von einem Waggon zum anderen. Es dauerte nicht lange, und wir sollten den Grund dieser Rastlosigkeit verstehen: kaum war der Zug aus Szób herausgefahren, stürzte Vincenzo mit verdrehten Augen und eisern verkrampften Kiefern zu Boden. Er brüllte wie ein Tier und schlug mit solcher Kraft um sich, daß die vier Gebirgsjäger ihn nur mit Mühe halten konnten: ein epileptischer Anfall. Sicher hatte er schon andere gehabt, vor und in Staryje Doroghi; aber jedesmal, wenn er den Anfall nahen fühlte, hatte sich Vincenzo, von wildem Stolz getrieben, in den Wald geflüchtet, damit niemand von diesem Leiden erführe. Vielleicht floh er aber auch vor ihm wie die Vögel vor dem Sturm. Während der langen Reise, die er im Zug verbringen mußte, wechselte er deshalb vor jedem nahenden Anfall den Waggon. Auch bei uns blieb er nur wenige Tage, dann verschwand er. Wir fanden ihn auf das Dach eines anderen Wagens gekauert. Warum? Man könne von dort oben besser die Landschaft besehen, gab er zur Antwort.

Auch der andere Gast erwies sich aus verschiedenen Gründen als schwieriger Fall. Niemand kannte ihn; er war ein kräftiger barfüßiger Junge, bekleidet mit der Uniformjacke und -hose der Roten Armee. Er sprach nur Ungarisch, weshalb ihn keiner von uns verstehen konnte.

Der Carabiniere erzählte, der Junge sei, als er in Szób Brot gegessen habe, mit ausgestreckter Hand auf ihn zugekommen; er habe ihm die Hälfte abgegeben und von da an sei er nicht mehr von seiner Seite gewichen. Während wir alle eilig in unsere Waggons geklettert waren, mußte er sich unbemerkt mit hineingeschmuggelt haben.

Wir nahmen ihn freundlich auf; ein hungriger Mund mehr, was machte es aus? Er war intelligent und vergnügt und stellte sich gleich nach Abfahrt des Zuges mit großer Würde vor. Er hieß Pista und war vierzehn Jahre alt. Vater und Mutter? Hier wurde die Verständigung schwieriger; ich suchte mir einen Bleistiftstummel und ein Stück Papier und zeichnete einen Mann, eine Frau und in der Mitte ein Kind; ich zeigte auf das Kind und sagte »Pista«; dann wartete ich. Pista wurde ernst und zeichnete seinerseits ein beklemmend deutliches Bild: ein Haus, ein Flugzeug, eine Bombe, die auf das Haus fällt. Dann strich er das Haus durch und zeichnete daneben einen großen qualmenden Haufen.

Aber er wollte von traurigen Dingen nichts wissen: er zerknüllte das Papier, verlangte ein anderes und zeichnete mit erstaunlicher Genauigkeit ein Faß, den Boden perspektivisch und alle Dauben deutlich sichtbar, eine neben der anderen; dann die Reifen und den Anstich mit dem Hahn. Wir sahen uns verdutzt an: was sollte das bedeuten? Pista lachte übermütig und zeichnete sich selbst mit dem Hammer in der einen, der Säge in der anderen Hand daneben. Hatten wir noch immer nicht begriffen? Das war sein Beruf, er war Böttcher.

Alle mochten ihn sofort; außerdem versuchte er, sich nützlich zu machen, kehrte jeden Morgen den Boden, säuberte mit Feuereifer die Kochgeschirre, holte Wasser und war selig, wenn wir ihn auf den jeweiligen Bahnhöfen zu seinen Landsleuten »zum Einkaufen« schickten. Am

Brenner konnte er sich bereits auf italienisch verständigen; er sang schöne Lieder aus seiner Heimat, und da niemand sie verstand, versuchte er, sie durch Gesten zu erläutern, womit er alle zum Lachen brachte und worüber er selbst als erster aus vollem Herzen lachte. Zu dem Carabiniere war er zutraulich wie ein jüngerer Bruder, und nach und nach wusch er so dessen Erbsünde ab: Gut, Vater und Mutter hatte er umgebracht, aber ein anständiger Kerl mußte er dennoch sein, sonst wäre Pista ihm nicht gefolgt. Er ersetzte uns Cesare; wir fragten ihn, warum er mit uns gekommen sei und was er in Italien tun wolle, konnten aber nichts in Erfahrung bringen, zum Teil wegen der Sprachschwierigkeiten, vor allem aber, weil er sich selbst nicht recht im klaren zu sein schien. Seit Monaten hatte er sich auf Bahnhöfen herumgetrieben wie ein streunender Hund, und dem ersten menschlichen Wesen, das ihm Mitleid bezeugt hatte, war er gefolgt.

Wir hofften, ohne Grenzschwierigkeiten von Ungarn nach Österreich hinüberzukommen, aber nein: am Morgen des 7. Oktober, dem zweiundzwanzigsten Tag der Reise, kamen wir nach Bratislava in der Slowakei und sahen vor uns die Beskiden, die gleichen Berge, die auch den düsteren Horizont von Auschwitz begrenzt hatten. Eine andere Sprache, anderes Geld, eine andere Richtung: hatten wir den Kreis geschlossen? Kattowitz lag zweihundert Kilometer entfernt: sollte uns eine weitere sinnlose, zermürbende Rundreise durch Europa bevorstehen? Aber am Abend fuhren wir in deutschsprachiges Gebiet ein, und am 8. saßen wir auf dem Güterbahnhof von Leopoldau, einer Vorstadt von Wien, fest; wir fühlten uns beinahe wie zu Hause.

Die Wiener Vorstädte waren häßlich und zusammengewürfelt, ähnlich wie die von Mailand und Turin, und so wie wir diese zuletzt in Erinnerung hatten, waren auch sie zermalmt und zerstört von Bombenangriffen. Es gab nur wenige Menschen auf den Straßen: Frauen, Kinder, Alte, kein einziger Mann. Paradoxerweise hatte für mich auch ihre Sprache einen vertrauten Klang; manche verstanden sogar Italienisch. Wir wechselten auf gut Glück unser Geld, aber es sollte uns nichts nützen; wie im März in Krakau waren auch hier alle Läden geschlossen oder verkauften nur rationierte Waren. »Was kann man denn in Wien ohne Marken kaufen?« fragte ich ein höchstens zwölfjähriges Mädchen. Sie ging in Lumpen, trug aber Schuhe mit hohen Absätzen und war auffällig geschminkt. »Überhaupt nichts«, antwortete sie verächtlich.

Wir stiegen zum Schlafen wieder in den Zug; während der Nacht fuhr er mit heftigem Geschüttel und Getöse einige Kilometer bis zu einem anderen Güterbahnhof, Wien-Jedlersdorf. Im Nebel tauchte neben unserem Zug ein anderer auf oder vielmehr der zerfetzte Kadaver eines Zuges: die Lokomotive stand senkrecht, das Maul ganz sinnlos nach oben gekehrt, als wolle sie geradewegs in den Himmel hineinfahren; alle Waggons waren verkohlt. Wir pirschten uns aus Lust am Plündern und getrieben von einer höhnischen Neugierde heran und erhofften uns von dem Raub an den Überresten deutscher Dinge eine schadenfrohe Befriedigung. Aber Hohn gegen Hohn: im ersten Waggon lagen nur Metallreste von verbrannten Musikinstrumenten verstreut und, als einziges erhalten geblieben, Hunderte von tönernen Okarinen; in einem anderen gab es nichts als geschmolzene und verrostete Dienstpistolen; im dritten fanden sich Mengen von Krummsäbeln, durch Feuer und Regen für alle kommenden Zeiten in die Scheiden gebannt: vanitas vanitatum und der Eishauch der Vernichtung.

Wir ließen die Trümmer ruhen, und, ziellos umherirrend, waren wir plötzlich an den Ufern der Donau. Der

Fluß führte Hochwasser und wirbelte gelb und drohend heran; das Flußbett verläuft an dieser Stelle fast gerade, und wir konnten, im Nebel verschwimmend wie in einem Alptraum eine hinter der anderen, sieben genau in der Mitte gesprengte Brücken erkennen, deren Trümmer in das strudelnde Wasser hingen. Auf dem Rückweg zu unserer fahrenden Unterkunft schreckte uns als einziges Lebenszeichen das Rattern einer Straßenbahn auf; sie raste wie besessen auf den schadhaften Gleisen die verlassenen Straßen entlang, ohne die Haltestelle zu beachten. Im Führerstand sahen wir den totenbleichen Fahrer; hinter ihm, trunken vor Begeisterung, die sieben Russen unserer Eskorte als einzige Passagiere: es war die erste Straßenbahn ihres Lebens; während sich die einen aus dem Fenster lehnten und »hurrà, hurrà«, brüllten, trieben die anderen den Fahrer unter Drohungen zu noch größerer Geschwindigkeit an.

Auf einem großen Platz war Markt; auch hier spontan und illegal, aber weit elender und verstohlener als die polnischen Märkte, die ich mit dem Griechen und Cesare frequentiert hatte, dieser hier erinnerte deutlich an einen anderen Schauplatz, an die Börse im Lager, ein Bild, das für immer unserem Gedächtnis eingegraben bleiben wird. Es gab keine Stände, die Leute standen fröstelnd und unruhig in kleinen Gruppen beisammen, immer auf dem Sprung zu fliehen, Taschen und Koffer in der Hand und mit ausgebeulten Hosentaschen; man tauschte winzige Nichtigkeiten, Kartoffeln, Brotstücke, einzelne Zigaretten und ärmliches hausgemachtes Zeug.

Wir stiegen beklommen in unsere Waggons. Der Anblick des zerstörten Wiens und der erniedrigten Deutschen hatte uns keinerlei Freude bereitet; statt dessen empfanden wir Schmerz – nicht Mitleid, sondern einen umfassenderen Schmerz, der sich mit unserem eigenen

Elend und dem drohend lastenden Gefühl eines unheilbaren und endgültigen Übels verband, das, überall gegenwärtig, sich wie ein Wundbrand in die Eingeweide Europas und der Welt gefressen hatte, Same künftigen Unheils.

Es war, als könne der Zug sich von Wien nicht trennen: nach dreitägigem Aufenthalt, verschiedenem Rangieren, saßen wir am 10. Oktober hungrig, durchnäßt und traurig in Nußdorf, einer anderen Vorstadt. Aber am Morgen des 11. raste der Zug plötzlich, als habe er mit einem Mal die verlorene Spur wiedergefunden, mit ungewohnter Geschwindigkeit nach Westen, durch Sankt Pölten, Loosdorf, Amstetten; und abends erschien auf der Straße, die parallel zur Eisenbahnlinie verlief, ein Zeichen, in unseren Augen glückverheißend wie die Vögel, die den Menschen auf See das nahe Land verkünden. Es war ein Militärauto, wie wir noch nie eins gesehen hatten: plump und ungraziös, flach wie eine Schachtel, mit einem weißen statt einem roten Stern auf der Seite, in anderen Worten: ein Jeep. Am Steuer saß ein Neger; einer der Insassen beugte sich zu uns herüber und brüllte auf neapolitanisch: »Es geht heim, Jungs!«

Demnach mußte die Demarkationslinie nahe sein; wir erreichten sie in Sankt Valentin, einige Kilometer von Linz entfernt. Hier mußten wir aussteigen; wir verabschiedeten uns von den jungen Barbaren unserer Eskorte und von dem verdienstvollen Maschinisten und wurden den Amerikanern übergeben.

Die Übergangslager lassen um so mehr zu wünschen übrig, je kürzer der Aufenthalt dauert: in Sankt Valentin blieb man gewöhnlich nur wenige Stunden, höchstens einen Tag, und demzufolge war das Lager sehr schmutzig und primitiv. Es gab kein Licht, keine Heizung, keine Betten; man schlief auf dem nackten Holzfußboden, in beängstigend wackligen Baracken, in fußhohem Schlamm.

Die einzige Einrichtung, die wirklich funktionierte, waren die Bäder und die Desinfektion; auf diese Weise, durch Reinigung und Exorzismus, ergriff der Westen von uns Besitz.

Das Priesteramt wurde von einigen riesigen, schweigsamen G. I. ausgeübt; sie waren unbewaffnet, verfügten aber statt dessen über eine Unmenge an Gegenständen, deren Sinn und Nutzanwendung wir nicht verstanden. Im Bad verlief alles vorschriftsmäßig; es bestand aus etwa zwanzig Holzkabinen mit warmen Duschen und Badetüchern, einem unerhörten Luxus. Anschließend wurden wir in einen großen gemauerten Raum geführt, der durch ein Kabel in zwei Teile unterteilt war. Von dem Kabel hingen zehn seltsame Vorrichtungen, die entfernt an Preßlufthämmer erinnerten; draußen tuckerte ein Kompressor. Alle eintausendvierhundert, Männer wie Frauen, wurden wir auf eine Seite des Raumes zusammengepfercht: zehn in weiße Schutzanzüge, Helme und Gasmasken gehüllte außerirdische Wesen betraten die Szene; sie packten die ersten der Herde und steckten ihnen, ohne viel Umstände zu machen, die Röhre der hängenden Apparaturen in eine Kleideröffnung nach der anderen: in den Halsausschnitt, in den Gürtel, in die Taschen, von unten in die Hosen, unter die Röcke. Es waren mit Insektenpulver gefüllte pneumatische Zerstäuber, und das Insektenpulver war DDT, uns ebenso unbekannt wie der Jeep, das Penicillin und die Atombombe, von der wir bald danach hören sollten.

Fluchend oder lachend, weil es kitzelte, ließen alle die Behandlung über sich ergehen, bis die Reihe an einen Marineoffizier und seine ungewöhnlich schöne Verlobte kam: als die Vermummten mit keuschen, aber rauhen Händen das Mädchen ergreifen wollten, stellte er sich entschieden dazwischen. Er war robust und zum äußersten entschlossen; wehe dem, der es wagen sollte, sein Mädchen zu berühren.

Der perfekte Mechanismus setzte jäh aus: die Vermummten berieten sich kurz mit unartikulierten nasalen Lauten, dann nahm einer die Maske ab, zog den Schutzanzug aus, baute sich vor dem Offizier auf und ging mit geballten Fäusten in Deckung. Die anderen bildeten, wie die Regel es will, einen Kreis, und ein regulärer Boxkampf begann. Nach wenigen Minuten schweigenden und ritterlichen Kampfes stürzte der Offizier mit blutender Nase zu Boden; das Mädchen ließ sich verwirrt und bleich von allen Seiten bestäuben, was vorschriftsmäßig und ohne Zorn oder den Versuch einer Repressalie vor sich ging, und alles kehrte in die gewohnte amerikanische Ordnung zurück.

Erwachen

Österreich grenzt an Italien, und Sankt Valentin ist von Tarvis nicht weiter als dreihundert Kilometer entfernt; trotzdem mußten wir am 15. Oktober, dem einunddreißigsten Reisetag, noch eine weitere Grenze passieren und nach München hineinfahren. Eine trostlose Eisenbahnmüdigkeit hatte uns befallen, wir empfanden einen endgültigen Überdruß an Gleisen, gestörtem Schlaf auf Holzbrettern, an dem Durchgeschütteltwerden, an Bahnhöfen; das, was allen Eisenbahnen der Welt gemein ist, der scharfe Geruch von imprägnierten Schwellen, heißgelaufenen Bremsen und verbrannter Kohle, rief einen tiefen Widerwillen in uns hervor. Wir hatten von allem genug, besonders davon, überflüssige Grenzen zu überschreiten. Andererseits erweckte die Tatsache, zum erstenmal ein Stück Deutschland, nicht ein Stück von Oberschlesien oder von Österreich, sondern vom wirklichen Deutschland unter den Füßen zu haben, eine komplexe Empfindung in uns, eine Mischung aus Unduldsamkeit, Frustration und Anspannung, die mächtiger war als die Erschöpfung. Uns schien, als hätten wir jedem einzelnen Deutschen etwas zu sagen, ungeheuerliche Dinge zu sagen, und als hätte jeder Deutsche uns etwas zu sagen: wir hatten das Bedürfnis, die Summe zu ziehen, zu fragen, zu erklären, zu kommentieren, wie Schachspieler am

Ende einer Partie. Wußten »sie« von Auschwitz, vom verschwiegenen täglichen Massenmord, direkt vor ihren Türen? Wenn ja, wie konnten sie auf der Straße gehen, in ihre Häuser zurückkehren, ihre Kinder ansehen, die Schwelle einer Kirche überschreiten? Wenn nicht, dann sollten sie, mußten sie zuhören, alles erfahren, von uns, von mir, alles und unverzüglich: die tätowierte Zahl auf meinem Arm brannte wie eine Wunde.

Während ich durch Münchens trümmerübersäte Straßen irrte, in der Gegend des Bahnhofs, wo unser Zug wieder einmal festlag, war mir, als bewege ich mich unter einer Schar zahlungsunfähiger Schuldner, als sei jeder einzelne mir etwas schuldig und weigere sich, es zu bezahlen. Ich war unter ihnen, im Lager des Agramante, unter dem Herrenvolk; aber es gab nur wenig Männer, viele von ihnen waren Krüppel, viele trugen Fetzen am Leibe wie wir. Mir war, als müsse jeder uns Fragen stellen, uns an den Gesichtern ablesen, wer wir waren, demütig unseren Bericht anhören. Aber niemand sah uns in die Augen, niemand nahm die Herausforderung an: sie waren taub, blind und stumm, eingeschlossen in ihre Ruinen wie in eine Festung gewollter Unwissenheit, noch immer stark, noch immer fähig zu hassen und zu verachten, noch immer Gefangene der alten Fesseln von Überheblichkeit und Schuld.

Ich überraschte mich dabei, wie ich unter der anonymen Menge versiegelter Gesichter andere, wohlbekannte, oft mit Namen versehene Gesichter suchte: solche, die unmöglich nicht wissen, sich nicht erinnern, nicht Rede und Antwort stehen konnten, solche, die befohlen und gehorcht, getötet, erniedrigt und korrumpiert hatten – törichter und nutzloser Versuch: denn nicht sie, sondern die wenigen Gerechten hätten an ihrer Statt geantwortet.

Wenn wir in Szób einen Gast mitgenommen hatten, so stellten wir nach München fest, daß wir von dort ein ganzes Nest hinzugeladen hatten: unser Transport zählte nicht mehr sechzig, sondern einundsechzig Waggons. Am Schluß des Zuges reiste ein zusätzlicher Wagen mit uns in Richtung Italien, vollgepfropft mit jungen Juden, Jungen und Mädchen, die aus allen Ländern Osteuropas stammten. Keiner von ihnen war älter als zwanzig, aber alle wirkten sie sehr sicher und entschlossen: es waren junge Zionisten, die nach Israel wollten, jede Gelegenheit nutzten und sich durchschlugen, wie sie konnten. In Bari erwartete sie ein Schiff; den Waggon hatten sie gekauft; ihn an unseren Zug zu hängen, war die einfachste Sache der Welt gewesen, sie hatten niemanden um Erlaubnis gefragt, sie hatten ihn einfach angehängt – und damit basta. Ich wunderte mich, aber sie lachten nur über mein erstauntes Gesicht: »Ist Hitler vielleicht nicht tot?« entgegnete mir einer mit Falkenblick, ihr Anführer. Sie fühlten sich grenzenlos frei und stark, als Herren der Welt und ihres Schicksals.

Über Garmisch-Partenkirchen kamen wir am Abend in das Sammellager von Mittenwald. Es lag inmitten von Bergen an der österreichischen Grenze und war im Zustand märchenhafter Unordnung. Wir übernachteten dort, es sollte unsere letzte eiskalte Nacht sein. Am Tag darauf fuhren wir über Innsbruck nach Süden, wo sich der Zug mit italienischen Schmugglern füllte, die uns in Abwesenheit der Behörden den Willkommensgruß des Vaterlandes überbrachten und großzügig Schokolade, Schnaps und Tabak verteilten.

Als die Lokomotive die Steige zur italienischen Grenze hinaufkroch, brach plötzlich, wie ein überspanntes Seil, der Zug auseinander, noch erschöpfter als wir: es gab einige Verletzte – und wir hatten unser letztes Abenteuer bestanden. Es war schon Nacht, als wir über den Brenner fuhren, den wir zuletzt vor zwanzig Monaten auf dem Weg ins Exil überquert hatten: die nicht so hart geprüften Kameraden brachen in fröhliche Begeisterung aus, Leonardo und ich verfielen in ein erinnerungsträchtiges Schweigen. Von den sechshundertfünfzig, die mit uns gewesen waren, kehrten drei zurück. Und wieviel hatten wir in diesen zwanzig Monaten verloren? Was würden wir zu Hause vorfinden? Wieviel von uns selbst war verzehrt, ausgelöscht? Kehrten wir reicher oder ärmer zurück? Stärker oder schwächer? Wir wußten es nicht; wohl aber wußten wir, daß uns auf der Schwelle unserer Häuser eine neue Prüfung – im Guten oder im Bösen – erwartete, und wir sahen ihr mit Bangen entgegen. In unseren Adern kreiste zusammen mit unserem erschöpften Blut das Gift von Auschwitz; wo sollten wir die Kraft hernehmen, unser Leben wieder zu beginnen, die Barrieren einzureißen, die Hecken, die während jeder Abwesenheit von selbst um das verlassene Haus, um die leere Hütte hochwuchern? Bald, morgen schon, mußten wir den Kampf mit noch unbekannten Feinden aufnehmen, in uns und außerhalb von uns; mit welchen Waffen, welcher Energie, mit welchem Willen? Wir fühlten uns uralt, zu Boden gedrückt von einem Jahr der schrecklichsten Erinnerungen, ausgelaugt, wehrlos. Die eben verlebten Monate am Rande der Zivilisation schienen uns jetzt, obgleich hart, eine Atempause gewesen zu sein, eine Zeitspanne zu unserer eigenen grenzenlosen Verfügbarkeit, ein gnädiges, aber unwiederholbares Geschenk des Schicksals.

Mit solchen Gedanken, die uns den Schlaf raubten, verbrachten wir die erste Nacht in Italien, während der Zug langsam das verlassene dunkle Etschtal hinunterfuhr. Am 17. Oktober trafen wir im Lager Pescantina bei Verona ein; hier trennten wir uns, und jeder ging seinem Schicksal entgegen; aber erst am Abend des nächsten Tages gab es einen Zug in Richtung Turin. In dem Gewoge der Tausenden von Flüchtlingen und Heimkehrern entdeckten wir Pista, der bereits seinen Weg gefunden hatte: er trug die weißgelbe Armbinde des päpstlichen Hilfswerks und arbeitete eifrig und vergnügt im Dienst des Lagers. Und da, die Menge um Haupteslänge überragend, sahen wir eine Gestalt, ein bekanntes Gesicht auf uns zukommen, den Mohr von Verona. Er kam, um sich von Leonardo und mir zu verabschieden; er war hier schon zu Hause, der erste von uns; denn Avesa, sein Heimatort, lag nur wenige Kilometer entfernt. Und er segnete uns, der alte Lästerer: er hob zwei riesige knotige Finger und segnete uns mit der feierlichen Geste der Päpste, wünschte uns eine glückliche Heimkehr und alles Gute. Wir nahmen den Wunsch dankbar entgegen, wir spürten, daß wir ihn nötig haben würden.

Am 19. Oktober, nach fünfunddreißig Tagen Reise, traf ich in Turin ein: das Haus stand noch, alle Familienangehörigen waren am Leben, niemand hatte mich erwartet. Ich war aufgedunsen, bärtig und zerlumpt, und sie erkannten mich nur mit Mühe. Ich fand die Freunde voller Leben, die Wärme der sicheren Mahlzeiten, die konkrete alltägliche Arbeit, die befreiende Freude des Berichtens; ich fand ein breites, sauberes Bett, das abends (Augenblick des Schreckens) weich unter meinem Gewicht nachgab. Aber es dauerte noch viele Monate, bis ich die Gewohnheit verlor, den Blick beim Gehen stets auf den Boden zu heften, als sei ich immer auf der Suche nach Eßbarem oder nach Dingen, die sich schnell einstecken und gegen Brot eintauschen ließen: und immer noch sucht mich, bald häufiger, dann wieder selten, ein entsetzlicher Traum heim.

Es ist ein Traum im Traum, unterschiedlich in den Details, gleichbleibend in der Substanz. Ich sitze am Familientisch, bin unter Freunden, bei der Arbeit oder in einer grünen Landschaft – die Umgebung jedenfalls ist friedlich, scheinbar gelöst und ohne Schmerz; dennoch erfüllt mich eine leise und tiefe Beklemmung, die deutliche Empfindung einer drohenden Gefahr. Und wirklich, nach und nach oder auch mit brutaler Plötzlichkeit löst sich im Verlauf des Traumes alles um mich herum auf; die Umgebung, die Wände, die Personen weichen zurück; die Beklemmung nimmt zu, wird drängender, deutlicher. Dann ist alles ringsum Chaos, ich bin allein im Zentrum eines grauen wirbelnden Nichts; und plötzlich *weiß* ich, was es zu bedeuten hat – und weiß auch, daß ich es immer gewußt habe: ich bin wieder im Lager, nichts ist wirklich außer dem Lager; alles andere waren kurze Ferien, oder Sinnestäuschung, Traum: die Familie, die blühende Natur, das Zuhause. Der innere Traum, der Traum vom Frieden, ist nun zu Ende, der äußere dagegen geht eisig weiter: ich höre eine Stimme, wohlbekannt, ein einziges Wort, nicht befehlend, sondern kurz und gedämpft. Es ist das Morgenkommando von Auschwitz, ein fremdes Wort, gefürchtet und erwartet: Aufstehn, »Wstawać«.

Turin, Dezember 1961/November 1962

Primo Levis Weg von Auschwitz nach Turin

Smolensk
Minsk
Staryje Doroghi
Bobruisk
Sluzk
Warschau
POLEN
UdSSR
Ovruč
Kiew
Shitomir
attowitz
Krakau
Tarńow
Rzeszów
Kazàtin
Auschwitz
Przemysl
Lemberg
Ternopol
Proskurow
Vinniza
Shmerinka
Mogilew
urg
Galanta
Sźob
Budapest
Belcy
ARN
Szolnok
Jasy
nfélegyháza
Békéscaba
Vaslui
Bârlad
mezövasárhely
Curtici
Arad
Alba Julia
Braschow
Braila
RUMÄNIEN
Ploeşti
Belgrad
Bukarest
JUGOSLAWIEN
BULGARIEN
Sofia